Un infirmier pour fiancé

*

L'inconnu de Los Angeles

ANN McINTOSH

Un infirmier pour fiancé

Traduction française de
ANOUK

BLANCHE

HARLEQUIN

Collection : Blanche

Titre original :
ISLAND FLING WITH THE SURGEON

HARPERCOLLINS FRANCE
83-85, boulevard Vincent-Auriol, 75646 PARIS CEDEX 13
Service Lectrices — Tél. : 01 45 82 47 47 - www.harlequin.fr
ISBN 978-2-2804-7093-3 — ISSN 0223-5056

Composé et édité par HarperCollins France.
Imprimé en avril 2022 par CPI Black Print (Barcelone)
en utilisant 100% d'électricité renouvelable.
Dépôt légal : mai 2022.

FSC www.fsc.org MIXTE Papier issu de sources responsables FSC® C159065

Pour limiter l'empreinte environnementale de ses livres, HarperCollins France s'engage à n'utiliser que du papier fabriqué à partir de bois provenant de forêts gérées durablement et de manière responsable.

1.

La première fois qu'elle avait collaboré avec Zachary Lewin, Geneviève avait d'abord ressenti une sorte de réserve, et même de la prudence, comme chaque fois qu'elle ne connaissait pas l'infirmier ou l'infirmière qui l'assistait. Mais très vite, elle s'était sentie inhabituellement consciente de la présence de cet homme auprès d'elle en salle d'opération.

Consciente et troublée.

En vérité, il était difficile de ne pas remarquer Zach. Il était grand, solide, musclé. Très musclé. Un sportif, de toute évidence. Ses traits étaient harmonieux, sa bouche sensuelle, et il avait une belle peau couleur café au lait semée de fines taches de rousseur sur le nez et les joues. Il s'exprimait avec un léger accent britannique, vraiment charmant, et ses yeux bruns la fixaient parfois de façon franchement interrogative, comme si Zach voulait percer les secrets de Geneviève.

Il était également calme et – elle l'avait peu à peu découvert – plutôt solitaire. Zach gardait ses distances de manière polie, ce qui ne laissait pas d'espace aux plaisanteries ou à l'amitié.

Ce tempérament ne gênait pas Geneviève, bien au contraire. Elle n'était pas venue travailler sur l'île Saint-Eustache pour se faire des amis, surtout masculins. Seules les compétences professionnelles de Zach lui importaient, d'autant plus que l'anesthésiste qui lui avait été assigné était l'un des nouveaux médecins récemment embauchés par l'hôpital.

Tout aurait continué ainsi sans problème dans sa nouvelle vie… si elle n'avait pas commis une erreur impardonnable.

Une erreur dont elle n'avait pas, jusque-là, mesuré les

effets, mais qui s'annonçait lourde de conséquences si elle ne trouvait pas de parade.

La gorge nouée, Geneviève regarda distraitement les photographies de paysages marins qui décoraient les murs de la petite cafétéria où elle venait de se réfugier. La mer bleu turquoise frangée de sable blond, elle en avait déjà profité, et elle espérait bien continuer. Elle adorait nager. Elle vivait non loin de la plage, et c'était le paradis dès qu'elle quittait le travail !

Un paradis qui, sans nul doute, l'avait incitée à fantasmer une vie pour se protéger des questions certes bienveillantes, mais parfois trop indiscrètes, posées par sa mère qui vivait toujours à La Nouvelle-Orléans.

Pourquoi ai-je menti ?

La question tourbillonnait à son esprit, encore et encore.

Cinq mois s'étaient écoulés depuis qu'elle avait quitté La Nouvelle-Orléans pour venir travailler comme chirurgienne dans le petit hôpital de cette belle île des Antilles. Cinq mois qui lui avaient permis de tirer un trait sur le passé, prendre du recul par rapport à ses problèmes et s'éloigner de sa mère, gentille, trop gentille… Et toujours inquiète, craignant sans cesse que le pire arrive de nouveau à sa fille aînée.

Geneviève s'efforça de chasser la vague d'anxiété qui l'envahissait.

En vain.

Au nom de la paix dont elle rêvait, elle avait raconté à sa mère un magnifique scénario digne d'une comédie romantique dont elle était l'héroïne. Elle, le Dr Geneviève Broussard, spécialisée en chirurgie et traumatologie, s'était inventé une existence qu'elle ne menait pas du tout. Une existence heureuse…

Et en couple.

Pour être tranquille, libérée de questions anxieuses de la part de sa mère surprotectrice, elle avait décidé de faire semblant. Et voilà que Marielle Broussard s'apprêtait à venir lui rendre visite…

Heureusement que ma sœur m'a prévenue !

Faute de quoi Geneviève aurait été prise au piège de son propre mensonge, sans compter la litanie de reproches culpabilisateurs qu'elle aurait subie…

Pensive, elle se servit un deuxième thé et le but à petites gorgées, pensive. Elle avait fini ses interventions de la journée, et pouvait enfin s'accorder un peu de temps pour réfléchir avant de rentrer chez elle.

Réfléchir à ce qui l'avait poussée à imaginer ce qu'elle ne vivait pas et qu'elle n'avait même aucune envie de vivre. Le comble !

Le visage de Zach lui revint en mémoire. Si seulement il n'avait pas eu ce doux regard velouté qui l'avait tant chamboulée…

En cinq mois, tous deux s'étaient régulièrement retrouvés en salle d'opération et, chaque fois, tout s'était parfaitement bien déroulé. De temps en temps, quand Geneviève sentait qu'elle avait mal aux yeux, Zach la contemplait et souriait comme pour la soutenir et l'encourager.

Zach savait, comme la plupart des collègues de Geneviève, qu'elle avait souffert de paralysie de Bell juste après avoir obtenu son diplôme de chirurgien. Une paralysie faciale latérale gauche, guérie à présent, mais dont Geneviève gardait des séquelles : parfois, elle ne parvenait pas à cligner correctement l'œil gauche, et elle souriait plus difficilement de ce même côté, car ses lèvres se figeaient encore un peu. Et puis, pendant qu'elle opérait, il lui arrivait de sentir une raideur sur son visage. Zach s'en était-il aperçu ? Elle ne laissait pourtant rien paraître…

Et ne voulait rien montrer, ainsi qu'on le lui avait appris durant ses études. « Un chirurgien est comme le capitaine d'un navire. Tout le monde compte sur vous pour naviguer entre les rochers et arriver à bon port », avait déclaré l'un de ses professeurs.

Geneviève appliquait ce précepte à la lettre.

En tout cas, la gentillesse évidente ainsi que la beauté virile de Zach avaient tellement nourri son imagination qu'elle avait bâti un scénario idyllique !

Quand sa mère découvrirait la vérité, elle éprouverait un choc profond, s'inquiéterait encore plus… Ce serait pire que tout.

— Coo-calloo-calloo, murmura Geneviève.

Elle avait créé cette expression très personnelle à l'âge de huit ans, parce que son père lui interdisait d'employer des gros mots. Aujourd'hui, « Coo-calloo-calloo » jaillissait encore lorsqu'elle se sentait mise au pied du mur ; coincée.

— Qu'est-ce que tu as dit ? demanda une voix féminine d'un ton amusé.

Levant les yeux, Geneviève vit sa collègue Mina Haraldson sur le seuil de la porte. Chirurgienne orthopédique, elle était en couple avec le Dr Kiah Langdon, également chirurgien et cousin de Zach.

— Oh… Quelque chose qui exprime une certaine colère ! se contenta-t-elle de répondre. Enfin, une grosse colère, nuança-t-elle avec franchise. Un mot que j'ai complètement inventé pour pouvoir l'utiliser sans problème devant mes parents quand j'étais petite !

Mina laissa échapper un rire bienveillant et s'avança vers Geneviève.

— Et pourquoi es-tu en colère ? Si ce n'est pas trop indiscret de te poser cette question, bien sûr.

Geneviève lui sourit, essayant de dissimuler son hésitation.

Elle appréciait Mina, et toutes deux avaient sympathisé. Mais, depuis que Loren, qui avait été sa meilleure amie, l'avait trahie, Geneviève avait perdu l'habitude de se confier aux autres. L'incident s'était produit des années auparavant, et pourtant il la hantait toujours. Certes, elle savait pertinemment que tous ceux qu'elle croisait dans sa vie ne s'avéreraient pas forcément des traîtres en puissance, mais c'était ainsi, elle était devenue très prudente.

Regardant Mina se servir une tasse de café, Geneviève remarqua la nouvelle prothèse que sa collègue portait en guise de main.

— Tu en es contente ?

Mina lui adressa un coup d'œil et comprit aussitôt à quoi elle faisait allusion.

— Oh ! oui ! Elle m'a été livrée il y a deux jours, répondit-elle en ajoutant un peu de crème dans son café. Je dois encore m'y habituer, mais j'avoue qu'elle est agréable.

Geneviève hocha la tête, songeant à l'accident dont Mina avait été victime. Elle y avait laissé une main… Et dans un premier temps avait refusé de se faire poser une prothèse. Elle pensait que c'était inutile, persuadée de ne plus pouvoir opérer. Mais peu à peu, comprenant qu'elle pourrait continuer à exercer malgré tout, Mina s'était ravisée. Lorsque le fabricant lui avait proposé un modèle ultra-performant et novateur, non seulement elle avait accepté, mais en plus, elle avait souhaité devenir l'une des principales usagères qui testeraient les possibilités de cette prothèse.

— Ça a l'air bien modelé ! admit Geneviève, en admirant l'aspect réaliste ainsi que le mouvement des doigts de Mina qui prenait sa tasse.

Mina vint s'asseoir à la table de Geneviève, se plaçant en face d'elle.

— Les articulations sont incroyablement fluides… Presque aussi fluides que ton changement de conversation !

Geneviève ne put s'empêcher de rire.

— Mais pas suffisamment subtil, répliqua-t-elle. Sinon, tu n'aurais rien remarqué.

Mina l'observa avec attention, cette fois sans sourire.

— Je ne veux pas être indiscrète, mais tu avais l'air

catastrophée… C'est que c'est grave, pas vrai ? Je suis là, si tu as besoin d'une oreille.

Geneviève sentit de nouveau sa gorge se nouer. Une angoisse mêlée de honte la submergea encore à l'idée de ce qui l'attendait si sa mère découvrait la comédie qu'elle avait imaginée.

Si seulement elle pouvait trouver une solution…

Soudain, elle eut quand même envie de s'ouvrir à Mina.

— Tu me promets de ne pas te moquer de moi ?

Mina la contempla d'un air surpris.

— Me moquer ? Et pourquoi le ferais-je ? Jamais, promis, quel que soit ton problème, assura-t-elle.

Encore hésitante, Geneviève la regarda boire son café, puis se lança :

— Je te préviens, c'est une histoire à dormir debout. Ma sœur m'a appelée tout à l'heure pour me prévenir que, dans une quinzaine de jours, je recevrais la visite de notre mère.

Mina arqua un sourcil.

— Ah ? Bonne nouvelle !

— Oui et non. En fait, j'ai des relations compliquées avec elle, expliqua Geneviève. J'ai traversé une période difficile après ma maladie, et ma mère est devenue extrêmement inquiète pour moi, sans arrêt, de façon exagérée. Comme si j'avais dix ans… Et son attention à mon égard s'est encore accrue quand j'ai décidé de venir travailler ici.

Elle réprima un soupir, ne voulant pas entrer dans les détails de la paralysie dont elle avait souffert, ni évoquer le douloureux abandon de son petit ami de l'époque.

Cette rupture, elle ne l'avait pas bien vécue…

Non, vraiment pas. Et pour cause.

Encouragée par le regard compatissant de Mina, Geneviève reprit :

— En deux mots, comme ma mère ne cessait de me répéter que je devrais retourner à La Nouvelle-Orléans, qu'elle était persuadée qu'ici, je me cache et stagne au lieu de progresser, j'ai imaginé une stratégie pour qu'elle me laisse tranquille.

— Laquelle ? demanda Mina, visiblement curieuse.

Geneviève hésita encore avant de tout dévoiler. Au fond, que risquait-elle ? Elle avait quand même confiance en Mina. Elle lui demanderait de garder le secret, voilà tout.

— Eh bien, je lui ai dit que je sortais avec un bel homme que j'aimais et qui m'aimait aussi follement... Je lui ai dit que j'étais heureuse comme jamais.

Mina eut un doux sourire et posa sa tasse sur la table.

— Ce n'est pas grave si ce n'est pas totalement vrai... J'espère juste que tu es réellement heureuse !

— Je le suis... Mais je suis aussi célibataire. Sauf que, pour ma mère, ça signifierait que j'ai raté ma vie ! À cause de mon passé, trop long à raconter ici, de mes erreurs, mes blessures, ma paralysie qui a quand même été soignée... Bref, tu peux être certaine qu'elle va supposer que je vais très mal.

— Et alors ? Ce serait son problème, pas le tien, fit remarquer Mina.

— Pas faux. Mais j'ai besoin de calme. J'ai besoin de respirer... Et elle va être insupportablement inquiète, me poser des questions sans fin, je le sens. Je le sais. Ça risque même de m'empêcher de bien travailler... Et ça va la miner, elle aussi.

Geneviève haussa les épaules et ajouta :

— N'empêche, là, maintenant, je m'en veux d'avoir imaginé un mensonge pareil pour qu'elle me laisse en paix. Elle n'est pas méchante, non, elle est juste intrusive par excès de trop de gentillesse.

— Je vois. Alors, ne t'en veux pas, conseilla gentiment Mina. Si tu as agi ainsi, c'est parce que tu as une bonne raison. Tu es une adulte responsable !

Geneviève resta silencieuse, songeant à sa mère. Marielle Broussard avait un tempérament autoritaire et exigeant, et ce regard perçant qui lui donnait parfois l'impression de redevenir adolescente… et même petite fille. Absurde ! Et pourtant, telle était la réalité.

Mina l'observait, le regard maintenant plutôt amusé. Jamais Geneviève n'oserait lui avouer l'identité de son amoureux imaginaire. Le séduisant Zach Lewin… Il lui avait semblé juste parfait pour incarner son fantasme.

— Fais-toi confiance, dit finalement Mina en se levant. Tu vas certainement imaginer un bon moyen pour t'en sortir. Nous sommes souvent ingénieuses, inventives et pleines de ressources, ne l'oublie pas !

— Merci, tu es adorable… Mina, inutile de le préciser, pas un mot à quiconque sur cette histoire saugrenue, ajouta Geneviève.

— Évidemment. Motus et bouche cousue.

Et Mina s'esquiva en lui lançant un clin d'œil.

Une fois seule, Geneviève finit de boire son thé – froid à présent – et rinça sa tasse. Puis elle réfléchit de nouveau. Elle avait eu raison de se confier à Mina… car une idée lumineuse venait de jaillir dans son esprit. Une solution complètement insensée, mais peut-être que ce serait possible… et salvateur.

De toute façon, au point où elle en était, pourquoi ne pas tenter le tout pour le tout ?

2.

Adossée à la petite barrière blanche qui bordait l'entrée du sentier gravillonné, Geneviève guettait Zach.

Elle savait qu'il aimait courir sur la plage de Coconut Beach. Chaque jour, il s'y rendait après le travail, puis retournait dans la petite maison héritée de son grand-père qu'il était en train de restaurer. Un rituel immuable. Même si Zach était discret, il s'était un peu confié à Geneviève : pendant les pauses, parfois entre deux opérations, tous deux avaient eu l'occasion de bavarder un peu.

Elle le vit de loin. Foulées longues, torse nu, large et doré. *Un parfait Apollon…*

Malgré elle, Geneviève sentit son cœur battre plus vite. Elle s'était rendue à Coconut Beach directement depuis l'hôpital, se contentant de troquer ses sandales pour des nu-pieds. En robe d'été, elle sentait l'air tiède lui caresser la peau. Il faisait encore si bon tandis qu'à l'horizon, le soleil commençait à plonger dans l'océan, irradiant l'eau de reflets dorés.

— Docteur Broussard ? lança Zach en la reconnaissant. Il y a un problème ?

Il ralentit l'allure et s'arrêta devant elle. Une lueur inquiète se reflétait dans son regard.

Geneviève inspira profondément, consciente d'être sur le point de tenter quelque chose qui risquait de bouleverser radicalement leur quotidien…

Pendant quelques jours seulement.

Le temps du séjour de Marielle Broussard.

— Non, aucun problème. C'est juste qu'il faut que je

vous parle rapidement… et personnellement, ajouta-t-elle, remarquant l'air surpris de Zach.

— Personnellement ?

Zach essuya la sueur qui perlait sur son front, et s'appuya contre la barrière, près de Geneviève. Il la dévisagea avec curiosité, la fixant de ses yeux bruns où brillaient des éclats mordorés.

— De quoi s'agit-il ?

— Oh ! vous allez sûrement rire…

Geneviève sourit de nouveau, dissimulant la confusion mêlée de gêne qui l'assaillait de plus belle. Pourquoi diable s'était-elle fourrée dans cette situation absurde ? Pourquoi redoutait-elle à ce point les réactions de sa mère ? Un jour, il faudrait qu'elle s'analyse objectivement, de façon approfondie… Une fois qu'elle aurait réglé le problème de cette visite inopinée.

— J'ai besoin de votre aide pour jouer une sorte de comédie dans une quinzaine de jours. Ça va vous sembler complètement ridicule… Pour être franche, Zach, j'ai beau être une chirurgienne aguerrie, dans ma vie privée et familiale, ce n'est pas brillant.

Zach l'observait en silence, l'air perplexe. D'un petit mouvement de la tête, il l'encouragea à poursuivre.

— J'ai souffert de paralysie faciale, vous le savez, et ça a failli m'empêcher d'exercer la médecine. Mais je me suis remise. Je me débrouille plutôt bien, maintenant. J'ai quitté La Nouvelle-Orléans, je suis venue travailler ici, et tout allait bien. Sauf que…

Geneviève s'efforça d'ignorer le regard perçant que Zach gardait sur elle. Un regard intense, velouté… Si gentil.

— Ma mère – elle s'appelle Marielle – va venir d'ici peu, et pour des tas de raisons difficiles à décrire, elle pense que je suis extrêmement fragile. Elle est tellement attentionnée qu'elle en devient… insupportable et même étouffante.

Zach hocha la tête d'un air compatissant, mais il ne fit aucun commentaire.

— Si elle découvre que je n'ai pas de vie privée, que je suis sans compagnon, elle va me harceler de questions et de conseils. Je risque d'être submergée, et cela pourrait être mauvais pour mon travail. Pire encore, ce serait nocif pour elle. Car cela la rendrait encore plus inquiète.

Zach parut étonné.

— Qu'est-ce qui est problématique dans le fait que vous n'ayez pas de petit ami ? Personnellement, je suis célibataire, et tout va bien !

— Oui, je comprends…

Geneviève se mit à rire, soulagée d'apprendre qu'il était seul, lui aussi. Alors peut-être accepterait-il l'arrangement qu'elle souhaitait lui proposer.

— Zach, je vais vraiment avoir besoin de vous. Parce que vous êtes proche de moi au quotidien, j'ai donné votre nom à ma mère en lui mentant : j'ai prétendu que nous étions ensemble au travail mais aussi en dehors.

— En dehors ?

Les yeux de Zach s'écarquillèrent.

— Vous êtes sérieuse ?

— Hélas, oui.

— Et qu'est-ce que vous avez dit exactement ?

— Que vous êtes très beau, et même superbe, et, de plus, un excellent infirmier. Elle vise toujours la lune pour moi…

Zach éclata de rire.

— Je suis flatté, merci. Et quoi d'autre ?

— Que votre père était originaire de Saint-Eustache, mais que vous êtes né en Angleterre et que vous avez un charmant accent anglais. Et que vous êtes de nature discrète, modeste, tout en étant professionnellement au top. Le meilleur infirmier que j'aie jamais connu.

— Waouh…

Zach se frotta le revers de la main sur ses lèvres, abasourdi.

— OK. Et à part ça, qu'avez-vous raconté à votre mère ? Sur notre relation imaginaire, je veux dire. Par exemple, qu'est-ce qu'on est censés avoir fait ensemble ces derniers mois ? Est-ce que c'est sérieux entre nous ou juste une passade ? Ce genre de choses, quoi…

Agréablement étonnée par la tournure que prenait la conversation – Zach semblait déjà avoir compris l'enjeu de cette mascarade à venir… s'il l'acceptait ! –, Geneviève se remémora le discours qu'elle avait tenu à sa mère.

— Je lui ai dit que vous vous remettiez d'une rupture difficile et que vous ne vouliez pas vous engager trop tôt.

Contre toute attente, Zach se figea, et son visage se rembrunit.

— Qui vous a dit ça ?

— Personne ! J'ai tout inventé, rappelez-vous.

Mais un bref instant, Geneviève eut la sensation de percevoir un autre Zach. Un homme qui cachait une profonde blessure.

Zach poussa un long soupir, se mit à trottiner sur place et, tout en la regardant dans les yeux, lança :

— C'est complètement dingue. J'ai besoin de digérer ce que vous venez de me dire. Je vais aller courir et, si vous êtes encore ici quand je reviendrai tout à l'heure, on parlera encore. Là, maintenant, je ne peux rien entendre de plus.

Puis il fila à vive allure, entamant un sprint le long de la plage pendant plusieurs centaines de mètres avant de reprendre une vitesse plus adaptée à un jogging.

Le cœur battant, Geneviève le suivit du regard. Fallait-elle qu'elle l'attende ? Si oui, combien de temps ? Est-ce que cela en valait la peine ? Ne venait-elle pas de commettre une autre énorme erreur ?

Jamais il n'accepterait sa proposition… C'était perdu d'avance. De plus, pour une raison mystérieuse, elle avait dû le froisser.

— Coo-calloo-calloo, murmura-t-elle, les yeux rivés sur la silhouette de Zach qui s'éloignait le plus vite possible.

Zach se donna à fond pendant un bon demi-kilomètre, puis ses muscles lui rappelèrent qu'il n'avait pas fait son échauffement habituel, et il ralentit un peu l'allure.

Bizarrement, il avait l'impression de courir pour sauver sa peau à cause d'une femme qu'il trouvait véritablement fascinante…

Et radicalement surprenante.

Il avait vu Geneviève Broussard au travail, efficace, talentueuse et maîtrisée, toujours attentive aux autres. Il avait rarement croisé la femme sensible, un peu perdue, qu'elle venait de lui révéler.

Elle avait un charme fou, profondément naturel, et, sous sa cascade de cheveux bruns souvent maintenus en chignon, ses yeux bleu vert pétillaient de malice, comme si elle se moquait d'elle-même.

La demande qu'elle avait formulée était ahurissante, inédite, presque drôle…

Mais quand elle l'avait décrit comme à peine remis d'une rupture sentimentale, Zach avait senti son cœur se briser de nouveau.

Un court instant, il avait cru que Geneviève savait à propos de Moira, qui l'avait utilisé et trahi. Il était venu travailler sur l'île Saint-Eustache pour repartir de zéro et oublier l'humiliation qu'il avait éprouvée, ainsi que la pitié qu'il avait inspirée parmi les siens.

« J'ai tout inventé », avait assuré Geneviève.

Alors ça allait…

Enfin, presque. Il ne fallait pas qu'il essaie de comprendre de manière rationnelle ce qu'elle lui avait annoncé. Elle et lui… en couple fictif ? Pour duper la mère de Geneviève ? Éviter ou minimiser des problèmes mère-fille ? C'était à mourir de rire !

Comment était-il censé réagir à cette proposition complètement stupéfiante ?

Logiquement, Geneviève aurait dû révéler la vérité à sa mère !

Logiquement…

Sauf que, parfois, la logique n'était plus possible. Lui-même en savait quelque chose avec son propre père, toujours soucieux, qui vérifiait où en étaient les travaux de la maison, et sa mère qui l'interrogeait sur son travail, et sur la nouvelle passion de Zach pour le jardinage… Mais en réalité, Zach percevait les inquiétudes maternelles sur les raisons qui l'avaient incité à quitter Londres et à s'installer aux Antilles.

Honnêtement, quand je leur parle, je leur fais croire que tout va bien, réalisa-t-il.

En vérité, il menait une existence solitaire. Une existence qui lui laissait beaucoup trop de temps pour broyer du noir.

Était-ce très différent de ce que Geneviève avait fait pour essayer d'apaiser sa mère ?

Ralentissant l'allure, Zach se dirigea vers le chemin qu'il empruntait habituellement afin de s'éloigner de la plage et traverser une zone sauvage, ce qui lui permettrait d'allonger sa course de quelques kilomètres sur un terrain différent. Lorsqu'il eut quitté la zone sablonneuse, il s'arrêta et réfléchit.

Dans un sens, Geneviève manifestait un sacré courage… L'audace de mentir effrontément pour être tranquille, quand même ! Il fallait le faire !

Alors au fond, oui, pourquoi ne l'aiderait-il pas ? Cela l'obligerait à sortir de la réserve qu'il s'était imposée et ajouterait un peu d'éclat à sa vie… Lui qui avait enduré bien des combats quand il était soldat, qui aurait donné sa vie pour sauver celle d'autres hommes, n'était-il pas capable d'offrir un peu de son temps pour rendre service à une jolie femme ? Ce ne serait qu'une comédie de quelques jours, platonique, sûrement amusante au fond, qui n'affecterait pas leur vie professionnelle.

Oui, après tout, pourquoi pas ?

Un petit rire lui échappa tandis qu'il rebroussait chemin et repartait en courant vers l'endroit où il avait laissé Geneviève. Qui sait, peut-être que ce défi serait le catalyseur dont il avait besoin pour se secouer de sa torpeur ?

Zach comprit soudain qu'il avait déjà pris sa décision.

Si elle était toujours là-bas, appuyée à la barrière blanche, et si elle maintenait son projet insensé, il l'écouterait et, fort probablement, la soutiendrait.

3.

Geneviève vérifia de nouveau son GPS alors que la route qu'elle empruntait se rétrécissait tellement qu'un autre véhicule venant de la direction opposée n'aurait pas pu passer.

Zach l'avait prévenue qu'il vivait à la campagne, à seulement un quart d'heure de l'hôpital.

La veille à la plage, lorsqu'il l'avait rejointe, il avait commencé par l'observer en silence quelques secondes. Une lueur intense brillait au fond de ses yeux. Puis il lui avait simplement dit qu'il était d'accord pour jouer le jeu. Il faudrait qu'ils s'organisent, et surtout, qu'ils se connaissent suffisamment pour paraître crédibles.

Enthousiasmée, reconnaissante, Geneviève avait accepté... Elle aurait tout accepté.

Ils s'étaient donné rendez-vous aujourd'hui, chez Zach, après le travail, et il lui avait fait enregistrer toutes les indications dans son téléphone pour qu'elle trouve facilement l'adresse.

— Parfois, quand on s'éloigne de la ville, les petites routes n'apparaissent pas sur le plan, avait-il commenté en examinant les informations qu'elle avait notées. Mais là, ça paraît correct, vous arriverez à bon port !

Sauf qu'à cet instant, alors que le GPS l'orientait vers la droite, Geneviève douta de la fiabilité des indications. Elle apercevait un flanc de montagne, et une végétation si abondante, presque une jungle !

Elle décida de s'arrêter pour téléphoner à Zach, mais au même instant remarqua un chemin bitumé qui filait à droite, entre les arbres. Crispant les mains sur le volant, elle s'y engagea en roulant lentement.

Elle ne parvenait toujours pas à croire que Zach ait accepté son idée farfelue. Là, il l'avait invitée à dîner, ou à boire un verre, elle ne savait pas trop vu qu'il n'était que 18 heures. Peut-être aurait-elle dû apporter quelque chose à grignoter ? Du fromage, des crackers et des fruits ?

Réalisant qu'elle pensait à tout ça pour ne pas trop s'attarder sur le projet insensé qu'ils s'apprêtaient à concrétiser, elle sourit. Au fond, elle se moquait de ce qu'ils mangeraient, même si elle avait très faim. L'important était de mettre leur plan au point.

Elle savait que Zach était plus que sceptique.

— Comment allons-nous faire croire à votre mère que nous sommes ensemble depuis plusieurs mois, alors que nous ne nous connaissons pas vraiment ? lui avait-il demandé la veille.

Elle avait déjà réfléchi à cette question.

— Écrivons une liste d'informations essentielles qu'on va transmettre à l'autre : tout ce que je dois savoir sur vous, et vous sur moi, au bout d'environ cinq mois, et apprenons-les !

Mais Zach avait semblé encore plus perplexe. Quelles informations ? Professionnelles ? Personnelles ? Sur l'enfance ? L'adolescence ? Geneviève l'avait invité à faire comme bon lui semblait, et, de toute façon, avait-elle assuré, ils en parleraient. Zach avait acquiescé, l'air amusé mais toujours aussi dubitatif.

Comme il avait travaillé ce matin, il n'avait probablement pas pu s'atteler à cette tâche, mais elle-même avait eu le temps de s'y pencher. À sa grande surprise, cela ne lui avait pas été facile du tout.

Par exemple, quand elle avait décrit sa façon d'être en général, elle s'était rendu compte qu'on la jugeait souvent sociable et extravertie, alors que ce n'était qu'une apparence. Elle aimait la franchise et jouer cartes sur table.

En vérité, elle avait peiné à dresser une liste complète des attributs de sa personnalité et de ses goûts.

Certains faits, elle ne voulait les partager avec personne, et encore moins avec un sympathique collègue, qui demeurait un parfait inconnu pour elle, et qu'elle entraînait dans ce qui équivalait à une performance théâtrale de A à Z.

Geneviève se concentra sur sa conduite.

À présent, le chemin goudronné ne devenait guère plus large qu'une piste qui grimpait vers le sommet de la montagne. La végétation tropicale s'éclaircissait, et laissait place à des bananiers d'un côté, et à une plantation de citronniers de l'autre. Au loin, plus en altitude, se profilait une bâtisse. Était-ce chez Zach ? Oui, sûrement…

Au détour d'un nouveau virage, elle capta, pour la première fois, une vision d'ensemble de la propriété.

Elle ralentit, absorbant pleinement le spectacle qu'elle découvrait.

La base de la maison était constituée de pierres taillées de façon irrégulière mais parfaitement empilées, au-dessus desquelles s'élevaient les murs en bois de l'étage, surmontés d'un toit à forte pente aux rebords festonnés. Elle distingua une véranda à l'extérieur du premier étage avec une colonnade en dessous.

— Wouah ! murmura-t-elle.

Elle avait toujours ressenti un faible pour les vieilles maisons de caractère.

Bientôt, elle put admirer les buissons taillés et couverts de fleurs jaunes qui longeaient le jardin en terrasse. Des parties en demeuraient plutôt sauvages, tandis que d'autres, avec la pelouse tondue, mettaient en valeur des arbustes et bosquets joliment sculptés.

Bien qu'il y ait une aire de stationnement en gravier sur le côté, Zach lui avait recommandé de faire le tour par l'arrière. Geneviève parvint donc de l'autre côté de la bâtisse. Le terrain, plus plat, accueillait un potager bien entretenu, ainsi qu'une petite tonnelle sous laquelle se trouvaient une table et quatre chaises. *C'est magnifique !*

Se garant à côté du SUV de Zach, elle prit un moment pour admirer les lieux avant de songer à prévenir son collègue de son arrivée. Fallait-il lui envoyer un SMS ? Klaxonner ? Mais à ce moment-là, la porte s'ouvrit, et il apparut sur le perron.

Un court instant, Geneviève se figea, comme si elle le découvrait pour la première fois. En short cargo et T-shirt, il était pieds nus. Quel bel homme !

J'ai bien choisi mon acteur…

Elle lui fit signe et Zach lui adressa un chaleureux sourire.

Attrapant son sac sur le siège, elle sortit du véhicule tandis qu'il s'engageait sur une allée pour la rejoindre.

— Votre maison est superbe, dit-elle tout en fermant la portière.

Le sourire de Zach s'épanouit davantage. Geneviève se rendit alors compte qu'elle ne l'avait jamais entendu rire. Pas une seule fois en presque six mois. Soudain, elle souhaita sincèrement être celle qui lui en donnerait envie.

— C'était la propriété de mon grand-père, expliqua-t-il en laissant son regard errer sur les murs anciens. Notre famille a exploité la ferme ici pendant des générations, puis mon père ainsi que ses frères et sœurs ont quitté l'île pour vivre à l'étranger, en Grande-Bretagne essentiellement. Il n'y avait personne ici pour prendre la relève quand mon grand-père est mort.

— C'est triste. Mais vous avez quand même pu garder la maison ?

— Oui. Mon grand-père avait légué la propriété à tous ses enfants – quatre au total –, mais seul mon père envisageait de revenir ici après sa retraite. Ils se sont partagé une vingtaine d'hectares. Mon père a donc hérité de cette maison et d'environ deux hectares, le reste a été réparti entre ses frères et sœurs.

— Et je crois que vous la restaurez ?

— Oui, et j'y habite. C'est du travail, pour la remettre en

état ! Mes parents vivent maintenant dans un appartement avec un rez-de-jardin, pas très loin. Venez.

Zach l'invita à le suivre. Ils franchirent les doubles portes du hall et Geneviève lui emboîta le pas dans un couloir au sol carrelé.

— Des parties de la véranda à l'étage n'étaient pas fiables, et j'ai fait remplacer certaines fenêtres. J'ai commencé à peindre l'extérieur. J'essaie de trouver le temps de refaire la cuisine…

Il la précéda vers un escalier en bois à gauche de l'entrée.

— Où allons-nous ? s'étonna Geneviève.

Il lui lança un coup d'œil par-dessus son épaule.

— Les espaces de vie se trouvent à l'étage. Toutes les chambres sont au rez-de-chaussée car, grâce aux épais murs de pierre, il y fait plus frais. Une architecture adaptée au climat…

— Ah, je comprends.

En grimpant les marches, Geneviève huma l'appétissant parfum d'un plat en train de cuire puis, parvenue en haut, se retrouva dans une immense cuisine carrée avec des portes des deux côtés, donnant sur la véranda et surplombant le jardin luxuriant.

Elle s'avança. De cet endroit, on jouissait d'un panorama extraordinaire : la vallée prolongée, à l'horizon, par l'océan surmonté, à cet instant, de la sphère dorée du soleil couchant.

— C'est paradisiaque, murmura-t-elle.

— On ne s'en lasse pas, admit-il en venant près d'elle. On peut profiter pleinement du lever et du coucher du soleil. Jour après jour, en toute saison.

Geneviève acquiesça, admirative, tout en percevant les effluves de l'eau de toilette de Zach. Malgré elle, elle sentit son cœur battre plus vite.

Se détournant du spectacle fabuleux de la nature au crépuscule, elle se dirigea vers la table de la véranda. Elle n'était pas venue pour s'extasier sur cette maison, mais pour organiser une comédie hors du commun…

Elle s'assit et sortit un dossier de son sac, et tendit les papiers à Zach. Croisant son regard, elle éprouva de nouveau ce trouble délicieux qui avait nourri son fantasme. Mais elle se ressaisit rapidement.

— J'imagine que vous n'avez pas encore eu le temps de vous y pencher, puisque vous travailliez aujourd'hui, mais voici quelques informations personnelles…

— Les miennes sont là, répliqua-t-il en désignant des feuilles posées à côté d'elle.

Surprise, elle s'empara des documents et commença à les parcourir tandis qu'il s'installait en face d'elle.

— Vous étiez dans l'armée ?

Cela expliquait certainement la stature si droite de Zach, et sa musculature solide de sportif !

— Oui, pendant presque dix ans.

— Quel était votre grade ?

— Capitaine.

Elle laissa échapper un petit rire.

— Ma mère sera impressionnée.

Zach haussa vaguement les épaules et se leva pour aller surveiller une casserole sur le feu.

Redevenant sérieuse, Geneviève poursuivit la lecture de la liste qu'il avait rédigée à son attention.

Il avait pensé à presque tout, même à des éléments qui lui avaient échappé, tels que les émissions de télévision qu'il aimait, et les romans qu'il avait lus.

— Tiens donc, fan du Dr Who ?

Zach hocha la tête et revint s'asseoir. Une étincelle amusée brillait dans ses yeux.

— C'est l'une des rares séries qui ont résisté à l'épreuve du temps. Vous l'avez regardée ?

— Quelques épisodes seulement, admit Geneviève en poursuivant sa lecture. Il faut avoir du temps libre.

— J'en avais quand j'étais en mission. Ici, je m'estime chanceux quand j'ai deux jours complets de congé d'affilée. Et vous ? Vous avez toujours travaillé comme chirurgienne spécialisée dans les traumatismes ? demanda Zach en lisant les informations qu'elle lui avait confiées.

— Oui, et malheureusement, j'étais toujours bien plus occupée que je ne l'aurais souhaité. Exercer dans un grand hôpital central, c'est compliqué. On est sollicité vingt-quatre heures sur vingt-quatre.

En lui donnant cette précision, Geneviève se remémora son épuisement professionnel. Elle avait frôlé le burn out. Une nuit, elle s'était retrouvée à sangloter de façon incontrôlable dans les toilettes pour dames, après avoir été incapable de sauver la vie d'une jeune victime d'une fusillade en voiture… Elle avait alors décidé de changer de poste.

— Et ici, ça vous plaît ?

Elle le regarda. Il n'y avait rien d'autre qu'une véritable curiosité dans la voix de Zach.

— C'est sûrement très différent de ce que vous avez vécu avant, ajouta-t-il.

— Oui, et j'apprécie, avoua Geneviève. Même si, au début, je n'étais pas sûre que je m'adapterais à un rythme plus tranquille, et aux interventions plus généralistes. Mais j'ai fini par me rendre compte à quel point j'étais sous l'emprise de l'adrénaline depuis des années… J'ai dû être abîmée par tant de stress.

Zach ébaucha un sourire compatissant.

— Il faut un certain temps pour s'acclimater à un mode de vie qui n'est pas dans l'esprit « je combats ou je fuis ». Quand je suis revenu de mes missions militaires, il m'a fallu des mois pour oser laisser baisser mon seuil de vigilance.

— Je vois très bien ce que vous voulez dire. J'ai eu besoin de plusieurs mois, moi aussi, pour réussir à dormir toute la nuit, sans me réveiller en sursaut au cas où l'hôpital m'appellerait…

Zach la contempla en silence, tellement grave et attentif que Geneviève en fut étrangement bouleversée. Il la comprenait, c'était évident… Elle détourna vite le regard pour se concentrer de nouveau sur les documents qu'il lui avait remis.

— Que faut-il que je sache, encore ?

Mais Zach se racla la gorge, et elle releva les yeux vers lui. Il arborait un petit sourire amical.

— C'est un peu tard pour vous demander si vous aimez le poisson, puisque c'est ce que j'ai cuisiné. Si vous n'aimez pas, je vous inviterai à manger quelque part…

Geneviève ne put s'empêcher de rire, soulagée d'avoir pu maîtriser son émotion.

— Je suis de La Nouvelle-Orléans ! Si je n'étais pas gourmande de produits de la mer, je renierais mes origines.

Le regard de Zach pétilla.

— J'ai préparé du poisson cuit à la vapeur avec du gombo, des oignons, des carottes, et du riz complet en accompagnement.

— Fantastique ! On peut manger sous la véranda ? Je voudrais admirer le coucher de soleil…

Cette fois, Zach afficha un sourire si lumineux que Geneviève sentit son pouls s'accélérer.

— Évidemment. C'est mon endroit préféré pour dîner. Je vais mettre la table.

Ravie, Geneviève se leva et rangea soigneusement les documents sur Zach.

— Qu'est-ce que je peux apporter ?

— Les dessous-de-plat, dit-il en désignant deux plaques en bois sur le comptoir. Je prends le reste.

Geneviève plaça les supports sur la table.

— Alors, je sais que vous êtes un cousin du Dr Kiah Langdon. Et vos parents vivent ici, je crois…

— Oui, et on se voit assez régulièrement. Ils vieillissent, et j'essaie de m'occuper d'eux, même si mon père veille, quant à lui, sur mon jardin et également ma vie ! Un peu trop, ajouta

Zach en lançant un clin d'œil. Les parents surprotecteurs, je sais moi aussi ce que c'est !

Puis il invita Geneviève à s'asseoir.

Le dîner, sous la véranda aérée par une brise légère, fut délicieux. Tout en dégustant le repas préparé par Zach, Geneviève comprit subitement qu'elle ne s'était pas autant détendue depuis bien longtemps.

Contre toute attente, tous deux bavardèrent peu, alors qu'ils auraient dû encore partager une foule de choses compte tenu de leur projet...

Comme si ce silence entre eux était à présent nécessaire. Zach gardait souvent les yeux fixés vers le ciel étoilé. Geneviève fit de même, consciente de la petite pointe de mélancolie qui la titillait quand elle se souvenait de la raison pour laquelle ce tête-à-tête était organisé : une comédie romantique factice. Un jeu de rôles qui aurait un début et une fin.

C'est presque dommage que ce ne soit pas vrai...

4.

Le lendemain matin, Zach se réveilla juste avant le lever du soleil, comme à son habitude. Sa tasse de thé à la main, il descendit l'escalier et sortit dans le jardin, respirant profondément l'air frais.

Il avait à peine dormi la nuit précédente car il avait lu et relu les éléments biographiques de Geneviève, s'efforçant de comprendre qui elle était exactement. Après avoir travaillé avec elle pendant des mois, il pensait avoir une idée de sa personnalité mais, à présent, il se rendait compte qu'il ne savait rien de cette femme hors du commun.

Le dossier qu'elle lui avait remis la veille était factuel. Diplômes, durées d'exercice de la médecine dans tel et tel établissement hospitalier… Certes, Zach avait découvert deux informations surprenantes : Geneviève avait participé à des concours de beauté et elle excellait en danse. Mais à part ça, pas grand-chose sur elle.

La soirée, excellente au demeurant, la meilleure qu'il ait passée depuis une éternité, ne lui avait pas appris beaucoup sur Geneviève d'un point de vue personnel. Elle possédait une grande curiosité naturelle, et son esprit, un peu à la manière d'un colibri, avait virevolté à toute allure, avec une vivacité déconcertante. Oui, en vérité, Geneviève était restée bien secrète. Elle lui avait soutiré bien plus d'informations qu'elle n'en avait révélées sur elle-même, en lui posant des myriades de questions et en s'intéressant à un autre sujet avant qu'il ait pu lui demander quoi que ce soit à son tour !

C'était à se demander ce qu'elle avait à cacher…

Tout en buvant son thé à petites gorgées devant la lumière claire et dorée qui nimbait la cime des arbres, Zach parvint à la conclusion que Geneviève était douée dans l'art d'une certaine dissimulation. S'ils devaient jouer le rôle d'un couple ainsi qu'elle le souhaitait, il devrait l'obliger à se dévoiler un peu plus. C'était intéressant de savoir où elle avait étudié, où elle avait obtenu son diplôme avec mention et où elle avait fait son internat, mais ces informations ne révélaient rien de personnel.

Zach étouffa un soupir. Pourquoi avait-il accepté cette étrange comédie ? Pour se changer les idées ? Oublier ses mauvais souvenirs ?

Ce ne serait pas facile, pour lui, d'amener Geneviève à se confier. Il ne savait pas s'y prendre pour inviter les femmes à se livrer. Depuis que Moira avait rompu, il avait eu tout le loisir de réfléchir aux dernières années qu'ils avaient passées ensemble. La vérité ? Il n'avait pas vu venir cette rupture, alors que tous les signaux clignotaient, très rouges. Soit il n'avait pas éprouvé le courage de les remarquer, soit il les avait laissés filer. Il s'était contenté des affirmations de Moira, qui lui promettait que tout allait bien alors qu'en réalité, leurs relations se détérioraient inexorablement.

La vérité ? Elle était déjà en train de programmer leur séparation afin qu'elle tombe au bon moment pour la carrière juridique qu'elle souhaitait mener.

Quand elle l'avait quitté, Moira avait souligné qu'ils s'étaient éloignés l'un de l'autre au fil du temps, que ce n'était plus pareil entre eux…

Abasourdi, Zach lui avait fait remarquer qu'il avait été absent longtemps, envoyé en mission, et qu'il avait à peine eu la possibilité de s'installer de nouveau dans la vie civile. Ne leur accorderait-elle pas une autre chance de vivre pleinement leur amour ? Lui-même ne serait plus dans l'armée, elle serait enfin diplômée en tant qu'avocate, donc tout irait mieux, n'est-ce pas ?

— Tu ne comprends donc pas ? avait lâché Moira avec froideur. Je vais plus loin, moi. Socialement, nous n'évoluons pas dans la même catégorie. Tu resteras toujours un gars de Brixton, sans ambition ni motivation. Je ne veux pas être freinée par toi !

Ces paroles dures, inflexibles, avaient brisé Zach.

Bien après leur rupture, il avait réalisé à quel point Moira s'était servi de lui. Le pire ? Ses soi-disant amis le savaient.

Le poids familier de la honte et de la colère l'assaillit une fois de plus mais, au prix d'un effort dorénavant familier, Zach parvint à ne pas céder à l'amertume.

Il gagna la véranda, posa sa tasse sur la table et se dirigea vers son potager.

Depuis son arrivée sur l'île, il s'était découvert un intérêt et même un don pour le jardinage, aidé par M. Alexander – ou Mass Alex, comme on l'appelait – un vieil homme qui vivait non loin de la propriété. Mass Alex, maintenant âgé de quatre-vingts ans, s'était occupé du jardin avant et après la mort du grand-père de Zach. Grâce à ses conseils avisés, Zach avait commencé à redonner vie à l'ensemble et à cultiver ses propres légumes.

Il aimait retrouver la tranquillité de la terre dès le matin et, tout en arpentant les rangées soignées, se penchait de temps en temps pour arracher une mauvaise herbe. Comme à cet instant, tandis qu'il répétait ces mêmes gestes, il laissait cette paix l'envahir.

Une paix relative, ce jour-là, car il ne cessait de penser à Geneviève…

Puis il comprit qu'il souriait en songeant à elle et au projet insensé dans lequel il s'était engagé. Quelle aventure ! Et un peu d'amusement et de distraction au milieu de son quotidien devenu bien triste et morne ! N'avait-il pas raison de profiter de cette occasion ? Ils avaient décidé de se retrouver pour déjeuner afin d'être vus ensemble en dehors de l'hôpital, préparant ainsi le terrain pour leur future comédie… Et il avait déjà hâte d'y être.

Si Geneviève voulait un petit ami imaginaire, il était prêt à jouer le rôle à fond !

En espérant qu'elle aussi y soit prête…

Ce ne fut qu'après avoir décroché le tuyau d'arrosage que Zach se rendit compte qu'il sifflotait. Et quand, un peu plus tard, il partit travailler, il se sentait joyeux.

Geneviève avait été appelée d'urgence pour opérer Mme Batten, une touriste débarquée d'un navire de croisière à cause d'une forte fièvre. En principe, c'était sa matinée de repos, mais ni le Dr Kiah Langdon ni le Dr John Goulding n'étaient disponibles.

Après avoir recueilli les antécédents de la patiente et pratiqué un examen approfondi, Geneviève avait confirmé le diagnostic du médecin qui exerçait sur le bateau. Des examens complémentaires avaient révélé non seulement une rupture de l'appendice, mais aussi une péritonite.

— C'est ma première croisière, et je ne voulais pas la manquer…, avait avoué Mme Batten entre deux gémissements.

Elle avait admis avoir souffert de douleurs avant d'embarquer, mais s'était convaincue que ce n'était rien d'autre que l'excitation teintée d'un peu de stress. Cependant, ses malaises avaient augmenté, et elle avait fini par consulter le docteur à bord.

— Malheureusement, vous ne pourrez pas poursuivre votre voyage, prévint Geneviève. Je vais vous opérer de l'appendicite, et nettoyer les tissus infectés… Vous serez hospitalisée pendant quelques jours.

— Tant pis, soupira sa patiente, les yeux fermés. Je ne veux plus avoir mal, c'est tout…

Geneviève lui tapota la main d'un geste réconfortant, puis

entreprit d'expliquer au mari inquiet à quel point la situation de sa femme était grave.

— J'aurai une meilleure idée de la gravité de son état lorsque je l'opérerai, mais elle devra peut-être rester à l'hôpital pendant un certain temps, expliqua-t-elle.

— Faites du mieux que vous pouvez, répondit M. Batten, visiblement bouleversé. Je veux qu'elle se rétablisse... On fêtait notre troisième anniversaire de mariage, et j'espère que, dans trente ans, on pourra encore célébrer notre union...

Contenant ses larmes, il s'interrompit et se détourna.

Quelques instants plus tard, Geneviève retrouva son équipe et évalua de nouveau les éléments préopératoires. Zach était présent, concentré comme d'habitude, mais, quand son regard croisa le sien, elle y perçut une petite étincelle différente. De la complicité ? Peut-être...

— Vu son taux de lymphocytes T et les résultats des scanners, je pense qu'on va y passer un certain temps, déclara-t-elle.

Ses paroles furent accueillies par des hochements de tête, puis tout le monde s'activa.

La salle d'opération étant déjà prête, Geneviève alla se préparer pendant que la patiente était transférée au bloc.

Son estimation se révéla juste : pratiquer l'ablation de l'appendice rompu et nettoyer les tissus infectés fut un travail long et minutieux, et il était presque 13 heures lorsque Geneviève put refermer l'incision.

Une fois que Mme Batten fut en salle de réveil, l'équipe chirurgicale délégua la suite de la prise en charge au personnel de l'unité de soins intensifs. Geneviève, Zach et l'autre infirmière, Monica, se dirigèrent vers les bureaux.

Zach se rapprocha de Geneviève.

— On déjeune toujours ensemble ? demanda-t-il à mi-voix.

— Bien sûr. On se retrouve au restaurant qui donne sur la plage ? Le Nectar ?

— D'accord. Je passe d'abord chez moi pour me changer...

Geneviève se rendit compte que Monica les observait avec curiosité. Bientôt, on jaserait dans les couloirs... Tant pis. Au nom de la comédie qu'elle devait jouer, il fallait que tout soit le plus vraisemblable possible... Elle gérerait les conséquences par la suite. Elle sourit à Zach et à Monica, puis gagna son propre bureau.

5.

Comme prévu, Geneviève retrouva Zach au restaurant Le Nectar, sur le front de mer. Les reflets du soleil, haut dans le ciel, étaient joliment irisés, et l'eau si bleue qu'un court instant, elle regretta de ne pas avoir pris son maillot de bain. Mais elle profiterait de la plage plus tard… *Après ce nouveau tête-à-tête pour les besoins de la cause !*

Zach ébaucha un sourire compatissant tandis qu'elle s'asseyait en face de lui à la petite table qu'il avait choisie sur la terrasse, étonnamment peu fréquentée à cette heure de la journée. Seulement trois personnes étaient attablées un peu plus loin.

— Vous n'êtes pas trop fatiguée ? demanda-t-il.

Il avait troqué sa tenue de travail contre un short et un T-shirt jaune pâle qui mettait en valeur son teint hâlé et sa belle carrure. Geneviève prit place en face de lui et sourit, consciente des battements de son cœur qui s'emballaient malgré elle.

— Non, ça va, merci. Même si je suis encore tendue, je me réjouis surtout que l'opération se soit bien déroulée. Il y a toujours une part d'inconnu qu'on essaie de gérer au mieux.

— J'imagine. Bravo, en tout cas.

— Bravo aussi à vous. Sans mon équipe, je ne réussirais pas mes interventions… Bonne idée, ce déjeuner, poursuivit-elle. On doit peaufiner notre petite comédie.

— En effet ! On n'est pas encore au point…

Il s'interrompit car le serveur vint leur proposer les cartes et savoir ce qu'ils désiraient boire. Geneviève opta pour un thé vert, et Zach choisit un cocktail fruité sans alcool. Une fois qu'ils eurent choisi leurs plats – des crevettes accompagnées de riz au safran pour Geneviève, et une daurade avec des légumes sautés pour Zach –, ils bavardèrent poliment de tout et de rien. Tandis qu'elle énumérait les rares sites touristiques qu'elle avait visités depuis son arrivée sur l'île, Geneviève sentait que Zach restait réservé. Mal à l'aise ? Gêné ? Peut-être. Elle attendit toutefois qu'ils aient mangé une bonne partie de leur repas pour aborder la question.

— Zach, je me doute que ce n'est pas simple pour vous. Accepter ce défi est vraiment très sympathique de votre part… et adorable, insista-t-elle en soutenant le regard de Zach. Je vous serai éternellement reconnaissante !

Il haussa les épaules.

— Il faut bien se rendre service, dans la vie…

— Oui mais là, ce n'est pas n'importe quel service. C'est personnel.

Zach acquiesça d'un signe de tête, et une moue amusée se dessina sur ses lèvres sensuelles.

— Personnel, oui… D'ailleurs, à ce sujet, j'ai remarqué que votre biographie ne dit pas grand-chose sur vous en tant que personne. Je sais tout du médecin, ou presque tout, mais peu sur Geneviève.

— Vous avez raison. On va placer les éléments manquants du puzzle… Mais avant de commencer, il faut qu'on se tutoie, Zach. Ça facilitera le naturel des confidences.

— OK.

Zach sourit de nouveau, plus franchement cette fois.

— Au travail aussi ?

— Ma foi, oui… Si on joue au couple ici, sur la plage, il faudra qu'on le soit également là-bas, entre les murs de notre établissement !

— Les ragots iront bon train…

— Tant pis. On rectifiera le moment venu. On peut très

bien devenir très amis de toute façon, ajouta Geneviève, souhaitant sincèrement que ce soit le cas.

— Amis ? Oui, sans doute... Vu ce qu'on va partager, on ne sortira pas indemnes de l'aventure, répliqua Zach. Ça laissera des traces dans nos mémoires !

— Certainement. Toujours prêt ?

Zach l'observa en silence quelques secondes, et ses prunelles sombres, intenses et veloutées, troublèrent profondément Geneviève une fois de plus. *Oh ! ce regard...*

— Oui.

— On va s'interroger mutuellement, d'accord ? Pour y voir plus clair sur nos vies respectives.

Un léger tressaillement affleura aux lèvres de Zach, comme s'il se retenait de sourire.

— Pas de problème. C'est nécessaire.

— Parfait. Bon, je commence. Qu'est-ce qui t'a incité à t'engager dans l'armée ?

Zach réfléchit et, un court instant, une expression étrange se refléta sur son visage. Un mélange de tristesse et de dureté ? Geneviève n'aurait su dire.

— Mes parents voulaient que j'aille à l'université mais j'ai vite compris que les études supérieures n'étaient pas faites pour moi.

— C'est-à-dire ?

Geneviève guetta le regard de Zach, mais il garda les yeux baissés en déclarant :

— J'aimais bien apprendre, sauf que l'immobilité ne me convenait pas. Être dans une salle de classe tout le temps, ce n'est pas ma tasse de thé, précisa-t-il en la regardant enfin. Ensuite, j'ai évalué les coûts. C'était trop cher pour moi, il aurait fallu que je souscrive un prêt étudiant. Alors j'ai changé de voie et choisi une formation militaire.

— Qu'est-ce que tes parents en ont pensé ?

— Ma mère a compris, mais mon père a été un peu déçu. Il comptait sur moi pour être le premier de la famille à obtenir un diplôme universitaire. Je leur ai dit que j'avais toujours l'intention d'être diplômé, mais dans un autre domaine. De plus, ma jeune sœur est le véritable cerveau de notre clan… Il valait donc mieux qu'ils se concentrent sur les études supérieures qu'elle pouvait poursuivre.

— Elle en a fait ?

— Oui. Elle a même obtenu deux diplômes. Elle est douée !

— Et pourquoi as-tu opté pour le métier d'infirmier ? La médecine ne te tentait pas ?

Le visage de Zach se rembrunit pendant un court instant.

— Si, mais j'ai dû me décider… Et je n'avais ni le temps ni les moyens de me lancer dans de longues et coûteuses études. De plus, aujourd'hui, je suis heureux de ce que j'ai accompli, conclut-il sur un ton qui coupait court à cette conversation.

— Oui, mais…

Zach leva un doigt pour l'interrompre.

— C'est à mon tour de poser des questions. Ces concours de beauté dont tu parles dans ta biographie… Comment est-ce que ça a commencé ?

Un peu décontenancée par ce brusque changement de sujet, Geneviève haussa les épaules.

— Je faisais partie de ces enfants qui ne tenaient pas en place, alors mes parents m'ont inscrite à un cours de danse. La mère d'un des élèves de mon groupe s'occupait de l'organisation de concours et a convaincu ma mère de me laisser participer. Je crois que ça m'a bien plu parce qu'ensuite, j'ai continué…

En réalité, elle avait persisté et réitéré parce que cela lui avait donné l'occasion de passer plus de temps avec Loren, qui concourait également. Elle avait eu l'impression, à l'époque, que son amie ressentait la même motivation amicale. Bien des années plus tard, elle s'était rendu compte que, dans l'esprit de Loren, elles étaient en concurrence non seulement pour les titres et les couronnes, mais aussi par rapport à l'attention de la mère de Loren…

Et finalement, pour attirer et séduire les hommes.

Geneviève chassa ses mauvais souvenirs et se concentra sur Zach qui l'observait de nouveau avec attention.

— Tu as vraiment apprécié ces concours ? Il n'y avait pas d'autres raisons ?

Elle réfléchit à sa réponse, ne voulant pas évoquer Loren.

— Oui, ça me plaisait bien. En fait, les concours étaient organisés dans le cadre d'actions de bienfaisance, et c'était gratifiant. Je me doute que la plupart des gens pensent que c'est superficiel, mais j'avoue qu'on peut trouver un sens positif à ce genre de manifestations. Il n'y a pas que le physique qui est pris en compte. L'attitude intérieure et le mental sont importants. En plus, ça m'a permis de découvrir des endroits que je n'aurais probablement pas vus autrement, et de bâtir des relations vraiment solides avec d'autres femmes.

En souriant de façon malicieuse, elle ajouta :

— Et j'ai pu mettre des vêtements que je n'aurais jamais portés dans d'autres circonstances !

Zach resta de marbre, et elle eut l'impression qu'il n'avait pas compris sa tentative d'humour. Parler de cette période de sa vie était toujours, pour elle, aussi agréable que douloureux, même si maintenant elle pouvait l'envisager avec un peu plus de sérénité.

— Alors pourquoi tu as laissé tomber ?

La question, directe mais légitime, surprit Geneviève.

— J'ai arrêté quand j'ai commencé mon internat, parce que celui-ci était, bien sûr, plus important. Puis, lorsque j'ai quand même voulu participer à un dernier concours...

Elle effleura un coin de sa bouche : la partie encore légèrement figée qui avait anéanti tous ses espoirs de gagner l'un des grands concours de beauté organisés à l'époque.

Zach s'abstint de tout commentaire et esquissa un geste pour attirer l'attention du serveur, qui s'approcha aussitôt.

— Vous avez du pudding au menu aujourd'hui ? lui demanda Zach.

— Oui, monsieur, répondit le serveur en souriant. Vous en voulez une part ?

— Deux, s'il vous plaît.

— Tout de suite, monsieur.

— Du pudding ? répéta Geneviève, étonnée.

— Tu ne le regretteras pas, crois-moi. Ils le préparent avec du chocolat noir et une sauce au rhum qui est absolument succulente.

Quelques instants plus tard, l'appétissant dessert leur fut apporté.

— Oh ! c'est superbe, murmura Geneviève, contemplant le gâteau dont le délicieux parfum lui taquinait les narines.

— Je te l'avais dit !

Zach saisit sa cuillère mais ne goûta pas tout de suite sa part.

— Je suis certain que tu aurais pu participer à ce dernier concours si tu l'avais vraiment voulu.

Geneviève secoua la tête.

— Impossible. Ma paralysie m'avait trop abîmée…

— Pourtant tu es toujours belle, insista Zach sans la quitter des yeux. De plus, tu es une chirurgienne très respectée. Pense à toutes les petites filles que tu aurais inspirées si tu avais continué !

Prise de court par ce compliment, Geneviève voulut détourner les yeux, mais l'émotion qu'elle éprouvait soudain l'en empêcha. L'intensité du regard de Zach la captivait…

Et, l'espace de quelques secondes, elle oublia.

Elle oublia que ce n'était qu'une comédie et que le bel homme qui la contemplait avec tant d'assurance n'était pas un amoureux. Pas même vraiment un ami, même si elle espérait qu'ils étaient sur la bonne voie… Pensait-il vraiment ce qu'il venait de lui dire, ou était-il simplement gentil avec elle ?

Une douce chaleur lui irradia le ventre, quelque chose qui ressemblait à du plaisir, peut-être même à du désir, surprenant et même inconfortable compte tenu des circonstances. Elle n'aurait su identifier cxactement ce qu'elle ressentait…

Arrête de fantasmer !

Vite, elle reprit le contrôle d'elle-même et adressa à Zach ce qui aurait été son plus beau sourire autrefois, celui qui était l'un de ses meilleurs atouts.

— Pour moi, les défilés, c'est terminé, annonça-t-elle d'un ton étonnamment enjoué.

Zach fronça les sourcils, perplexe.

— Pourquoi donc ?

— Parce que je serais obligée de renoncer à des délices tels que ce dessert, et j'avoue que ce genre de sacrifice, au nom d'une ligne parfaitement svelte, ne me motive plus du tout !

Zach l'observa et, soudain, éclata de rire… Un rire franc, joyeux et communicatif. D'abord désarçonnée, puis de nouveau emplie d'émotions, Geneviève se mit à rire à son tour.

Tandis qu'elle dégustait son gâteau, Zach souriait malgré lui. Geneviève se servait des cuillerées avec délicatesse, et savourait chaque bouchée avec une évidente gourmandise. Quand son assiette fut vide, elle esquissa une moue et rassembla le reste de sauce dans sa cuillère pour ne pas en laisser une miette.

— C'était terriblement bon, soupira-t-elle. Merci de l'avoir commandé.

— Je suis heureux que tu te sois autant régalée ! Je ne t'avais même pas demandé ton avis avant…

Hochant la tête, Zach ajouta :

— On m'a parfois reproché d'être trop directif !

En réalité, Moira l'avait accusé d'imaginer de manière arrogante ce qu'elle aimait quand il avait de petits gestes affectueux à son égard, ou lorsqu'il lui offrait des cadeaux. Zach en avait été profondément blessé. Il avait commis tant d'erreurs par le passé…

— Rassure-toi, si je n'en avais pas voulu, je te l'aurais dit, affirma tranquillement Geneviève.

— Tant mieux. Si je me trompe sur un choix ou un autre, je préfère le savoir tout de suite.

— Aucun problème.

Elle souriait en prononçant ces mots, et Zach se demanda à quoi elle pensait. Mais, avant que Zach ait pu lui poser la question, elle changea de sujet :

— On a un peu préparé le terrain à l'hôpital, puisque Monica nous a entendus tout à l'heure à propos du déjeuner... C'est très bien. Continuons et mettons au point certaines choses si on veut être crédibles devant ma mère !

— Quelles sortes de choses ?

— Par exemple le degré d'affection que nous devrions avoir l'un envers l'autre en public...

Curieusement, Zach ressentit un trouble indéfinissable à cette perspective. Un mélange d'excitation, d'impatience et d'amusement.

— Concrètement, faudra-t-il que nous soyons tendres, qu'on s'embrasse, qu'on se tienne la main ? C'est à ça que tu penses ?

— Eh oui. Elle sait que je suis plutôt affectueuse de nature...

Et Geneviève conclut en souriant d'un air presque espiègle.

Zach résista à une nouvelle envie de rire.

— Ce sera comme jouer une pièce de théâtre ! Je ne suis pas sûr d'être bon comédien, mais je vais faire de mon mieux pour que ta chère maman ne soit pas surprise... Je te préviens, Geneviève, des règles claires et un entraînement seront nécessaires !

— Je m'en doute, répliqua-t-elle, les yeux pétillants. On a un peu de temps devant nous, donc ça ira...

— Oui, ça ira si on le veut. On sera deux sur scène pour simuler les sentiments amoureux, poursuivit Zach, essayant d'ignorer les curieux battements de cœur qui martelaient soudain sa poitrine. Après tout, comme disait Shakespeare,

« Le monde entier est une scène, et hommes et femmes, tous, n'y sont que des acteurs ! »

— Et en plus, tu connais Shakespeare !

Geneviève lui adressa un sourire éblouissant.

— Ma mère va t'adorer !

6.

Durant les jours suivants, Geneviève déjeuna plusieurs fois avec Zach. Ils se retrouvèrent à la cafétéria de l'hôpital, simplement et ouvertement. Bien sûr, elle eut conscience des regards curieux qu'ils suscitaient. Peu lui importait. Elle tenait à mieux connaître Zach, à se sentir à l'aise avec lui et à faire en sorte qu'il soit, lui aussi, détendu. Il lui paraissait si timide, par moments, bien que visiblement très engagé dans leur arrangement. Ainsi, il lui apprit qu'il avait mentionné leur aventure, sans entrer dans les détails, à Kiah et à Mina, ainsi qu'à ses parents.

— Au nom du réalisme de notre comédie ! précisa-t-il en souriant. Et mes parents seraient heureux de te rencontrer… Ils sont de nature plutôt joyeuse, tu verras.

D'abord surprise – en vérité, elle n'avait pas songé à se rapprocher de la famille de Zach –, Geneviève accepta avec plaisir. Ce serait une excellente manière de mieux découvrir Zach, en compagnie des siens, dans une ambiance qui s'annonçait chaleureuse !

— Peut-être quand ma mère sera là ? suggéra-t-elle.

— Oui, bonne idée.

Ils levèrent leur verre d'eau pétillante et trinquèrent.

Un peu plus tard durant la journée, les rumeurs allant bon train, Geneviève ne s'étonna pas de recevoir des commentaires amusés, plutôt bienveillants, de la part de certains collègues. En revanche, elle fut un peu perplexe par la mise en garde de Mina.

— Zach est très sensible, et je ne voudrais pas qu'il souffre de nouveau, dit Mina à Geneviève, alors qu'elles buvaient un café dans la salle de repos.

Geneviève la rassura.

— J'aime beaucoup Zach, et je n'ai aucune intention de lui briser le cœur, affirma-t-elle. Pourquoi un tel avertissement ?

Mina se contenta de hausser les épaules, s'abstenant de toute autre remarque. Geneviève réalisa alors à quel point la mascarade qu'elle avait imaginée pour s'épargner des soucis personnels avec sa propre mère était potentiellement lourde de conséquences. Pourquoi avait-elle bâti un tel scénario ? N'aurait-il pas été plus facile d'avouer la vérité à sa famille ? Car nul doute que sa mère avait dû transmettre les prétendues bonnes nouvelles à son père, à sa sœur… Quelque chose comme « Geneviève est enfin heureuse et amoureuse ! ».

La gorge nouée, Geneviève promit de nouveau à Mina que tout se passerait bien entre Zach et elle…

En tout cas, elle l'espérait sincèrement. Puis elle préféra ne plus s'attarder sur les questions auxquelles elle ne pouvait trouver de réponse : *Pourquoi Zach et pas un autre ? Pourquoi suis-je incapable d'être vraiment en couple avec un homme ?* Elle ne le savait pas. Pire encore, elle avait l'intuition qu'elle resterait célibataire encore très longtemps. Donc oui, mille fois oui, cette comédie était une bonne idée pour qu'on la laisse tranquille !

Un mercredi après-midi, Geneviève fut invitée par Zach à lui rendre visite chez lui.

— Tu profiteras des derniers rayons du soleil dans le jardin. J'aime travailler dans mon potager, et si tu veux me rejoindre…

Geneviève se réjouit de cette proposition. Cela lui offrirait même une bouffée d'air frais après ses huit heures à l'hôpital. Alors qu'elle prenait le volant, elle reçut un SMS de sa mère.

J'arrive le 12 juin, à 17 heures, pour cinq ou six jours ! Ton père part à une conférence à Addis-Abeba, et, avant de le rejoindre en Éthiopie, je fais un saut chez toi… Je t'envoie les détails de mon vol par mail.

Geneviève répondit par un smiley qui exprimait autant d'étonnement que de joie – après tout, elle n'était pas censée être au courant de cette visite inopinée ! – et démarra pour prendre la direction de la verdoyante partie de l'île où Zach vivait.

D'ici peu, il faudrait que tout soit réglé comme du papier à musique !

Zach était en train d'arroser ses plantations. En short et tongs, torse nu, il avait l'air si tranquille que Geneviève sentit aussitôt sa tension s'apaiser. Un petit chat roux se prélassait dans l'herbe à côté de lui.

— Comment ça va ? demanda-t-il en s'approchant d'elle.

Et rapidement, il lui déposa un petit baiser sur la joue, juste au coin des lèvres. Geneviève tressaillit, et son pouls s'accéléra.

— Au nom de notre comédie ! lança-t-il en lui souriant gentiment. On ne pourra jamais faire croire à ta mère qu'on est ensemble si on ne s'embrasse pas.

— C'est sûr… Elle arrive le 12 juin à 17 heures. Et elle sera là pendant environ six jours.

Geneviève soupira.

— Je vais essayer d'obtenir un congé pour passer du temps avec elle. Mais je ne suis pas sûre que la direction accepte, puisque ça ne fait même pas un an que j'ai été embauchée.

Zach hocha la tête.

— Je travaille à l'hôpital depuis encore moins longtemps, alors je crains que, pour moi, ce soit totalement impossible.

— Ce n'est pas grave. Ma mère comprendra qu'on ne puisse pas être complètement disponibles pendant son séjour, d'autant plus que celui-ci n'était pas prévu.

— Heureusement pour moi, mes parents sont de scrupuleux organisateurs ! dit Zach. Il leur a fallu cinq ans pour programmer leurs vacances au Portugal… Et économiser afin de s'offrir les billets d'avion. Ils en ont été très heureux.

— Je comprends. Il paraît que prévoir un voyage procure autant de plaisir que l'aventure elle-même, ajouta Geneviève, songeant à quel point ses propres parents étaient financièrement privilégiés.

Ils pouvaient voyager où et quand bon leur semblait.

— C'est possible, dit Zach. En tout cas, c'est pendant cette échappée longtemps planifiée que ma mère a encouragé mon père à prendre sa retraite ici plutôt qu'en Grande-Bretagne.

— Ta mère est originaire des Antilles ? interrogea Geneviève, certaine de n'avoir rien lu à ce sujet dans la biographie de Zach.

— Non. Elle est née à Glasgow. Mon père l'a rencontrée après avoir déménagé en Angleterre. Je peux te montrer une photo, si tu veux. Je reviens dans une minute…

Zach se dirigea vers la maison. Geneviève profita de son absence pour caresser le petit chat roux.

— Quel âge a-t-il ? demanda-t-elle quand Zach revint en apportant une grande photographie sertie d'un cadre argenté.

— Aucune idée. Puss – je l'ai nommé ainsi – a élu domicile ici, mais il n'est pas à moi. Il n'appartient sans doute à personne. Je le nourris en attendant de retrouver son propriétaire… si je le retrouve ! Tiens, voilà, tu sauras tout, poursuivit-il en tendant le cliché. Ma mère m'a donné cette photo quand j'étais étudiant, autant dire que ça ne date pas d'hier.

Geneviève découvrit un groupe familial souriant, avec un père à la peau foncée, une mère au teint clair et leurs quatre enfants métissés. Zach avait hérité de la stature paternelle tandis que la forme de son visage, son nez et ses yeux rappelaient la physionomie maternelle.

Zach se pencha par-dessus l'épaule de Geneviève pour l'aider à identifier les différents membres de la famille. Elle ressentit un doux frisson en le percevant si proche d'elle.

— Voici Hezekiah, mon père, Sheila, ma mère, Cameron, Catriona et Benjamin…

— Et toi, ajouta-t-elle en désignant le jeune Zach sur la photo. Ta mère est rousse… ce qui explique que, toi aussi, tu aies des taches de rousseur !

Il laissa échapper un petit rire.

— En fait, je ne crois pas. Ma mère n'en a aucune sur le visage. Ce serait plutôt un signe caractéristique du côté de mon père !

— La génétique est toujours étonnante, pas vrai ? dit Geneviève, consciente du trouble qui l'envahissait du fait de la proximité de Zach. J'aime aussi vos prénoms…

Aucun autre commentaire ne lui venait à l'esprit. La présence de Zach presque contre elle l'emplissait de sensations grisantes. Lorsqu'il s'écarta après qu'elle lui eut rendu la photographie, elle eut envie de l'attirer vers elle et de l'enlacer, de sentir de nouveau la chaleur de son grand corps rassurant, sa force virile…

Cesse de fantasmer !

Une fois de plus, elle s'obligea à penser à autre chose et afficha un sourire qu'elle espéra confiant.

— Nous portons tous le prénom d'un parent, expliquait Zach. Heureusement, ma mère a refusé de m'appeler Zachariah, comme mon grand-père… Elle a réussi à convaincre mon père de choisir Zachary. Cameron et Catriona portent le nom des parents de ma mère, et Ben a celui du père de Kiah Langdon. Lorsqu'ils étaient enfants, le père de Kiah et le mien étaient les meilleurs amis du monde.

— Une histoire familiale riche…

— Et mouvementée ! Kiah est en réalité un diminutif, précisa Zach en riant de nouveau. Il s'appelle Hezekiah, comme mon père. Bon, assez parlé de moi…

Contre toute attente, il lui saisit la main et l'entraîna vers un banc, à l'ombre d'un grand palmier. Le chat Puss ouvrit un œil et se rendormit dans l'herbe.

— Tu penses vraiment qu'on va réussir cette comédie face à ta mère ?

Geneviève s'efforça d'ignorer l'appréhension qui la gagnait soudain. Car si jamais on découvrait qu'ils mentaient tous les deux, les conséquences seraient encore pires. C'était vraiment absurde de sa part d'avoir décidé d'agir ainsi.

Mais supporter les regards inquiets, les questions sans fin, ce n'est pas mieux.

— Il faut qu'on soit parfaits, déclara-t-elle fermement. Un couple idéal… Ensuite, lorsqu'elle partira, on ira dîner au restaurant pour se féliciter d'avoir relevé le défi ! Merci, vraiment, merci du fond du cœur d'accepter de me tirer d'embarras, poursuivit-elle. Je sais que ça paraît idiot, surtout à mon âge, mais…

— Ne te justifie pas, c'est inutile, sincèrement… Et je suis heureux d'être capable de te rendre service. Tu n'es pas n'importe qui…

Zach lui sourit et, soutenant son regard, Geneviève sentit les battements de son cœur s'accélérer.

— Tu sauves des vies, jour après jour. Tu te consacres aux autres, sans compter les heures au bloc, et tu avais juste envie d'être tranquille, pas vrai ?

— Oui… exactement. « Tranquille » est le mot juste. La visite imprévue de ma mère aurait tout chamboulé.

— J'imagine. Elle est en vacances, peut-être ?

— Exactement. Elle enseigne l'économie et ses congés d'été viennent de commencer.

— Et ton père ?

— Il est astrophysicien. Il va participer à une conférence en Éthiopie, et, avant de le rejoindre, ma mère a décidé de faire un saut aux Antilles. Chez moi, ou à l'hôtel, je ne sais pas encore ce qu'elle voudra faire. Tout va être improvisé…

— Tout sauf cette relation superbement idéale entre nous deux, ironisa gentiment Zach.

Il hocha la tête et, doucement, lui effleura la joue. Geneviève réprima un frisson de plaisir.

— On a encore un peu de temps pour apprendre à se connaître et à se familiariser avec nos habitudes respectives… Je vais essayer d'être digne du petit ami qui pourrait être celui d'une femme comme toi.

— Digne ? Je n'ai rien de particulier, tu sais, je ne recherche pas de compagnon ayant une certaine envergure ou que sais-je… De toute façon, je suis très bien seule. C'est justement ce qui pose problème à ma famille… Mon célibat prolongé ! ajouta Geneviève.

Zach l'observa intensément mais avec bienveillance. Son regard exprimait toutes sortes d'interrogations muettes.

— Et si tu m'en parlais ?

— De quoi ?

— Des raisons qui font que tu préfères être célibataire. Une belle femme comme toi devrait être accompagnée…

Geneviève poussa un léger soupir. Combien de fois avait-elle entendu ce même argument ?

— Quelles que soient les explications, je suis aujourd'hui tout à fait sereine.

— Tu en es sûre ?

— Certaine.

Elle soutint le regard de Zach. Les battements de son cœur démentaient ses propos mais, pour rien au monde, elle ne se serait confiée, même à Zach en qui elle commençait à avoir une profonde confiance.

— Quoi qu'il en soit, compte sur moi, dit-il. Le jour où ta mère arrivera, je serai là et, si besoin, je viendrai la chercher à l'aéroport avec toi. Ensuite, on verra bien… On improvisera sans doute quand même beaucoup !

— Oui… On se débrouillera. Encore merci, Zach. Tu me sauves.

Alors, spontanément, Geneviève se pencha pour l'embrasser sur la joue. Ce fut si maladroit que, visiblement ému, Zach l'enlaça à son tour, et la serra très fort contre lui. Dans le creux de cette étreinte imprévue, Geneviève ferma les yeux et, cette fois, s'abandonna pleinement à des espoirs indicibles.

Une nouvelle vie... Une vie emplie d'amour, ce serait vraiment possible... Peut-être un jour ? Et ce serait comme ça, là, maintenant...

7.

Le 12 juin arriva trop vite.

En ce début d'après-midi, Geneviève rangea sa maison de fond en comble, consciencieusement, comme si elle craignait, une fois de plus, le jugement maternel. Elle ignorait encore si elle allait accueillir sa mère chez elle, ou si Mme Broussard allait préférer s'offrir une chambre d'hôtel. Toutes deux n'avaient pas beaucoup communiqué à ce sujet.

Point très positif compte tenu des circonstances, Geneviève avait pu obtenir plusieurs demi-journées de congé après avoir expliqué la situation au Dr Hamilton, le chef du service de chirurgie. Il avait dit oui à condition qu'elle accepte les urgences. Naturellement, elle avait été d'accord, reconnaissante de pouvoir malgré tout s'octroyer un peu de temps libre.

Sa matinée lui avait semblé interminable. Plusieurs opérations programmées, plus un jeune homme victime d'une agression au couteau amené pile au moment où Geneviève s'apprêtait à commencer une ablation de la vésicule biliaire... La gravité des blessures subies par la victime l'avait retenue au bloc jusqu'à la dernière minute.

Sa villa, située à environ cinq kilomètres de l'hôpital, était une location qu'elle avait choisie pour deux raisons : la situation géographique, idéale, car elle pouvait se rendre au travail à pied en empruntant une petite route qui longeait la mer, et son incertitude quant à son avenir professionnel ou personnel. Son poste était temporaire mais potentiellement reconductible, en fonction de sa motivation. Lorsqu'elle était arrivée sur cette île des Antilles, Geneviève s'était promis que ce ne serait qu'une escale supplémentaire dans son parcours, et qu'elle candidaterait ailleurs, dans un autre pays, par la suite. Elle ne voulait pas se fixer quelque part. Rester mobile, libre, lui était essentiel.

D'où, sans doute, l'inquiétude de sa mère… Son père, quant à lui, était un grand voyageur de par son métier de chercheur en astrophysique. Sa jeune sœur, en revanche, s'était installée à La Nouvelle-Orléans et menait une vie tranquille avec son mari. Ils commençaient à envisager de fonder une famille… Évidemment.

Et moi, je poursuis mes errances…

En finissant d'épousseter les meubles du salon – une vaste pièce éclairée par des baies vitrées qui donnaient sur le petit jardin fleuri –, Geneviève songea que son existence tenait dans quelques valises et malles. Liberté oblige, elle ne possédait même pas de mobilier : elle avait loué la maison tout équipée. C'était une construction traditionnelle composée de deux chambres, d'une pièce à vivre, d'une cuisine moderne et d'une salle de bains avec douche et baignoire, très pratique, mais forcément impersonnelle. En ajoutant des bouquets çà et là, en affichant des photographies et des posters, elle avait cependant réussi à rendre l'habitation plus chaleureuse.

Quand Geneviève consulta son téléphone, elle trouva un message de Zach. Il lui demandait de le rappeler quand elle aurait le temps. Il se souvenait qu'on était le 12 juin, la date fatidique… Et il était libre, car il s'était organisé au travail. *Quel homme génial…*

Elle ressentit un frisson en se remémorant à quel point, peu à peu, ils étaient devenus réellement proches. Lorsqu'ils se retrouvaient à l'hôpital, ils échangeaient des sourires de connivence. Ils s'étaient même rendus à la plage ensemble à deux reprises. En maillot de bain, Geneviève avait un peu redouté le regard de son surprenant compagnon improvisé, mais il s'était montré plutôt sincèrement admiratif, alors qu'elle éprouvait un sérieux complexe à cause des quelques kilos qu'elle avait pris ces dernières années. Elle n'était certes plus aussi longiligne qu'à l'époque où elle défilait pour des concours de beauté ! Sur le sable, assis côte à côte après avoir nagé, ils avaient bavardé et ri ensemble. Geneviève se rappela qu'avant leur comédie, Zach était souvent sombre… À croire que leur petit jeu le mettait en joie !

Après avoir vu le message de Zach, elle lui téléphona aussitôt.

— Comment vas-tu ? demanda-t-il.

— Bien, du moins pour l'instant ! J'ai préparé la maison au cas où. Je ne sais toujours pas où ma mère va dormir, mais je vais l'inviter, naturellement. Elle peut préférer un hôtel, elle est indépendante… On verra. Et toi ? Je ne t'ai pas vu à l'hôpital, ce matin, comment s'est passée ta matinée ?

Zach poussa un soupir.

— Je suis allé au marché avec mes parents. Mon père a insisté pour acheter des légumes que je fais pousser dans mon jardin… Il n'a pas voulu que je les lui donne ! Il est très têtu, par moments. Mais c'est peut-être l'âge… Ma mère l'accompagne toujours très gentiment. Ils s'entendent bien.

— Et ils ont la chance de t'avoir auprès d'eux !

— Oui, mais je ne sais pas s'ils s'en rendent vraiment compte. Pour eux, c'est juste normal.

Un silence s'établit. Puis Zach reprit d'une voix plus basse, douce et très apaisante :

— Prête ?

— Plus ou moins, avoua Geneviève. Et toi ?

— Plus ou moins. On fera de notre mieux.

Zach se racla la gorge comme s'il était gêné.

— Je me disais que ce serait bien qu'on se voie avant d'aller chercher ta mère à l'aéroport. 17 heures, c'est ça ?

— Oui. Tu veux venir avec moi ?

— Quelle question ! Je suis ton petit ami, non ? Que dirait-elle si tu l'accueillais seule ? Tu ne l'es plus, ne l'oublie pas !

Si seulement c'était vrai...

Ignorant la pointe de nostalgie qui l'envahissait, Geneviève sourit.

— Tu as raison. Je viens chez toi ou tu me rejoins ?

— Ma maison est sur la route de l'aéroport, donc passe boire un café ou un thé. On peaufinera notre jeu de scène !

— Bonne idée. Merci, Zach. Merci beaucoup… J'arrive.

Après avoir coupé la communication, Geneviève se prépara rapidement. Elle enfila une robe en coton fleuri, légère et cintrée à la taille, des sandales à fines bretelles, et noua sa chevelure en chignon. Puis elle se maquilla légèrement et observa son reflet dans la glace. Bronzée, les yeux brillants, elle avait l'air en forme… et presque rajeunie ! *Parce que je suis heureuse d'aller chez Zach.*

La pensée s'imposa, évidente, perturbante. Mais c'était la vérité. Elle avait même hâte de le retrouver…

Et peut-être de se blottir dans ses bras. Cela lui semblerait juste…, naturel.

— Bonjour…

— Bonjour, répondit Geneviève en souriant.

Il portait un pantalon blanc et un T-shirt clair qui lui donnaient une allure élégante mais sobre.

Plus séduisant que jamais...

— Viens, dit-il, s'effaçant pour la laisser entrer. J'ai préparé du thé vert, je sais que tu aimes ça, et de la mangue fraîche.

— Exactement ce dont j'ai besoin. J'ai juste avalé un sandwich à midi, je n'avais pas très faim.

— Tu es sans doute stressée…

— Oh oui, plus que je ne le voudrais. C'est terrible, quand même, à mon âge ! J'ai l'impression d'avoir seize ans, et que ma mère va me faire des réflexions comme si j'étais une incompétente ! ajouta Geneviève en laissant échapper un petit rire.

— Mais ce n'est pas le cas, dit Zach avec un sourire rassurant. Tu veux lui être agréable et éviter des questions qui seraient trop gênantes pour ton propre équilibre personnel et professionnel.

— Exactement, admit Geneviève, surprise qu'il ait aussi bien résumé la situation. Et, grâce à toi, ce sera possible…

— Grâce à nous deux. Viens.

Zach l'invita sous la véranda, où tasses, théière et fruits étaient disposés sur la table. Tout en s'asseyant et en se laissant servir, Geneviève se rendit de nouveau compte à quel point elle se sentait bien avec lui. À l'aise, détendue… et profondément tranquillisée. Zach la comprenait, et il ne la jugeait pas, contrairement à Johan, l'homme en qui elle avait eu confiance et qui avait fini par la trahir en sortant avec Loren.

— À quoi penses-tu ? demanda-t-il en s'installant en face d'elle.

— À nous.

— À nous ?

— Oui. En fait, j'ai l'impression par moments qu'on est réellement ensemble.

— J'avoue que moi aussi, dit Zach après une brève hésitation. C'est un peu surréaliste…

D'un geste, il les désigna tous les deux.

— Toi et moi, ici et maintenant.

Le cœur de Geneviève battit plus vite quand il la regarda. Ses yeux si intenses, d'une chaude couleur noisette, semblaient la sonder pour lire en elle… et plus encore. *Comme une caresse sensuelle…*

Réprimant un frisson, elle s'obligea à se ressaisir.

— Surréaliste, oui, c'est vrai. Mais en restant réaliste, poursuivit-elle, je m'aperçois qu'on a omis des informations importantes l'un sur l'autre.

— Sûrement. On ne peut pas combler tous les vides nous concernant mutuellement en si peu de temps. Quels sujets as-tu à l'esprit ? demanda-t-il après avoir bu quelques gorgées de thé.

Geneviève fit de même, savourant le goût légèrement citronné de la boisson. Puis elle goûta la mangue fraîche que Zach avait préparée. La chair en était délicieuse, sucrée à souhait, fondante sur la langue.

— Que c'est bon, murmura-t-elle. Je ne m'en lasserai jamais !

Zach l'observa, frappé par la manière dont elle s'abandonnait soudain à la gourmandise.

— Sur notre île, ces fruits poussent à profusion. Tu n'en manqueras pas. Je t'en cueillerai, si tu veux. J'ai deux manguiers dans mon jardin.

— Vraiment ? Que c'est gentil… Il y a quelque chose de paradisiaque ici. Mais, pour en revenir à ce dont on parlait, reprit Geneviève, j'ignore, par exemple, ce qu'il en est de ta vie sentimentale…

— Ma vie sentimentale ? Inexistante depuis un bon moment, et il n'y a rien à en dire, affirma Zach d'un ton sans appel.

Puis il ébaucha un léger sourire.

— Et la tienne ?

— Tout comme toi. Il n'y a rien à en dire.

Zach la contempla fixement, puis il lâcha un rire bref.

— Au moins, on est à égalité. Bon, revenons au présent et au rôle que j'ai à jouer ! J'espère être à la hauteur.

— Tu le seras. Je te fais confiance, dit Geneviève. Je suis sûre que tout ira bien si on ne s'implique pas émotionnellement. Ce sera la règle de base.

— Je suis bien d'accord. Pas d'implication émotionnelle, répéta Zach. On va peut-être un peu s'amuser ?

— On essaiera.

— Ce serait mieux, tant qu'à faire. Non ?

Zach garda les yeux rivés sur Geneviève, et une étincelle malicieuse pétilla dans son regard. Avec son torse large de sportif et ses bras musclés, il dégageait une impression de force virile… Mais il possédait un cœur tendre et une immense sensibilité. Maintenant, elle le savait. Elle le sentait.

— Oui.

Impulsivement, elle lui saisit la main et la serra dans la sienne.

— Tu as accepté cette comédie plutôt délicate, et je crois, oui, je crois que ça peut être un bon moment… Même si on fait semblant tous les deux.

Zach ne répondit pas tout de suite. Une expression indéfinissable se reflétait à présent sur son visage.

— Je ne suis pas sûr de faire complètement semblant. Pour être honnête, je t'admire, je te trouve sympathique et très belle.

— Merci ! Moi non plus, je ne joue pas totalement la comédie. Et je peux te retourner ces compliments. Tu es très séduisant et tellement adorable que tu dois plaire à toutes les femmes !

De nouveau, Zach laissa échapper un petit rire.

— J'en doute. Je ne suis pas très communicatif. Je ne les regarde pas. Je travaille, puis je rentre chez moi pour me consacrer à mon jardin. Je suis assez solitaire…

— Comme moi. On a un deuxième point commun, dit Geneviève, consciente du trouble qui l'envahissait. Encore une fois, merci. Je te suis vraiment reconnaissante.

Pas d'implication émotionnelle…

N'écoutant que son instinct, elle se pencha vers Zach et, presque timidement, l'embrassa sur la joue. Mais il détourna le visage et sa bouche se posa sur la sienne.

Non… Non !

Sauf que ce fut comme une évidence…

Et une fulgurance.

Geneviève fut incapable de maîtriser l'élan qui la poussait vers Zach. Leurs souffles se mêlèrent tandis qu'ils se pressaient l'un contre l'autre, d'abord maladroitement, puis plus franchement. Zach l'enlaça passionnément, passa une main dans le chignon de Geneviève et le lui défit, laissant sa chevelure retomber en cascade. Leur baiser s'approfondit. Le cœur battant, elle sentait qu'elle glissait vers un monde de sensations où la raison n'avait plus lieu d'être. Quand Zach glissa une main sous l'ourlet de sa robe pour lui caresser les cuisses, elle poussa un gémissement et se blottit contre lui…

— J'ai tellement envie de toi, lui chuchota-t-il à l'oreille, en lui mordillant la nuque.

— Moi aussi…

Ces deux mots signaient son consentement.

Zach l'embrassa encore et encore tout en s'enhardissant dans ses caresses. Sous la fine étoffe de dentelle, ses doigts découvrirent bientôt l'intimité de Geneviève. Elle soupira, assaillie par des vagues de plaisir, s'offrant complètement, sans pudeur ni réserve, cambrée, nuque ployée en arrière pour mieux savourer les spasmes délicieux qui la gagnaient.

Au diable les conséquences !

À quel moment se réfugièrent-ils à l'intérieur de la maison, dans la douce pénombre de la chambre de Zach ? Elle n'aurait su le dire. Par la suite, elle se souviendrait seulement de la puissance de leur désir partagé, de leurs corps nus et couverts de sueur, et de leurs cris de jouissance à l'unisson… Ils firent l'amour de manière directe, en veillant juste à se protéger comme il le fallait, à la dernière minute ou presque, avant de plonger dans une extase prolongée qui avait un goût de libération… et de paradis.

8.

Ils faillirent arriver en retard à l'aéroport. *Évidemment !* Encore tout chamboulé par ce qu'ils venaient d'oser faire, Zach garda les yeux fixés sur les passagers qui passaient la douane, mais son esprit était ailleurs, dans le sillage de leur étreinte aussi passionnée qu'inattendue. Jamais il n'aurait cru qu'ils franchiraient le pas…

Même si, bien souvent depuis que Geneviève lui avait proposé cette folle aventure, il en avait rêvé.

Avant de prendre le volant – il avait tenu à conduire Geneviève –, il avait téléphoné à ses parents pour les prévenir de l'arrivée de sa prétendue belle-mère… « Ils ne sont pas au courant de notre comédie, mais il faut jouer toutes les cartes de la vraisemblance ! » avait-il dit à Geneviève, d'abord réticente. Elle avait toutefois admis que c'était une bonne idée. D'autant plus que, sur l'île, les traditions familiales demeuraient fortes.

— Je ne la vois pas, murmura-t-elle en glissant une main dans celle de Zach.

— Allons en face de la sortie pour la guetter.

Elle le regarda et, un court instant, il perçut une franche tendresse dans ses prunelles claires, d'un bleu vert envoûtant. Ses cheveux étaient de nouveaux noués en chignon, ce qui dégageait la finesse de ses traits. Seules ses pommettes légèrement rosies, tout comme ses lèvres charnues, trahissaient peut-être qu'ils venaient de faire l'amour…

Tandis que Geneviève détournait les yeux pour scruter la foule autour d'eux, Zach éprouva un jaillissement d'émotions où se mêlait une franche note de fierté. D'abord parce qu'elle était incroyablement belle, mais aussi parce qu'il éprouvait quelque chose qui ressemblait à un sentiment de possessivité. Puis, serrant les doigts autour de ceux de la jeune femme, il songea qu'il était en train de jouer son rôle…

Oui, mais pas seulement.

Au fond de lui-même, une nuance subtile affleurait, troublante et, en même temps, réjouissante.

Du bout de l'ongle, il lui effleura la paume.

— Ça va ?

— Très, très bien.

Et Geneviève lui lança un coup d'œil complice, chargé des souvenirs de ce qu'ils avaient partagé chez lui.

— Alors, où est donc ma mère ? reprit-elle en balayant la salle d'arrivée d'un regard circulaire. Telle que je la connais, elle est sans doute en train de discuter avec quelqu'un et sera la dernière à descendre de l'avion !

Zach sourit.

— Tu lui ressembles un peu, alors…

— Quoi ?

— Tu as tendance à bavarder facilement avec les collègues !

— Vraiment ? Quand on travaille ensemble, je suis plutôt silencieuse puisque j'opère, se défendit-elle.

— Mina et Kiah m'ont parlé de toi. Rassure-toi, se hâta-t-il d'ajouter en la voyant écarquiller les yeux, ils t'apprécient beaucoup tous les deux !

Geneviève poussa un soupir puis sourit.

— Je les aime bien, moi aussi. Et oui, je dois bien avoir des traits de ressemblance avec ma mère. Que ça me plaise ou non !

Attendrie par la moue mi-résignée mi-amusée qui se dessinait sur les lèvres de Geneviève, Zach lui glissa un bras autour des épaules. Elle se blottit contre lui, et il éprouva un curieux sentiment de bonheur. Une sensation très agréable, douce et qui se diffusait en lui tel un onguent…

Comme s'ils formaient un vrai couple.

Il faudra que je fasse attention !

La frontière entre comédie et réalité s'estompait déjà dans son esprit, se brouillant dangereusement. En même temps, ne venaient-ils pas de faire l'amour ? Aucun faux-semblant n'avait existé pendant ce moment, bien trop court, où ils s'étaient donnés l'un à l'autre… Leurs baisers, leurs caresses avaient vibré sous le joug d'un désir nullement feint.

— La voilà ! lança Geneviève, l'arrachant brutalement à ses pensées.

Zach aperçut, quittant la zone de douane, une femme élégante et souriante qui poussait une valise à roulettes. Plus petite que Geneviève, la silhouette généreuse, Mme Broussard portait une longue robe jaune clair, un collier de grosses perles bleues ainsi que des boucles d'oreilles assorties. En un clin d'œil, il remarqua la rangée de bracelets à ses poignets, la coupe courte et chic de ses cheveux auburn, et le grand fourre-tout multicolore à son bras.

S'écartant de lui, Geneviève partit à la rencontre de sa mère. Zach lui emboîta le pas et demeura en retrait afin de ne pas interférer avec leurs retrouvailles.

Mme Broussard ouvrit les bras.

— ViVi ! s'écria-t-elle en étreignant vigoureusement Geneviève. Mon bébé !

Lorsqu'elle lâcha sa fille, Zach remarqua la gêne qu'éprouvait Geneviève. Néanmoins, elle souriait, visiblement émue. L'affection entre les deux femmes lui paraissait évidente.

— Maman, je suis censée être un médecin respectable… Là, je n'ai plus aucune crédibilité !

— Allons, allons, répliqua Mme Broussard d'un ton à la fois chaleureux et autoritaire. Peu importe l'âge que tu as, tu es toujours mon bébé, et je me moque de ce que l'on peut penser !

Avant que Geneviève ait pu rétorquer quoi que ce soit, Mme Broussard fixa son regard bleu vert sur Zach et déclara :

— Vous devez être Zachary…

Et, sans attendre de réponse, elle s'avança, le serra contre elle puis l'embrassa sur les joues. Après quoi, sans lui lâcher les épaules, elle l'examina attentivement et hocha la tête d'un air satisfait.

— ViVi n'a pas exagéré, vous êtes un fort bel homme. C'est un plaisir de vous rencontrer enfin.

— Le plaisir est réciproque, madame Broussard, affirma poliment Zach.

Même si elles ne se ressemblaient pas beaucoup, Geneviève avait hérité de l'extraordinaire couleur d'yeux de sa mère.

— Appelez-moi Marielle. Enfin, si vous le souhaitez… Sur ce, allons-y !

Marielle passa un bras sous celui de Geneviève, Zach se mit à pousser sa valise, et ils se dirigèrent vers la sortie.

— Bien, où va-t-on maintenant ? Je peux vous inviter à dîner ? Il est environ 18 heures, je crois, et je n'ai rien avalé dans l'avion. La nourriture à bord ne me plaît jamais ! Ces plats congelés et réchauffés me flanquent la nausée. Mais là, j'avoue que je meurs de faim.

— Tu n'as pas envie de te reposer ? s'étonna Geneviève.

— Certainement pas ! répliqua sa mère d'un ton presque choqué. Je n'ai fait que sommeiller pendant le vol !

— Venez manger à la maison, proposa Zach. J'aime cuisiner, et je vais préparer un bon repas…

— Oh ! non, Zach… chéri, ajouta Geneviève en lui lançant un coup d'œil. Allons chez moi, c'est plus simple. Dépose-nous, si ça ne t'ennuie pas, et on pourrait te rejoindre un peu plus tard ?

Zach lui sourit, conscient de la gêne qu'elle continuait à ressentir et s'efforçait de masquer. En même temps, elle était contente, cela se voyait.

— Ne t'inquiète pas, ma chérie, ça ne me dérangera pas du tout de vous ramener chez vous après le dîner.

Ma chérie…

Ils parvenaient à la voiture de Zach garée sur le parking. Il ouvrit les portières du véhicule, rangea la valise de Mme Broussard dans le coffre, et invita cette dernière à s'installer sur la banquette arrière. Puis il se glissa au volant tandis que Geneviève s'installait à côté de lui.

— Tout ira bien… ViVi.

Elle lui adressa un regard noir.

— Ah non ! Ne m'appelle pas comme ça.

— Pourquoi donc ? demanda sa mère en se penchant vers eux. C'est joli, non ? Ma ViVi !

Geneviève leva les yeux au ciel mais s'abstint de tout commentaire.

Pendant le trajet jusque chez lui, elle écouta d'abord Marielle qui lui donnait des nouvelles de leur famille. Après quoi, régulièrement et à tour de rôle, elles changèrent de sujet, si bien que Zach se retrouva totalement exclu de leur conversation.

— Que c'est beau, ici ! s'exclama Marielle alors qu'ils contournaient les collines derrière Port Michael. Préservé, naturel et si verdoyant ! ViVi, je comprends mieux pourquoi tu ne veux pas rentrer à la maison !

— J'adore les paysages et l'ambiance de l'île, répondit Geneviève de ce ton neutre qu'elle utilisait lorsqu'elle n'avait pas l'intention de s'épancher.

— Et je suppose que maintenant que tu as rencontré Zachary…

— Maman, coupa sévèrement Geneviève.

Zach ne put s'empêcher de sourire lorsqu'il entendit Marielle fredonner un petit air, comme si la réaction de Geneviève la laissait totalement indifférente.

Quelques instants plus tard, Zach garait la voiture devant chez lui. Avec ses palmiers et ses manguiers, le jardin semblait plus luxuriant que jamais. Deux autres véhicules stationnaient déjà sur le parking. Ses parents ainsi que Kiah, et sûrement Mina, étaient venus !

On ne va pas s'ennuyer...

— Oh ! ton cousin est là ? C'est aussi un collègue, précisa Geneviève à sa mère.

Puis elle contempla Zach d'un air anxieux. *Tout ce monde chez toi... maintenant ?* semblait-elle dire.

— Quel bonheur de rencontrer votre famille, Zachary ! s'exclama Marielle. Et quelle excellente idée de les avoir invités ! J'aime les grandes réunions joyeuses... Plus on est de fous, plus on rit !

— Ma mère est plutôt mondaine, indiqua Geneviève à Zach d'un ton moqueur. Pour être franche, il vaut mieux ne pas trop lui servir à boire, sinon elle dansera sur les tables au clair de lune.

— Geneviève ! Tu exagères ! protesta Marielle.

— Ne vous inquiétez pas, madame Broussard, tout va bien. En vérité, ma mère pourrait bien danser avec vous ! répliqua Zach. Elle est écossaise, mais il lui suffit d'un verre pour que la tête lui tourne !

La mère de Geneviève se mit à rire, Geneviève aussi... Et ils riaient encore quand ils gagnèrent la maison de Zach.

La gorge nouée par l'appréhension à l'idée de rencontrer toute la famille de Zach d'un coup en compagnie de sa propre mère, Geneviève esquissa un sourire poli en serrant la main à M. et Mme Lewin – respectivement Hezekiah et Sheila –, puis à Kiah et Mina. Une autre femme, plus âgée, les cheveux grisonnants, contemplait Geneviève avec des yeux brillants de curiosité.

— Pour une fois, on ne se voit pas au travail, dit Geneviève à Kiah et Mina, sincèrement enjouée.

— Exact ! Bienvenue dans notre joyeuse famille, répondit Kiah. Je te présente ma grand-mère, Mme Pearl.

Geneviève la salua mais, contre toute attente, Mme Pearl la prit affectueusement dans ses bras. Puis la vieille femme fit de même avec la mère de Geneviève, celle-ci étant visiblement aux anges.

Les présentations faites, on passa à table, dressée sous la véranda. M. Lewin avait apporté un copieux repas : différents plats à base de poulet ou de poisson avec des légumes de saison et du riz cuit à la vapeur.

— Tu as tout préparé ? lui demanda Zach d'un ton surpris.

— Avec ta mère. C'est vite fait, tu sais. Et ça se mangera aussi vite, répondit son père. Alors, Geneviève, on vous voit enfin ! Mon fils vous gardait auprès de lui, en secret ?

— Hezekiah ! gronda Sheila Lewin. Ne parle pas comme ça à ta future belle-fille !

Geneviève sentit les regards se braquer vers elle. Surtout les yeux de sa mère, perçants, inquisiteurs…

Son cœur se mit à battre précipitamment.

La grande comédie commence.

— Vous allez vous marier ? s'exclama Marielle d'un ton surexcité. Quand ? Où ?

Geneviève jeta un coup d'œil à Zach, assis près d'elle. Il hocha la tête et déclara en souriant calmement :

— Pas de conclusion hâtive ! Nous sommes heureux ainsi, pour l'instant, et nous verrons bien au fil du temps si…

— Si quoi ? l'interrompit Marielle. Ma fille a déjà subi pas mal de déconvenues et déceptions. Je ne voudrais pas qu'elle soit de nouveau sur un mauvais chemin…

— Maman, je t'en prie, oublie ce sujet, tu veux bien ? exigea Geneviève, plus exaspérée qu'elle n'osait le montrer. Nous nous rencontrons tous à l'occasion de ta venue, et nous allons savourer un bon repas grâce à M. Lewin…

— Hezekiah, rectifia le père de Zach. Appelez-moi Hezekiah.

— D'accord, dit Geneviève.

Puis elle reporta son attention sur Zach.

— Où sont Charm et Benny-Bop ? demandait-il à Mina.

— Charm s'occupe de son petit frère afin que Mme Pearl

puisse nous accompagner, expliqua Mina. C'est souvent la grand-mère de Zach qui accepte d'être notre baby-sitter, ajouta-t-elle à l'adresse de Geneviève.

La vieille dame acquiesça en souriant.

— Et Benny-Bop est plutôt très turbulent, souligna-t-elle.

— Comme son père au même âge ! répliqua Zach d'un ton moqueur.

— Ah non, tu ne vas pas t'y mettre, toi aussi, protesta Kiah. Déjà qu'il n'y a que des femmes autour de moi… J'ai hâte que Benny-Bop soit assez grand pour me soutenir ! Actuellement, il se cantonne diligemment au camp féminin…

— C'est bien normal ! On a toujours raison, affirma Mina, malicieuse.

Tout le monde rit, y compris Geneviève, mais depuis quelques instants, son cœur se serrait et une étrange nostalgie l'envahissait. À une époque, elle avait espéré avoir trouvé l'homme de sa vie. Elle avait rêvé qu'elle s'épanouirait dans une relation aussi aimante que celle de Kiah et Mina. Elle avait cru qu'elle aurait des enfants…

Peut-être était-il temps d'accepter que son destin soit autre, et que son bonheur se bâtirait différemment ?

Surtout, pense à autre chose.

Après le repas, Geneviève se porta volontaire pour laver la vaisselle, Zach aida à la rincer, et Kiah l'essuya. M. Lewin augmenta le volume de la musique calypso qui, jusque-là, avait été diffusée en sourdine, et même si personne ne dansait, l'atmosphère devint franchement joyeuse.

— Ta mère est surprenante, confia Kiah à Geneviève. Quelle personnalité énergique !

De fait, à table, Marielle n'avait cessé de raconter des plaisanteries et anecdotes sur sa vie d'enseignante et ses voyages, et tous l'avaient écoutée. Son élocution rapide et son entrain captaient l'intérêt. Elle avait aussi posé des tas de questions à chaque membre de la famille.

— On peut la considérer ainsi, admit Geneviève. Elle

aime être au milieu des gens et elle s'intéresse à eux de façon parfois excessive… Du coup, on la juge quelquefois trop curieuse !

Les yeux rieurs, Kiah jeta un coup d'œil en direction de la véranda qu'il apercevait à travers la fenêtre de la cuisine.

— En tout cas, elle a l'air de s'entendre à merveille avec ma grand-mère, dit-il. Je parie que, d'ici la fin de la journée, elles sauront tout l'une de l'autre.

Geneviève et Zach se rapprochèrent de Kiah pour voir la scène qu'il décrivait : Mme Lewin, Marielle et Mme Pearl, assises en petit comité. Geneviève remarqua que Mme Pearl énonçait quelque chose en soulignant ses paroles de gestes des deux mains, et ses interlocutrices opinèrent du chef. Ensuite, Marielle parla et sa déclaration fut également suivie de moues et hochements de tête approbateurs.

— Vous vous souvenez des trois sorcières dans *Macbeth*, la pièce de Shakespeare ? commenta Zach. Je ne sais pas si on doit se réjouir de cette belle entente, ou s'en inquiéter !

— Si tu veux mon avis, c'est plutôt très inquiétant, plaisanta Kiah.

Un éclat de rire en chœur accueillit ses propos.

Observant les trois femmes, Geneviève espérait juste que sa mère resterait discrète sur la vie qu'elle-même avait menée avant de venir sur l'île. Elle avait décidé de tirer un trait sur son passé, sur ses déceptions et blessures, surtout après la trahison de Johan… Et elle n'avait aucune envie d'en parler de nouveau à présent. Surtout pas à Zach.

Chassant son appréhension, elle s'esquiva discrètement dans le salon adjacent, et s'efforça de garder l'esprit positif. Sa mère n'était là que pour quelques jours, et si jamais elle révélait certains aspects de l'histoire de Geneviève, il lui faudrait faire face. Mais ce serait difficile. Affronter le poids du passé, encore ?

Je n'en aurai pas le courage, et pourtant, ce sera peut-être nécessaire…

— Comment vas-tu ? murmura soudain Zach à son oreille.

Il se tenait juste derrière elle.

Elle ne l'avait pas entendu arriver.

Elle frissonna, consciente de son pouls qui s'accélérait, et du désir qui la gagnait dès qu'il s'approchait.

— Bien. Mais j'aimerais être ailleurs, et rien qu'avec toi, avoua-t-elle en se retournant vers lui.

Zach l'enlaça tendrement, le regard grave.

— Quelle épreuve pour toi, pas vrai ?

— Oh oui. Ma mère est tellement exubérante et heureuse d'être là…

— C'est sûr, elle semble à l'aise comme un poisson dans l'eau. Mais elle commence à être fatiguée… Je l'ai vue bâiller à deux reprises. L'effet du décalage horaire se fait sentir !

— Tu nous raccompagnes bientôt chez moi ?

— Quand tu veux.

— Ce sera plutôt quand ma mère l'aura décidé, rétorqua Geneviève.

Elle étouffa un soupir et regarda Zach, admirant une fois de plus, presque involontairement, sa large carrure. *Quel bel homme…*

— Encore une fois, merci… Merci d'être là, merci de m'accorder tout ce temps. Et ta famille est formidable.

— Ils sont tous très gentils. Et je pense qu'ils sont heureux de te rencontrer.

Mais on leur ment…

Geneviève sentit sa gorge se nouer. Puis, se blottissant contre Zach, elle murmura :

— Ils pensent qu'on est vraiment ensemble, c'est bien ça ?

— Oui. Il faudra aller jusqu'au bout et dire la vérité le moment venu. Après…

Elle leva les yeux et croisa son regard.

— Après…, confirma-t-elle. On va les décevoir, ajouta-t-elle, le cœur serré.

Zach hocha la tête, une expression indéfinissable sur le visage.

— Ne t'inquiète pas, ça ne les surprendra pas.

— Pourquoi ?

— J'aime être seul… et ils le savent.

Geneviève l'observa et un étrange sentiment se diffusa en elle. Un mélange de soulagement et de curiosité. Zach lui semblait si détaché, tout à coup. Au fond, tant mieux… Elle ne voulait pas qu'il souffre à cause d'elle. Surtout pas. Ne l'avait-elle pas promis à Mina ?

Surtout, elle se l'était juré à elle-même… Cette comédie ne devrait heurter personne, et surtout pas Zach.

9.

Les deux jours suivants, Geneviève n'eut ni le temps de s'interroger, ni le loisir de s'inquiéter. Elle travailla les matinées, et se hâtait de rentrer chez elle pour retrouver sa mère.

Le premier après-midi, elles se rendirent à Northern Cove, une baie bordée d'une plage paradisiaque qui se trouvait à une heure et demie de route. Elles déjeunèrent dans un bon restaurant situé à flanc de colline, qui jouissait d'une vue magnifique sur la vallée. La mère de Geneviève admira aussi les somptueuses villas de cette partie de l'île. De nombreuses demeures possédaient un escalier privé menant à la plage, dont les marches étaient taillées à même la roche.

Elles discutèrent de tout et de rien, même si, régulièrement, Marielle s'efforçait d'en savoir plus sur les projets de Geneviève et, surtout, sa relation avec Zach.

— Excuse-moi, mais je préfère en dire le moins possible, répéta patiemment Geneviève.

— Et pourquoi ? Qu'est-ce qui est secret à ce point ? protesta Maricllc.

— Je suis discrète, prudente, et te demande de respecter mon souhait…

En dépit des regards intrigués, et des silences vexés de sa mère, Geneviève tint bon.

Le lendemain, samedi, Zach lui proposa qu'ils aillent à la plage la plus proche de Port Michael, avec ses parents. Cela les détendrait tous, et la présence de Sheila Lewin aiderait Geneviève à mieux faire face à l'incessante curiosité de Marielle… qui pourrait détourner son attention sur quelqu'un d'autre.

— C'est une excellente idée, admit Geneviève, reconnaissante. À quelle heure y va-t-on ? On sera disponibles à partir de 14 heures, précisa-t-elle alors qu'ils quittaient le bloc opératoire après une nouvelle matinée chargée.

Qu'on soit vendredi, samedi ou dimanche, cela ne changeait rien à son emploi du temps. Elle travaillait toujours autant.

— 14 heures, ce sera parfait pour nous. Le temps qu'on déjeune, et on se rejoint sur place ? Coconut Beach ? suggéra-t-il en la regardant.

— D'accord…

Geneviève lui sourit et, rapidement, prit la main de Zach dans la sienne et la serra avec tendresse. Puis elle s'esquiva, le cœur battant.

Quand il pose les yeux sur moi, je fonds comme neige au soleil…

Elle chassa les souvenirs de leur étreinte passionnée qui, à intervalles réguliers, revenaient à son esprit. Parfois, elle avait l'impression d'avoir rêvé ce moment entre eux. Recommenceraient-ils un jour ? Peut-être… En avait-elle envie ? Oh oui…

Mais pour l'instant, elle devait se concentrer sur le séjour de sa mère, qu'elle voulait rendre le plus agréable possible et, surtout, dénué de problèmes… pour elle et pour Zach qui l'accompagnait si gentiment dans leur comédie romantique.

— Il y a longtemps, des années, certains propriétaires de villas voulaient transformer cet endroit en plage privée, mais un tollé général a mis fin à ce projet, déclara Hezekiah Lewin en s'installant sous le parasol. Heureusement !

Il désigna le sable doré, les palmiers et le rivage ourlé de vaguelettes claires. Au-delà, l'eau parfaitement turquoise, illuminée par le soleil, ressemblait à un dessin d'aquarelle…

Ou à une carte postale, songea Geneviève, enchantée de ce moment de détente en famille.

— Je venais ici quand j'étais petit… J'ai toujours adoré me baigner à Coconut Beach, ajouta Hezekiah.

Geneviève lui sourit. Les parents de Zach les avaient de nouveau très gentiment accueillies, sa mère et elle. Hezekiah portait un grand short kaki et une casquette ; Sheila, qui venait d'enlever son caftan, arborait un maillot de bain une-pièce aux motifs fleuris.

Elle-même avait également opté pour un maillot une-pièce, simplement noir, n'osant pas s'afficher en bikini devant la famille Lewin ! Pour sa part, à l'aise en deux-pièces malgré ses rondeurs, Marielle bavardait déjà gaiement avec Sheila.

— On va nager ? proposa Zach.

Son père esquissa une moue et, machinalement, se frotta la poitrine au niveau du cœur.

— Moi, non. Je crois que j'ai encore besoin de me reposer.

— J'attends avec toi, décida Sheila en jetant un coup d'œil inquiet à son mari.

— Alors je reste avec vous, décréta Marielle.

— Qu'à cela ne tienne, à nous la baignade ! lança Zach en saisissant Geneviève par la main. Tu viens ?

— Oh oui !

Elle courut à côté de lui vers le rivage, soulagée de s'éloigner du groupe, et heureuse d'être uniquement avec lui.

Ils poursuivirent leur chemin dans les vagues jusqu'à ce qu'ils aient de l'eau jusqu'à la taille, puis Zach plongea. Geneviève se contenta de faire quelques brasses, savourant profondément cet instant, l'air tiède et le ciel azur…

Que c'est bon !

Quand Zach réapparut près d'elle, et l'enlaça amoureusement, elle oublia une fois encore, l'espace d'un instant, que tout cela n'était qu'un jeu destiné à sa mère.

— Comment vas-tu, jolie Geneviève ? demanda-t-il en l'attirant contre lui. Promis, je ne t'appellerai pas « ViVi » !

Elle se mit à rire, grisée par le doux contact de leurs corps, et les bras musclés de Zach autour de sa taille.

— Je vais bien ! Surtout maintenant. Grâce à toi, tout se déroule à merveille.

Jetant un coup d'œil vers la plage, elle remarqua de nouveau le geste effectué par Hezekiah sur son torse, comme un massage involontaire pour se soulager.

— J'ai l'impression que ton père est fatigué…

— Tu as raison, dit Zach. Il dort peu, s'active beaucoup et sa santé est fragile. Mais ma mère veille sur lui avec beaucoup d'amour.

Il lui sourit et Geneviève sentit son pouls s'accélérer. Le sourire de Zach était un véritable baume apaisant.

— On nage ?

Et, sans attendre de réponse, il plongea et entama une longue brasse coulée, avant de se lancer dans un crawl puissant.

Les yeux rivés sur l'écume qui jaillissait autour de Zach, Geneviève se laissa de nouveau gagner par la rêverie. Des images érotiques, souvenirs de Zach et elle mêlés à des fantasmes d'une autre étreinte torride avec lui…

Une petite voix moqueuse résonna alors dans son esprit. *Ressaisis-toi ou tu risques d'être très déçue dans un proche avenir !*

Dès que sa mère serait partie, la réalité reviendrait, et lui paraîtrait sans doute bien plus austère qu'avant cette mise en scène imaginée avec Zach.

Oui, il faut que je fasse attention…

En fin d'après-midi, ils se rendirent chez Zach pour boire un verre. Ils s'installèrent sous la véranda, et Geneviève aida Zach à préparer du thé, du café ainsi que des boissons fraîches agrémentées de fruits et petits gâteaux.

— Merci, les amoureux ! s'exclama Marielle lorsqu'ils

apportèrent les plateaux. Ils vont bien ensemble, vous ne trouvez pas ? demanda-t-elle à Sheila et Hezekiah.

Tous deux acquiescèrent d'un air ravi.

Échangeant un coup d'œil avec Zach, Geneviève sentit sa gorge se nouer.

Ses parents seront très déçus lorsqu'ils apprendront la vérité...

Pas un seul instant elle n'avait songé à cette conséquence. Sans doute parce qu'elle n'avait pas envisagé ces moments en famille...

Alors qu'elle s'apprêtait à s'asseoir à côté de sa mère, un mouvement dans la rue, en contrebas, attira son attention. Un adolescent arrivait à toute allure sur son vélo et s'arrêta devant la maison. Il abandonna sa bicyclette par terre, et fonça vers l'entrée.

Zach et M. Lewin se levèrent en même temps. Eux aussi l'avaient vu.

— C'est Collie, indiqua Zach à son père. Le petit-fils de Mass Alex.

— C'est ce que je pensais, répondit Hezekiah. Qu'est-ce qu'il a grandi ces derniers temps ! J'ai eu du mal à le reconnaître. Allons voir ce qui se passe...

Mais le garçon venait d'apparaître en haut de l'escalier, haletant.

— Monsieur Zach, grand-père s'est coupé avec sa machette et on ne peut pas arrêter le saignement... *Mama sent mi come get you* !

Il parlait très vite, hachant les mots dans le dialecte local, mais Geneviève comprit qu'il avait été envoyé par sa mère en urgence.

— Son grand-père, c'est Mass Alex, un vieux monsieur qui habite dans la colline, et un ami, expliqua Zach à Geneviève. J'y vais.

— Je viens, proposa-t-elle aussitôt. Tu as une trousse de premiers secours ?

Mais Zach s'était déjà précipité dans une autre pièce.

— On file ! lança-t-il à ses parents et à Marielle, en revenant muni d'une sacoche médicale. À tout à l'heure…

Geneviève lui emboîta le pas.

Quelques instants plus tard, Zach se glissait au volant de son SUV, et elle s'installait sur le siège côté passager. Collie avait déjà sauté sur son vélo et était hors de vue quand ils débouchèrent sur la route. Des nids-de-poule déformaient le bitume, mais Zach ne ralentit pas, et Geneviève dut se tenir à la poignée à cause des secousses.

— Quel âge a Mass Alex ?

— Au moins quatre-vingts ans. Je ne connais pas ses antécédents, mais il m'a toujours dit qu'à part quelques rhumatismes, il allait bien, répondit Zach.

Ils dépassèrent le jeune Collie, puis Zach s'engagea sur une autre piste plus étroite, également en très mauvais état. Pour autant, il ne leva pas le pied de l'accélérateur. Il eut beau éviter les trous et ornières, le véhicule cumulait les embardées.

Soudain, sur la gauche, Geneviève aperçut une bâtisse en bois un peu délabrée. Quelques personnes s'étaient rassemblées devant la porte

Zach freina devant l'habitation et bondit à l'extérieur du véhicule avant même que Geneviève ait pu détacher sa ceinture. Elle le rejoignit alors qu'il prenait la sacoche médicale sur le siège arrière, puis le suivit. Ils contournèrent le groupe de curieux, grimpèrent un vieux perron et entrèrent dans la maison.

Un homme au visage ridé et aux cheveux gris était allongé sur le canapé. Deux femmes se trouvaient près de lui ; l'une devait avoir une vingtaine d'années, l'autre, plus âgée, maintenait une serviette ensanglantée sur la jambe du blessé.

— Je suis venu aussi vite que possible avec une amie médecin qui, par chance, était avec moi ! lança Zach.

Geneviève s'assit pour prendre le pouls de la victime.

— Les pulsations sont régulières. Alors, que vous est-il arrivé ?

— Un accident bête, marmonna Mass Alex. J'étais en train de couper des bambous à la machette, et la lame a glissé sur ma jambe. Hop ! Plantée. Collie, qui était avec moi, m'a ramené ici... Dis, c'est la jolie doctoresse dont ton père m'a parlé ? ajouta-t-il en lançant un clin d'œil à Zach, puis en regardant Geneviève.

Visiblement gêné, Zach sourit.

— Je te présente le Dr Broussard. On travaille ensemble à l'hôpital. Elle va examiner ta jambe... Ce sera peut-être un peu douloureux.

Mass Alex hocha la tête et ferma les yeux.

La femme qui tenait la serviette s'écarta pour céder sa place. Geneviève s'approcha et, soulevant délicatement le tissu imbibé de sang, découvrit la gravité de la blessure.

— Lacération d'environ sept centimètres de long, dans le muscle gastrocnémien latéral. L'écoulement sanguin rend impossible de diagnostiquer la profondeur de la lésion...

Elle remit la serviette en place et exerça une légère pression.

— Vous suivez un traitement anticoagulant ? demanda-t-elle à Mass Alex.

Il rouvrit les paupières.

— Pardon ?

— Prenez-vous des cachets pour empêcher votre sang de coaguler ?

— Il n'avale aucun médicament, intervint la plus jeune des deux femmes. Grand-père a toujours été en très bonne santé.

Geneviève se tourna vers Zach, qui était en train de sortir des sachets de compresses.

— Tu as un tensiomètre, s'il te plaît ?

Il lui tendit un brassard, et des compresses. Geneviève prit la tension de Mass Alex.

— 12.8. Bon, de ce côté-là, tout va bien. Je vais éviter de faire un pansement compressif, ajouta-t-elle. Si on manipule trop la jambe, on risque de provoquer un nouveau saignement. On va recouvrir la lésion de gaze et soulever légèrement le mollet. On emmène Mass Alex à l'hôpital, ou on appelle une ambulance, poursuivit-elle à l'attention de Zach.

— Je préfère qu'on le conduise nous-mêmes, décida-t-il. Ce sera plus rapide.

Geneviève prépara une épaisse compresse de gaze qu'elle plaça sur la plaie après avoir ôté la serviette. Le sang commençait déjà à moins couler.

— Comment vous sentez-vous ? demanda-t-elle au vieux monsieur en lui touchant le front.

Elle le trouva frais, presque froid. Alors Mass Alex sourit, dévoilant une gencive sur laquelle tenaient trois dents solitaires.

— Bien mieux depuis que je vous vois, docteur, car vous êtes sacrément belle !

Geneviève ne put s'empêcher de rire.

— Grand-papa, sois sérieux, protesta la plus jeune des deux femmes.

Mais sa gentille réprimande ne pouvait masquer l'inquiétude qui perçait dans sa voix.

Geneviève leva les yeux vers elle.

— Est-ce que ton grand-père a eu des problèmes récemment ? Par exemple des saignements ou des bleus facilement ?

Les deux femmes échangèrent un coup d'œil, puis la plus âgée prit la parole :

— Je suis Doritt, la fille de Mass Alex. Oui, maintenant que j'y pense, il a souvent de petites éraflures qui cicatrisent avec difficulté. Parfois il saigne pendant trois ou quatre jours.

— Ils font vérifier tout ça à l'hôpital, dit Geneviève. On lui fera quelques analyses. Ne tardons plus, chaque minute compte.

Mais à ce moment-là, la sirène d'une ambulance retentit dans la rue. Surprise, Geneviève regarda Zach… qui tourna la tête vers la porte. Sur le seuil venait d'apparaître Collie, le petit-fils de Mass Alex.

— Les secours sont là !

— Parfait ! Mais qui les a prévenus ? s'étonna Zach.

— Bah moi ! Je savais que c'était grave, même si vous veniez…

— Bien joué, approuva Geneviève. Nous allons gagner du temps.

Quelques instants plus tard, deux urgentistes, des collègues de Zach, firent irruption dans la pièce. Ils portaient un brancard sur lequel ils installèrent le vieux monsieur avec précaution. Ils lui posèrent un masque à oxygène et le transportèrent jusqu'à leur véhicule garé devant la maison.

Quand Geneviève sortit à son tour, suivant Zach, davantage de curieux s'étaient rassemblés en face de la vieille bâtisse. Les ignorant, Zach se dirigea vers sa voiture.

— Je file à l'hôpital, lança-t-il à Geneviève.

— Je t'accompagne.

Mais Zach secoua la tête.

— Je te dépose chez moi, car tu devrais plutôt retrouver ta mère ! Je te tiendrai informée de la suite…

— Tu es sûr ? insista Geneviève, prise de court. Je me fais du souci pour ton vieil ami.

Zach l'observa d'un air grave.

— Moi aussi. Beaucoup. Il compte, pour moi. En tout cas, merci d'avoir été là !

— De rien, murmura Geneviève, un peu déçue, tandis qu'ils s'installaient dans le SUV.

Durant le trajet, elle le sentit tendu et inquiet. Toutefois, par respect et pudeur, elle garda le silence, espérant seulement que le vieil homme s'en tirerait.

— Je t'appellerai tout à l'heure, pour prendre des nouvelles, promit-elle quand Zach s'arrêta devant chez lui.

— OK.

Zach esquissa un bref sourire, et démarra dès qu'elle eut refermé la portière.

Le cœur serré, Geneviève s'efforça de faire bonne figure

avant de rejoindre sa mère et les parents de Zach. La comédie recommençait…

Mais elle n'avait plus du tout le cœur d'endosser ce rôle délicat qu'elle s'était choisi.

Faire comme si j'étais amoureuse et heureuse…

Elle aurait préféré rester elle-même, utile auprès de ses patients, dans son environnement professionnel, loin de toutes considérations personnelles…

Ou sentimentales.

10.

À l'hôpital, Zach obtint la permission de rester auprès de Mass Alex pendant que Kiah, appelé d'urgence, effectuait une série d'analyses sanguines. Mais rapidement, on demanda à Zach de quitter la pièce. Il téléphona à son père pour lui donner des nouvelles, puis s'installa dans la salle d'attente, soudain étrangement désœuvré... et enclin à réfléchir.

Encore quelques jours, et Marielle Broussard repartirait. Alors il pourrait reprendre sa vie en main et ne plus éprouver la déconcertante impression de se perdre chaque fois qu'il regardait Geneviève.

Se remémorant la gentillesse avec laquelle elle avait réconforté Mass Alex, il sentit l'émotion l'envahir une fois de plus.

Au fond, elle représentait tout ce qu'un homme pouvait désirer, mais elle n'était pas faite pour lui, et ils le savaient tous les deux. Même si leur seule et unique étreinte s'était avérée passionnée et délicieuse, même s'il l'admirait et se sentait inexorablement attiré par elle, ce n'était qu'un rêve... Un fantasme qui ne durerait pas.

Il n'avait plus qu'à espérer qu'après le départ de la mère de Geneviève, les choses reviendraient normales entre eux.

Zach s'efforça de se projeter dans l'avenir, et de les imaginer, Geneviève et lui, bons amis dorénavant, autant que bons collègues de travail. Leurs relations seraient tranquilles, comme avant, mais plus complices, sans doute. Le désir brûlant qu'il ressentait pour elle aurait disparu comme par enchantement... Et tout serait simple, n'est-ce pas ?

Si seulement c'était possible...

En tout cas, un grand changement s'était produit depuis qu'il jouait cette curieuse comédie : il n'avait plus du tout pensé à Moira. Il était resté avec elle pendant plus de dix ans, convaincu qu'il l'aimerait toujours, et qu'il ne l'oublierait pas après leur rupture. Mais ces dernières semaines, Moira s'était effacée de sa mémoire… Comme volatilisée ! Et quand il avait songé à elle, c'était davantage une sorte de rappel à l'ordre, plutôt qu'un souvenir réactivant le chagrin d'amour et la douleur du passé.

Bonne nouvelle, non ?

Zach se leva et arpenta la petite salle. En plus des questions qu'il se posait à propos de Geneviève, il était tellement bouleversé par l'accident subi par son vieil ami qu'il ne tenait plus en place.

Pourvu que Mass Alex s'en sorte sans trop de séquelles…

De nouveau, il se mit à broyer du noir. La vie n'était décidément pas un long fleuve tranquille… Jamais.

C'est alors que son téléphone vibra. Il prit aussitôt la communication.

— Allô ?

Une voix féminine résonna à l'autre bout de la ligne :

— Zachary, j'ai eu votre numéro par Hezekiah. C'est Marielle, à l'appareil.

— Madame Broussard ?

— Marielle, oui. Désolée de vous déranger… Je voulais vous dire que je suis de tout cœur avec vous dans cette épreuve. J'ai compris que le patient est un proche. Comment va-t-il ?

Stupéfait par cet appel, Zach garda le silence un court instant.

— Je ne sais pas encore. Je suis toujours à l'hôpital et j'attends d'être mis au courant.

— Je comprends. Je croise les doigts pour que tout aille bien, ajouta la mère de Geneviève d'un ton grave. Sincèrement.

Elle se racla la gorge, comme si elle était gênée, puis reprit :

— Zachary, je souhaitais aussi vous dire quelque chose

d'important. ViVi semble vous aimer beaucoup. Elle a l'air facile à connaître, n'est-ce pas, mais sous cette apparence se cache une femme complexe, qui a traversé beaucoup d'épreuves et de douleurs… Bien plus, je crois, qu'elle ne l'admet elle-même. Cela l'a changée, et pas forcément de manière positive. Souvenez-vous-en, s'il vous plaît, si quelque chose arrivait…

— Que voulez-vous dire ?

Mais Marielle Broussard refusa d'être plus explicite. Elle laissa échapper un petit rire et présenta de nouveau des excuses :

— J'outrepasse mes droits, vraiment. Ma fille serait furieuse d'apprendre que je vous ai téléphoné. Il vaudrait mieux que vous ne lui en parliez pas. Oh ! Zachary, je dois filer, votre mère me fait signe ! Parce que je suis encore chez vous, évidemment… À plus tard !

— À plus tard, répéta machinalement Zach.

Après que Marielle eut coupé la communication, il s'assit, l'esprit en ébullition. Pourquoi l'avait-elle ainsi averti ? Pour le mettre en garde contre d'éventuels comportements désagréables de Geneviève ? De quel genre ? Et bien sûr, Marielle ignorait tout de ce pseudo-couple qu'ils avaient mis en scène. Que penserait-elle si elle apprenait leur mascarade ?

Se penchant en avant, Zach posa les coudes sur ses genoux et se frotta le front. Qu'il était fatigué, tout à coup… Fatigué et même épuisé. Il avait toujours détesté faire semblant, et voilà que, pour les beaux yeux de Geneviève, il avait accepté de jouer la comédie… Et quelle comédie ! L'amoureux, l'amant et l'ami, tout en un ! Voire le futur mari ! Encore un peu, et il y aurait cru.

Il était temps qu'il remette les pieds sur terre et qu'il n'oublie pas ses propres objectifs. Cette mascarade le distrayait sans doute un peu trop.

— Zach…

La voix de Kiah le tira brusquement de ses réflexions.

Relevant la tête, Zach aperçut son cousin sur le seuil de la salle d'attente. Il se leva d'un bond.

— Alors ?

— Alors on emmène Mass Alex en chirurgie. Il souffre peut-être d'une carence en vitamine K, ce qui expliquerait l'abondance de l'hémorragie, mais je dois procéder à des analyses complémentaires pour vérifier la cause de cette éventuelle carence. S'il s'agit d'un syndrome de malabsorption, on devra trouver l'organe qui en est responsable.

— Mais tu penses qu'il va se rétablir ?

Kiah hocha la tête.

— Je l'espère. C'est un vieil homme, et il faudra qu'il se remette de l'opération, puis qu'il réussisse la rééducation qui sera mise en place par la suite. Malheureusement, tout est possible, le meilleur comme le pire. Sois certain qu'on fait le maximum.

— Je m'en doute, marmonna Zach, la gorge nouée par l'appréhension.

— Ne t'inquiète pas trop pour le moment, dit gentiment Kiah. Rentre plutôt chez toi, on te tiendra au courant.

— D'accord. Je vais retourner à la maison, murmura Zach, la gorge nouée.

À ce moment-là, dans le couloir, il aperçut Doritt, la fille de Mass Alex, suivie par ce qui semblait être toute la famille du vieux monsieur.

— Voilà ses proches…

Kiah se dirigea aussitôt vers le groupe pour expliquer la situation, et, au même instant, le portable de Zach vibra de nouveau. Cette fois, c'était Geneviève. Le cœur battant, Zach sortit pour lui répondre.

— Comment ça va ? demanda-t-elle.

— J'en saurai plus tout à l'heure. Il va être opéré d'ici peu. Kiah se charge de l'intervention.

— C'est une chance. Sinon, je serais venue, dit Geneviève.

— Merci.

En parlant, Zach se remémora ce que Marielle Broussard lui avait révélé, et une sensation de malaise l'envahit. Non seulement il faisait semblant d'être en couple avec Geneviève, mais en plus, il devrait garder le secret de cet appel téléphonique.

La situation devenait pesante.

— Je vais rentrer, ajouta-t-il, conscient du stress qu'il ressentait à présent, et de sa fatigue.

En vérité, il se sentait sonné.

— Bonne nouvelle. On t'attend. Mais si tu préfères, je peux repartir avec ma mère, poursuivit Geneviève. Je suis venue avec ma voiture, donc pas de problème…

— Pas de problème ? Pourquoi ?

— Pour que je te laisse en famille.

— Non, jouons la comédie jusqu'au bout de cette journée. Ta mère ne comprendrait pas.

— Comme tu veux. Alors à tout de suite.

Elle avait une jolie voix… Douce et compatissante. Mais était-elle sincère ? Soudain, Zach doutait de tout.

Il coupa la communication et se dirigea vers le parking. Une fois au volant de sa voiture, il baissa la vitre et resta songeur quelques instants.

La nuit était tombée, et il reconnut l'étoile du Berger dans le ciel, particulièrement brillante ce soir-là. Par la fenêtre lui parvenaient les sons de la ville. Des coups de klaxon, les basses rythmées d'un bal du samedi soir. Plus près, on entendait le bruit dc l'hôpital : des bavardages, le claquement d'une porte qui se refermait, le cliquetis d'un brancard.

Tout cela lui était familier, mais ce n'était pas comparable à ce qu'il entendait ou ressentait quand il vivait à Londres, où la foule humaine, le bourdonnement constant de la circulation et les lumières vives l'exaltaient. Là-bas, on pouvait goûter toutes les cuisines du monde, acheter n'importe quel produit, dénicher tout type de divertissement pour peu qu'on sache où chercher ! Tout existait à profusion. Constamment. Lui-même était presque hyperactif durant la journée, parfois également la nuit, savourant le tumulte et l'agitation permanente d'une mégapole. Puis il avait quitté l'Angleterre, où il ne retournerait sans doute jamais vivre.

Jusqu'à aujourd'hui, Zach avait cru avoir trouvé la paix et un certain épanouissement sur cette île. Mais à cet instant, il avait la sensation de se retrouver sur un chemin qui menait à une destination complètement différente de celle qu'il avait souhaitée.

Quand il était venu ici, l'envie de se réfugier pour panser ses blessures l'animait. Il avait aussi voulu aider son père en restaurant la maison familiale. Il n'avait jamais envisagé de s'y installer définitivement, mais, curieusement, depuis peu, l'idée le titillait…

Pourquoi ?

Était-ce lié à son étrange aventure avec Geneviève ? Elle était citadine, et ne demeurerait probablement pas à Saint-Eustache ; l'île était un joyau des Caraïbes, certes, mais le quotidien insulaire pouvait vite paraître limité si l'on n'aimait pas la nature et le grand air. Quant à Marielle Broussard, elle serait sûrement heureuse que sa fille retourne vivre à La Nouvelle-Orléans…

Et alors ? En quoi ça me concerne ?

Et pourquoi pensait-il encore à Geneviève ?

Chassant ses idées sombres, Zach mit le contact et prit la direction de chez lui. Mais il roula lentement, comme s'il redoutait d'être de nouveau face à celle qui venait de bouleverser ses habitudes.

Geneviève remarqua aussitôt que Zach parlait peu. Dès qu'il était entré dans la salle à manger, elle avait noté son changement d'attitude. Mais quoi de plus normal ? Il éprouvait de l'inquiétude pour Mass Alex. Chaque personne réagissait au stress de manière différente, et, compte tenu des circonstances, sans doute se repliait-il sur lui-même.

Et puis on ne se confie pas tous nos états d'âme, puisqu'on n'est pas réellement ensemble.

Dans un sens, cela convenait très bien à Geneviève. Elle n'avait pas envie d'être complètement à l'aise avec Zach, de s'ouvrir à lui, de croire en lui… Elle en deviendrait vulnérable, et elle ne se souvenait que trop bien de la souffrance qu'elle avait ressentie autrefois.

Elle avait déjà traversé l'épreuve de la trahison une fois, cela suffisait.

Mme Lewin avait préparé un buffet pour le dîner, aidée par la mère de Geneviève qui, à présent, sirotait du rhum avec le père de Zach. Visiblement, ce dernier avait déjà quelque peu abusé de l'alcool car ses yeux brillaient d'un éclat singulier.

— Hezekiah était si inquiet pour Mass Alex que j'ai peur qu'il ait trop bu, chuchota Sheila à l'attention de Geneviève et de Zach. Marielle le distrait !

— Pas sûr que ce soit une bonne idée, répliqua Zach à voix basse. Papa finira par chanter *Danny Boy*…

Geneviève échangea un coup d'œil avec Sheila Lewin, puis elle vit que Zach esquissait un bref sourire. Sans doute était-ce une plaisanterie, mais ce soir, l'ambiance lui semblait bien lourde.

Après s'être servis, ils s'installèrent autour d'une table dressée au milieu de la pièce, et commencèrent à manger. Le repas s'avéra simple mais délicieux. Salade exotique, sardines grillées, crevettes, riz à la vapeur, pain agrémenté de graines de sésame…

Marielle, un verre à la main, appréciait manifestement ce moment. Comme elle continuait à bavarder avec Hezekiah, Geneviève comprit pourquoi Sheila se faisait du souci pour son mari. Ce dernier s'exprimait vite et fort, comme s'il se parlait davantage à lui-même qu'à la mère de Geneviève :

— Nous sommes des gens simples et travailleurs, mais certains n'ont pas une bonne opinion de nous… Moi, voyez-vous, j'ai été chauffeur de bus, et Sheila s'occupait de personnes âgées. Mais notre fille a obtenu deux diplômes – deux ! –, et elle travaille pour le ministère des Affaires étrangères. Et Zach, il aurait été médecin, comme notre fille, s'il n'avait pas accepté de…

— Je t'en prie, arrête.

La voix de Sheila avait claqué tel un coup de fouet, faisant sursauter tout le monde, même M. Lewin.

Que voulait-il dire ? s'interrogea Geneviève.

— Je suis sûre que Marielle ne s'intéresse pas spécialement à ce que les gens pensent de nous, et que Zach n'a certainement aucune envie qu'on dévoile sa vie privée, ajouta Sheila.

— Tu as bien raison, dit Zach d'un ton agacé.

Puis il se leva pour se resservir au buffet.

Le suivant du regard, consciente qu'il ne lui avait pas adressé la parole depuis son retour, Geneviève éprouva une drôle de sensation. Comme un manque. Avait-il décidé de ne plus jouer la comédie ?

— Zach n'est peut-être pas médecin, mais il est un excellent infirmier, déclara-t-elle à Hezekiah. Dans les situations d'urgence, je préfère parfois être aidée par un infirmier ou une infirmière plutôt que par la plupart des docteurs que je connais !

— Laisse tomber, Geneviève, lança Zach en reprenant sa place à table. Il s'en moque.

— Pourtant, c'est important, insista Geneviève. Les professionnels comme Zach sont…

Elle chercha une métaphore appropriée.

— Ils sont un peu comme la célèbre danseuse Ginger Rogers, reprit-elle en souriant. Elle accomplissait les mêmes prouesses que son partenaire Fred Astaire, mais en talons hauts ! C'était donc encore plus difficile pour elle. Bref, poursuivit-elle, si les médecins obtiennent la gloire, le personnel infirmier assure la cohésion de l'équipe et le bon fonctionnement de l'hôpital. On leur doit tout.

— Ah, mais soyez sûre que je suis fier de mon fils, affirma

Hezekiah. Mais on a travaillé si dur, sa mère et moi, pour qu'il ait une meilleure vie…

— C'est ce que nous voulons tous, n'est-ce pas ? renchérit Marielle. C'est ce que nous essayons tous de réussir. On aimerait que nos enfants s'en sortent mieux que leurs parents. Ma grand-mère nourrissait ce même rêve. Elle est née dans les quartiers populaires de la Louisiane, a déménagé à La Nouvelle-Orléans et est devenue femme de chambre. Des années plus tard, ma mère, qu'elle soit bénie, essayait d'enjoliver la situation et répétait à ses amis de l'église que Nanoni avait été gouvernante… Parce qu'au fil des années, ma grand-mère avait grimpé les échelons dans la demeure où elle avait été embauchée. C'est ce qui a permis à ma mère d'aller à l'école et de travailler ensuite comme enseignante.

Geneviève sourit, touchée par ces confidences. Quand elle jeta un coup d'œil à Zach, il lui adressa un léger sourire, distant et pensif. Puis il regarda de nouveau son assiette.

— Moi aussi, je suis fière de mon fils, ajouta Sheila. Je suis fière de tous mes enfants.

— Je suis également fière de mes deux filles, assura Marielle en souriant à Geneviève. Aucune n'est sans abri ou en prison, toutes deux ont un emploi rémunéré… Que peut-on demander de plus en tant que mère ?

Sa déclaration fit rire tout le monde, mais l'ambiance resta tendue pendant qu'ils finissaient de dîner.

— Allez, juste un dernier, marmonna Hezekiah en voulant se lever.

Mais il n'y parvint pas. S'affalant sur sa chaise, il brandit son verre :

— Zach, prépare un rhum pour ton vieux père, tu veux bien ?

— Oh ! non, ça suffit, intervint Sheila.

Elle se redressa, et lui prit le verre des mains.

— Il est plus raisonnable que tu ailles te coucher. On va dormir ici, dit-elle à Zach.

— Bien sûr. Je vais t'aider à accompagner papa, répondit-il.

Encadré par sa femme et son fils, Hezekiah quitta lentement la pièce. Tandis qu'ils descendaient l'escalier pour gagner les chambres au rez-de-chaussée, on l'entendit entonner *Danny Boy* d'une voix fausse. Amusée, Geneviève échangea un regard avec sa mère.

— Je me demande quand même ce que M. Lewin voulait dire tout à l'heure… À propos de ce qui a empêché Zach de devenir médecin.

— Est-ce important, ViVi ? Les décisions que Zachary a prises à l'époque ne peuvent être changées, n'est-ce pas ?

— Non, mais…

— Soit tu l'acceptes tel qu'il est, soit tu ne l'acceptes pas. C'est aussi simple que ça.

Geneviève voulut répliquer que là n'était pas la question, puisqu'elle trouvait Zach admirable. Elle avait juste envie de mieux le comprendre. Mais à ce moment-là, Zach fit irruption dans la salle à manger, l'air un peu crispé.

— Je vous ramène ? proposa-t-il d'emblée.

— Non merci, j'ai ma voiture, lui rappela Geneviève. On se voit demain ?

— Je ne sais pas encore. Demain, mon père voudra peut-être rendre visite à Mass Alex à l'hôpital.

Geneviève fut surprise par la froideur du regard de Zach.

— Je comprends. Mais… tout va bien ?

— Bien sûr. Pourquoi ça n'irait pas ?

Puis il entreprit de débarrasser la table. Geneviève se leva, prête à l'aider, espérant un sourire, un petit signe de connivence, mais il agissait comme si elle n'était pas là. De nouveau, elle sentit son cœur se serrer.

— Je vais ranger, précisa-t-il d'un ton bref. Vous pouvez rentrer chez vous, si vous voulez. Il est tard.

— Et j'avoue que je suis très fatiguée, soupira Marielle. On y va, ViVi ?

— Oui, oui, fit Geneviève, troublée. Zach, souhaite une

bonne nuit à tes parents de notre part... Et remercie-les pour le dîner.

— Absolument. En dépit des circonstances, ce fut une très bonne soirée, renchérit sa mère.

Geneviève acquiesça machinalement.

Pourquoi Zach ne me sourit même plus ?

La question tourbillonnait dans son esprit, sans réponse possible, évidemment. Et quand elle s'approcha de lui pour déposer un baiser sur sa joue, il faillit détourner le visage. Ce fut imperceptible, mais Geneviève s'en aperçut immédiatement. Il lui en voulait... mais de quoi ? Et pourquoi ?

11.

Le lendemain matin, Zach se réveilla à la même heure que tous les jours. Mais, contrairement à ses habitudes, il resta allongé dans son lit pendant quelques minutes, essayant de chasser la morosité qu'il avait éprouvée la veille au soir, quand il s'était couché, mais qui persistait comme une rage de dents.

La soirée d'hier avait été épuisante. S'étaient succédé la blessure du pauvre Mass Alex, puis la tirade de son père… et, pour finir, les propos de Marielle Broussard à Geneviève : « Soit tu l'acceptes tel qu'il est, soit tu ne l'acceptes pas. »

La goutte d'eau qui a fait déborder le vase…

Même s'il n'avait pas entendu la première partie de la conversation, il en avait suffisamment compris pour être en colère.

Quelle comédienne-née, cette Geneviève ! Elle l'avait défendu devant son père d'une telle manière que Zach s'était senti… exceptionnel. Mais, face à sa mère, elle avait dû adopter un autre avis, ou du moins lui faire comprendre qu'elle critiquait Zach, ou regrettait quelque chose à son sujet. Sinon, comment comprendre autrement la réaction de Marielle ?

Mais pourquoi m'énerver ? Pourquoi être déçu ? Elle n'est rien pour moi, et je ne représente rien pour elle !

Cette pensée lui martelait l'esprit.

Oui, parfaitement, Geneviève avait absolument le droit de le considérer comme bon lui plaisait, puisqu'ils jouaient une magnifique comédie.

En fait, elle devait être en train de préparer le terrain pour leur future « rupture ».

Logique et prévisible !

Malgré tout, Zach ne parvint pas à se débarrasser de l'irritation mêlée de frustration et de déception qu'il ressentait.

Peut-être parce qu'il avait commencé à faire confiance à Geneviève et, surtout, à se dire qu'elle était fiable, qu'elle ne tenait pas un double discours, que l'hypocrisie n'était pas son style...

En même temps, il savait qu'il manquait parfois de discernement.

Que pouvait-il maîtriser de ce semblant de relation avec Geneviève ? L'aspect purement physique ? Même pas sûr. Quand ils avaient fait l'amour, leur étreinte avait été si passionnée, et exaltante, qu'il aurait pu recommencer encore et encore...

Mieux vaudrait éviter.

Car il se rendait compte qu'il ne pouvait pas séparer désir et émotions. N'était-il pas déjà un peu tombé amoureux de Geneviève ?

Zach sourit malgré lui.

Oui...

Ce qui expliquait que les propos dévalorisants de Geneviève le blessent à ce point. De même, il acceptait très mal que son père exprime encore sa déception par rapport au parcours professionnel de son fils.

Il faut que je reprenne ma vie en main.

Déterminé, Zach se leva et s'habilla rapidement. Short, T-shirt, baskets. Il ne travaillait pas ce jour-là et, un bref instant, il envisagea d'aller faire du jardinage. En général, les plantes et la terre le réconfortaient, mais là, il avait besoin d'une activité plus intense pour aider ses pensées à se calmer.

Ses parents n'étaient pas encore réveillés. Il laissa donc un mot sur le comptoir de la cuisine, puis fila courir dans les champs autour de la maison.

Le terrain était doucement vallonné, ce qui lui permettait de varier son rythme et d'adapter son énergie ainsi que son souffle. Habituellement, il courait pendant environ une heure, mais ce matin-là, il laissa ses pas, en harmonie avec le tourbillon d'idées qui, peu à peu, s'apaisait, le mener plus loin qu'à l'accoutumée avant de faire demi-tour pour rentrer.

À une centaine de mètres de l'allée qui conduisait à sa maison, il ralentit, trottina puis marcha afin de permettre à ses muscles de récupérer.

À sa grande surprise, il aperçut alors sa mère et Marielle Broussard en train de bavarder devant l'entrée. Et, quand il parvint à l'arrière de la bâtisse, il vit Geneviève assise sous la tonnelle, une tasse de café à la main. Elle portait un short, révélant ses longues jambes déliées, et un T-shirt décolleté d'une couleur pêche qui rendait sa peau encore plus lumineuse.

Zach maudit le désir qui affluait en lui. D'autant qu'elle lui souriait – de ce sourire digne d'une reine de beauté –, comme si elle était parfaitement consciente de l'impact qu'elle avait sur lui.

— Bonjour ! Vous êtes venues de bonne heure, ta mère et toi, lança-t-il en se dirigeant vers le tuyau d'arrosage.

Il le déroula lentement. Il avait besoin de faire quelque chose de ses mains, là, tout de suite, pour détourner son attention de Geneviève.

— Je sais. Sheila m'a appelée : elle s'inquiétait pour toi, elle ignorait où tu te trouvais…

— J'avais pourtant laissé un mot !

Zach ouvrit l'arrivée d'eau, ajusta le débit et visa les plantes d'un jet brumisateur. Il garda les yeux fixés sur les arcs-en-ciel qui se formèrent rapidement dans les gouttelettes irisées par la lumière du soleil.

— Effectivement, mais le papier s'était envolé du comptoir, dit Geneviève. Quand je suis arrivée, je l'ai trouvé sous la table…

— Désolé qu'elle vous ait appelées si tôt.

Zach sentait qu'il était un peu malpoli, mais comment agir autrement pour se préserver ?

— Ça ne me dérange pas, répliqua-t-elle. On était déjà

debout, et je me suis aussi fait du souci, je l'avoue. Ça ne te ressemble pas de disparaître comme ça, sans dire à personne où tu vas.

Il éprouva une nouvelle bouffée d'indignation qu'il eut du mal à masquer. Quoi, elle prétendait s'intéresser à lui et le connaître ?

— J'ai appelé l'hôpital, poursuivit-elle. Mass Alex a passé une mauvaise nuit, donc ils limitent les visites aux seuls membres de la famille.

— Ah bon ?

— Oui, désolée. Mais pour l'instant le pronostic est toujours encourageant.

— Bonne nouvelle.

— Oui. Très bonne. Ta mère voudrait qu'on se rende tous ensemble visiter les jardins botaniques, reprit-elle. Je crois que ça la rendrait heureuse, tout comme la mienne. Ton père serait aussi très content.

Réprimant un soupir, Zach continua d'arroser.

— Dans ce cas, on ira. Je finis ce que j'ai commencé, ensuite je vais prendre une douche, et on pourra partir.

Il essayait d'être calme et de sourire. Pas facile. Mais tout se compliqua encore plus quand Geneviève se leva pour s'approcher de lui. Il perçut son parfum vanillé, et le souvenir de leur étreinte le taquina de nouveau. Il se revit en train de l'enlacer, de la caresser, de lui donner du plaisir… et d'en recevoir autant. Un kaléidoscope d'images chaudes, troublantes, s'égrenèrent dans son esprit tandis que, le regard toujours rivé sur les plantes, il arrosait consciencieusement.

— Zach, tu es encore contrarié par ce que ton père a dit hier soir ?

Il eut d'abord envie de nier, de faire comme s'il ne savait pas de quoi elle parlait. Mais, avec Geneviève, ce genre de réaction ne fonctionnerait pas.

— Si tu veux savoir, ce n'est pas la première fois que mon père me lance ce genre de commentaires.

— Ça ne signifie pas que ses paroles ne te blessent pas.

Un court instant, Zach aurait juré que Geneviève était compatissante.

Mais non...

Il avait de nouveau les pieds sur terre. Il ne se laisserait plus berner.

— Il fait référence à une histoire tellement ancienne. Je vais bien, maintenant, pas de souci.

Lançant un coup d'œil à Geneviève, il ne put interpréter ce qu'elle pensait car elle avait le regard dissimulé par ses lunettes noires.

Il coupa l'eau et commençait à enrouler le tuyau quand elle l'interpella de nouveau :

— Qu'est-ce qui t'a vraiment empêché de devenir médecin ? Et pardonne-moi, mais mon petit doigt me dit que ce n'était pas à cause de soucis financiers ou parce que tu ne tenais plus en place... Que s'est-il passé pour que tu changes d'orientation ?

Des émotions contradictoires envahirent Zach. Inspirant profondément, il se tourna vers Geneviève. Elle se tenait près de lui, et il sentait son parfum enivrant.

— Écoute, quand tu as imaginé cette fausse relation entre nous, tu n'as quand même pas dû envisager que je te raconterais absolument tout de ma vie privée ? Parce que franchement, tu n'as pas besoin de tout savoir sur moi pour faire croire à ta mère que tout va bien entre nous... On joue une comédie, point final. De plus, toi, tu ne me dis pas grand-chose non plus sur toi, lança-t-il. Rappelle-toi : pas d'implication émotionnelle. On a fixé cette règle.

Geneviève le contempla en silence, l'air stupéfaite et chagrinée. Impulsivement, Zach s'approcha, empli du désir de la serrer contre lui et de l'embrasser. Elle esquissa un pas vers lui...

Mais il s'écarta aussitôt.

— Désolé, marmonna-t-il.

Il s'en voulait de se montrer aussi cinglant alors qu'elle lui offrait de la gentillesse…

Ou ce qui semblait être de la gentillesse.

Comment pouvait-il la croire sincère ?

Je doute vraiment de tout, maintenant…

— Je vais prendre une douche. À plus tard.

Puis il se détourna et s'éloigna rapidement.

La gorge nouée, Geneviève regarda Zach se diriger vers l'escalier qui menait à l'entrée principale de la maison.

Il a raison…

Elle avait eu l'idée de bâtir cette mise en scène, et en avait établi les règles. Même si, charnellement, leurs relations avaient changé, ils s'étaient mis d'accord pour ne pas s'engager réellement.

Ce devait être un jeu, comme une vraie pièce de théâtre !

Sauf que cette mascarade avait déteint sur ce qu'elle ressentait…

Et elle ne pouvait s'en prendre qu'à elle-même.

Durant toute cette mise en scène, elle n'avait pratiquement pas évoqué son propre passé, ne mentionnant que le strict minimum.

Zach non plus ne s'était pas dévoilé. Mais il avait forcément remarqué à quel point elle restait discrète alors que, paradoxalement, elle lui posait des questions…

Il avait dû deviner qu'elle ne tenait pas à évoquer les zones d'ombre de sa vie, ni révéler ses faiblesses ou ses peurs.

Surtout, je ne veux pas risquer d'être rejetée une fois de plus, ou inspirer de la pitié !

Malgré tout, comble de l'ironie, elle aurait souhaité que Zach se confie pleinement, sans qu'elle-même en fasse autant.

Secouant la tête comme si elle désapprouvait sa propre naïveté, Geneviève saisit sa tasse de café et se dirigea vers la maison à son tour.

Elle trouva Puss, le chat, assis devant la porte. Elle voulut le caresser et n'y parvint qu'un court instant car il s'esquiva vite. Depuis que Zach le nourrissait, Puss avait pris un peu de poids et se montrait plus amical, mais son cœur de félin appartenait clairement à Zach.

— Je ne t'en veux pas, dit-elle à l'animal qui la considérait, immobile, les yeux plissés comme s'il la jaugeait. Ton maître est plutôt irrésistible, n'est-ce pas ?

Le cœur serré, elle emprunta l'escalier et retrouva sa mère, assise sous la véranda, en train d'admirer la vue en sirotant un café.

— M. et Mme Lewin se préparent… Mais le pauvre Hezekiah a l'air un peu mal en point, chuchota-t-elle.

Geneviève s'efforça de sourire. Heureusement qu'elle portait des lunettes noires, sinon sa mère aurait remarqué les larmes dans ses yeux.

Elle s'installa sur une chaise et tourna discrètement la tête pour dissimuler son visage.

Il fallait qu'elle admette la vérité : elle tenait réellement à Zach, et ce n'était pas qu'une question de désir. Elle aurait aimé que leur relation devienne authentique…

Mais comment serait-ce possible si elle n'était pas prête à dévoiler toutes les parties d'elle-même ? Ses chagrins et déceptions ? Ses craintes ?

De son expérience passée, elle avait appris la nécessité d'être honnête, quelle que soit la nature de la relation. Pourtant, voilà où elle en était aujourd'hui, piégée dans un énorme mensonge juste pour apaiser sa mère, plutôt que de s'imposer, marquer ses limites et dire la vérité !

Avant de connaître Zach, elle n'envisageait plus vraiment de fréquenter un homme, même occasionnellement. Comment aurait-elle de nouveau cru en quelqu'un d'autre alors que les deux personnes en qui elle avait placé toute sa confiance l'avaient trahie au moment où elle avait le plus besoin de leur soutien ?

Oh ! bien sûr, elle avait agi comme si elle s'était remise, une fois passé le profond choc initial. Elle avait peu à peu surmonté son chagrin et son écœurement. Elle avait repoussé en elle-même tout ce qui la blessait…

En réalité, aux tréfonds de son être, la plaie avait dû s'aggraver au lieu de cicatriser. Sa capacité à discerner la vérité de la fiction, ses valeurs en tant que femme, amante ou amie, tout cela s'était terriblement brouillé.

Au fil du temps, le travail et son savoir-faire en tant que médecin étaient devenus sa seule consolation. Parce que c'était un domaine qu'elle pouvait contrôler, un domaine que nul n'était à même de remettre en question. Mais elle avait tellement travaillé qu'elle avait exclu tout le reste de sa vie : amitiés, aventures, émotions… Résultat, elle avait frôlé le surmenage. L'île Saint-Eustache lui avait offert un sas de décompression magnifique afin qu'elle reparte de zéro…

Sauf qu'en manigançant cette comédie avec Zach, elle mettait en danger la paix et le bonheur fragiles qu'elle avait fini par éprouver.

Si elle voulait arranger la situation, elle devait tout avouer à sa mère.

Maintenant.

— Maman, il faut que je te parle de quelque chose d'important…

Mais, au même instant, Sheila Lewin apparut sous la véranda, son sac dans une main, un chapeau de soleil dans l'autre.

— Nous sommes prêts. Zach et Hezekiah sont déjà installés dans la voiture.

Se levant promptement, Marielle jeta un coup d'œil à sa fille.

— Ça peut attendre, ViVi ?

— Bien sûr. Il n'y a pas d'urgence.

En prononçant ces paroles, Geneviève espéra même, lâchement, que ses aveux pourraient être repoussés à jamais…

12.

Les jardins botaniques de l'île ne se trouvaient qu'à une quinzaine de minutes de Port Michael, de l'autre côté de la ville par rapport à la maison des Lewin.

Oubliant ponctuellement ses préoccupations, Geneviève se réjouit d'abord de découvrir ce lieu magnifique, vraiment hors du commun, qu'elle n'avait encore jamais visité.

S'étendant sur une huitaine d'hectares, le parc se composait d'une vaste étendue gazonnée constellée de parterres de fleurs au milieu desquels s'élevait un charmant kiosque à musique. Des prés en terrasses et des arbres plantés à flanc de colline entouraient ce lieu de ressourcement. Des sentiers de promenade serpentaient à travers différentes pelouses agrémentées de sculptures et d'affichettes décrivant l'histoire ainsi que la provenance des plantes ou des œuvres d'art.

C'était une journée parfaite pour visiter le site. Il faisait chaud, certes, mais une douce brise estivale soufflait depuis la mer, rafraîchissant agréablement l'air.

Après l'agitation de la veille, elle avait espéré que cette promenade bucolique apaiserait ses pensées…

Mais bien vite, elle se rendit compte que ce ne serait pas le cas. Tout simplement parce que la même idée lui revenait à l'esprit en boucle : avouer la vérité à sa mère, se débarrasser du poids du mensonge, de plus en plus lourd… Voilà ce qu'elle aurait voulu. Sauf qu'à cet instant, cela devenait absolument impossible !

Quelle ironie du sort !

Sheila et Hezekiah, ainsi que Marielle, marchaient ensemble, d'un même pas lent, admirant la nature. *Jamais je ne pourrai parler à ma mère,* songea Geneviève, se résignant tant bien que mal à devoir patienter.

— L'un de mes oncles était sculpteur, et certaines de ses créations sont exposées ici, expliquait fièrement Hezekiah. On peut en admirer une près du kiosque à musique et d'autres là-bas, en haut, vers le belvédère !

Geneviève jeta un coup d'œil à Zach, mais il l'ignorait.

Son cœur se serra.

De toute évidence, quelque chose avait changé entre eux. Soit il ne voulait plus jouer la comédie, soit il lui en voulait. Mais pourquoi ? Et de quoi ?

Presque à contrecœur, elle reporta son attention sur les parterres de fleurs estivales, vivement colorées, qui s'épanouissaient superbement.

— Dommage qu'il y ait si peu de monde, reprit Hezekiah alors qu'ils se dirigeaient vers le kiosque à musique pour découvrir la statue qu'il avait évoquée quelques instants plus tôt. Avant, les gens venaient ici le week-end.

— En cette saison, les gens vont à la plage, fit remarquer Zach.

— C'était différent à mon époque, souligna son père. Le samedi, on se promenait au bord de la mer, ou on allait au cinéma si on avait gagné un peu d'argent pendant la semaine en travaillant à la ferme ! Mais le dimanche, après l'église, on partageait un bon repas à midi, puis on déambulait dans ces jardins, pour se détendre et, quelquefois, écouter un groupe jouer.

— J'imagine que ce devait être bien agréable, commenta Marielle. Aujourd'hui, beaucoup de traditions familiales se sont perdues, de même que de précieux rites de passage qui nous mènent d'une étape de la vie à une autre.

— Ah oui, je confirme que ces rituels sont dorénavant difficiles à maintenir, renchérit Sheila. La faute à trop de distractions !

Pendant qu'ils poursuivaient leurs critiques de la société, Geneviève regarda de nouveau Zach qui, cette fois, lui lança un coup d'œil où pétillait une lueur rieuse. *Enfin !* Rien que ce petit signe lui remontait le moral. Mais il détourna vite le regard, et le lien fut de nouveau rompu.

Se sentant plus seule que jamais, Geneviève se concentra sur l'œuvre sculptée que le père de Zach leur décrivait en détail.

— C'est une représentation minimaliste du peuple indigène kalinago, qui habitait l'île bien avant que les Européens connaissent son existence ! Notre famille a du sang de Kalinagos, qui étaient donc des Amérindiens originaires du Venezuela. Mon oncle Erwin ressentait une profonde fascination pour leur culture et leur rôle dans l'histoire de l'île Saint-Eustache. Il a d'ailleurs été à l'initiative de l'ajout d'une sérieuse documentation sur les Kalinagos dans les programmes scolaires locaux ! C'était le frère de ta grand-mère, précisa-t-il à Zach. Il est mort quand j'étais jeune, c'est pourquoi tu n'as malheureusement pas pu le connaître.

— Tu devrais écrire ces souvenirs et ce témoignage, répondit Zach, visiblement touché. De cette manière, nous aussi nous pourrions les transmettre et le passé ne se perdrait pas.

Hezekiah laissa échapper un petit rire en secouant la tête.

— Je ne suis pas un érudit, moi. Ça me fait mal à la tête d'envisager de rédiger soixante ans d'histoires ! Allons donc en direction du belvédère, et voyons si nous pouvons trouver les autres œuvres d'oncle Erwin !

Ils se dirigèrent vers un sentier qui contournait le kiosque à musique et grimpait jusqu'au sommet de la colline. Avançant d'un pas étonnamment vif tout à coup, Hezekiah ouvrait la marche, suivi par sa femme et Marielle.

Geneviève resta derrière, bientôt rejointe par Zach qui, doucement, lui enlaça les épaules. Surprise et soulagée par ce geste de tendresse, elle lui sourit, mais il évita encore une fois son regard.

— Comment vas-tu ? demanda-t-elle à mi-voix.

— Bien. Et toi ?

— Bien aussi…

— Alors tant mieux, dit-il d'un ton bref.

Bizarre…

— Tu es soucieux ? Quelque chose t'inquiète ?

Zach garda le silence, le bras toujours autour des épaules de Geneviève.

Elle réprima un soupir. Devait-elle lui apprendre qu'elle comptait tout avouer à sa mère, ou valait-il mieux qu'elle l'ait d'abord fait avant de lui en parler ?

Sauf qu'à cet instant, ses idées se troublèrent. Peut-être parce qu'elle sentait les effluves de l'after-shave de Zach…

Tandis qu'ils marchaient l'un contre l'autre, leurs corps se mouvant à l'unisson, lui revenaient des images de leur étreinte passionnée. Ils avaient partagé un profond moment de plaisir, sans retenue, qui contrastait tellement avec la froideur de leurs relations aujourd'hui !

Feignant de s'intéresser à la statue de marbre rose d'une sirène sur le bord du sentier, Geneviève s'immobilisa, soudain certaine de sa décision. Oui, le seul moyen de tout arranger était de recourir à l'honnêteté, en commençant par être franche avec Zach.

Maintenant.

Elle lui effleura le poignet.

— Tu sais, tu n'as plus besoin de faire semblant d'être intéressé par moi, si tu ne le veux pas ou ne le souhaites pas. Dès que j'en aurai l'occasion, j'ai l'intention de révéler la vérité à ma mère. Tu seras libéré…

Contre toute attente, le visage de Zach s'assombrit aussitôt.

Prenant Geneviève par la main, il l'entraîna vivement derrière un bosquet, hors de la vue de tous.

Alors il lui fit face. De la colère brillait dans son regard.

— Est-ce que ça t'arrive de penser aux autres ? Dis-moi ? Tu réfléchis un peu, dans ta vie ? En dehors de ton travail, je veux dire… Hein ?

Choquée, elle le contempla, essayant de comprendre ce qu'il voulait lui signifier. Elle inspira et s'efforça de sourire.

— Justement, oui ! Et je croyais que tu serais heureux de mettre fin à cette farce…

Zach la dévisagea sans rien dire, en silence. Puis il l'enlaça de nouveau et s'empara de sa bouche avec une telle ardeur qu'elle poussa un petit gémissement. Éperdue, elle se blottit contre lui et répondit à son baiser. Lentement, passionnément. Le désir l'inonda tandis que Zach commençait à lui caresser la nuque, le dos, les reins… Puis il l'appuya contre le tronc d'un arbre et la regarda dans les yeux.

— Est-ce que ça ressemble à une farce ? murmura-t-il d'une voix sourde.

Non… Non !

L'émotion submergea Geneviève. Mais, alors qu'elle s'apprêtait à répondre, elle entendit qu'on les appelait.

— Zach !

— ViVi ! Viens vite, Hezekiah est souffrant !

En une fraction de seconde, le réel chassa le romantisme. Zach pâlit, reprit Geneviève par la main et, sans parler, ils repartirent en courant vers le sentier principal pour rejoindre leur famille.

Zach vit d'abord son père, assis sur un banc et, à côté de lui, sa mère qui essayait de l'inciter à pencher la tête en avant. Visiblement, le mouvement était douloureux, voire impossible.

— Que se passe-t-il ? s'écria Zach en se précipitant vers ses parents.

Geneviève le suivait de près.

— Rien… Rien de grave, marmonna son père. Je me suis juste senti un peu étourdi pendant quelques instants.

— Il a failli s'évanouir, précisa Sheila d'un ton grave. Je l'ai retenu, sinon il serait tombé.

— Tu exagères, protesta Hezekiah. C'était juste un petit vertige sans importance.

Mais Zach s'aperçut que son père avait le souffle court. Geneviève commença à l'examiner en lui posant quelques questions : prenait-il des médicaments ? En avait-il absorbé ce matin-là ? Quels autres symptômes pouvait-il signaler ?

— Mais je vais bien, répéta Hezekiah d'un ton contrarié. Je ne veux pas que vous vous inquiétiez !

— Je comprends. Sauf que votre rythme cardiaque est élevé, que vous êtes essoufflé et votre peau moite. Récemment, je vous ai vu vous masser la poitrine comme si vous étiez mal à l'aise, énuméra Geneviève. Même si cela vous déplaît, il faudrait que nous fassions quelques examens pour nous assurer qu'il n'y a pas un problème sérieux.

Hezekiah l'observa avec étonnement, comme s'il avait oublié qu'elle était médecin.

— Sérieux ? balbutia-t-il.

— Mon chéri, dis-lui tout ! invita Sheila d'un ton apaisant mais exigeant. Ça vaut mieux.

Hezekiah soupira.

— Bon, d'accord. J'avoue que je ne me sens pas toujours très bien au niveau de cette zone…

Il désigna son diaphragme.

— Je n'ai pas vraiment de douleur, juste une sensation de courbature.

— Je vois très bien de quoi il peut s'agir, observa aussitôt Geneviève. On va vous emmener à l'hôpital, ajouta-t-elle sur un ton qui excluait toute protestation. On appelle une ambulance tout de suite.

Zach s'en chargea sur-le-champ, se maudissant de ne pas l'avoir fait plus tôt. Puis il fit signe à Geneviève de le suivre.

— Tu penses à une crise cardiaque ? demanda-t-il une fois qu'ils se furent éloignés de quelques pas.

— C'est possible, mais je ne peux pas établir de diagnostic définitif pour l'instant. Attendons les examens.

Elle lui toucha gentiment l'avant-bras et sourit.

— Ne te fais pas trop de souci à ce stade… On va le soigner.

La gorge nouée, Zach jeta un coup d'œil à ses parents. Son père n'avait pas bougé, et sa mère s'efforçait de paraître confiante, mais il percevait parfaitement l'anxiété sur son visage.

— Guette l'ambulance, tu veux bien ? reprit Geneviève d'une voix claire et assurée. Moi, je reste ici.

Comme il hésitait encore, elle se dressa sur la pointe des pieds pour l'embrasser sur la joue.

— Allez ! Je gère la situation !

— Merci, dit-il, sincèrement reconnaissant.

Et il s'élança en courant.

Tout en sprintant sur l'allée qui descendait vers la sortie du parc, Zach se remémorait les signes qui auraient dû l'alerter par rapport à la santé de son père. En tant qu'infirmier, il avait vu mourir trop de gens qui pensaient que ce qu'ils ressentaient pouvait être soigné par l'administration d'antiacides, par exemple, alors qu'en réalité, ils ressentaient les signes précurseurs d'une crise cardiaque.

Hélas, récemment, il avait été trop préoccupé par Geneviève et le rôle qu'il jouait avec elle…

Pour elle.

Trop concentré sur elle et lui.

Il n'avait rien vu venir.

Envahi par la culpabilité, Zach jeta un coup d'œil par-dessus son épaule, mais sa famille et Geneviève n'étaient plus visibles.

Ce qui se produisait avec son père était le signal dont il avait besoin : il fallait qu'il reprenne le contrôle de sa vie, oui, mais aussi qu'il soit honnête envers lui-même.

Quand Geneviève lui avait appris qu'elle voulait tout avouer à sa mère, il avait éprouvé autant de frustration que de colère. Pourquoi ? Ce n'était pas parce qu'il redoutait le moment où il se retrouverait seul face à lui-même… Oh ! non. En réalité, il craignait l'embarras qu'il ressentirait face à ses parents qui le condamneraient sûrement d'avoir triché sur la nature de ses relations avec Geneviève.

Ils semblaient si heureux, et même soulagés, qu'il ait rencontré une femme ! Il n'avait pas envie qu'ils le considèrent de nouveau comme un homme perdu ou sans avenir, tel qu'il avait donné l'impression de l'être après sa rupture avec Moira. Ses parents s'étaient inquiétés et, pire encore, avaient eu pitié de lui.

Chassant ses idées noires, Zach se concentra de nouveau sur la situation présente. De toute façon, plus rien de tout cela n'était dorénavant important. Seul comptait l'état de santé de son père.

Apercevant enfin l'ambulance qui approchait à vive allure des grilles du parc, il courut vers le véhicule en faisant de grands signes au conducteur.

13.

Geneviève grimpa dans l'ambulance avec M. Lewin, et surveilla ses constantes pendant tout le trajet. Le véhicule de secours n'était pas aussi bien équipé que ceux qu'elle avait connus sur le continent. Il ne possédait qu'une civière, et un minimum de fournitures médicales, juste l'essentiel pour stopper les hémorragies et permettre aux patients de respirer.

Comme Hezekiah souffrait manifestement d'une respiration trop courte, elle lui posa un masque à oxygène, et monitora sa tension artérielle. Elle profita de l'occasion pour l'examiner plus en détail et lui posa des questions supplémentaires, auxquelles il sembla plus disposé à répondre, sans doute parce que le reste de sa famille n'était pas présent.

Lorsqu'ils parvinrent à l'hôpital, elle le confia – un peu à contrecœur – au Dr Carmichael qui assurait les urgences, et lui communiqua son hypothèse de diagnostic pendant qu'il transférait le patient en salle d'examen.

— Les tests sanguins nous informeront s'il a souffert d'un léger infarctus du myocarde, mais je vais commencer par une échographie, comme vous le préconisez, approuva son confrère.

— Je vous en remercie, dit Geneviève, plus inquiète qu'elle ne l'aurait souhaité.

Se dirigeant vers le bureau de la surveillante, elle vérifia le nom des chirurgiens qui travaillaient cet après-midi. Le Dr Cutler était présent, tandis que le Dr Langdon – le cousin de Zach –, absent pour l'instant, serait de garde.

Quant au Dr Goulding, il se trouvait en Jamaïque où il assistait à une conférence dans le domaine de l'orthopédie, et ne reviendrait pas avant deux jours. Le responsable de la radiologie était le Dr Figueroa.

Geneviève réfléchit, soucieuse. Dans le cas d'une intervention immédiate, elle aurait voulu que Kiah Langdon s'en charge. Mais, dans la mesure où il était le cousin de Zach, cela le rendait moins apte à assurer une éventuelle opération, en raison du manque d'objectivité impliqué par les liens familiaux. Il restait le Dr Omar Cutler, jeune et assez inexpérimenté quant à lui.

Chassant son inquiétude tant bien que mal, elle gagna la salle d'attente. Zach s'y trouvait, assis en compagnie de Marielle et de Sheila. Celle-ci se leva aussitôt et vint vers Geneviève, une main sur le cœur en signe de gratitude. Des larmes brillaient dans ses yeux.

— Alors ?

— Ils sont en train de l'examiner, expliqua Geneviève en la prenant affectueusement dans ses bras. Ils nous tiendront au courant…

— Mais ce n'est pas vous qui vous occupez d'Hezekiah ? s'étonna Sheila.

— Geneviève n'est pas en service, et de plus, elle est chirurgienne spécialisée en traumatologie, même si elle se charge de toutes sortes d'opérations, observa Zach. Je pense que papa relève de la cardiologie. Pour l'instant, il est examiné par le Dr Carmichael qui a généralement d'excellents diagnostics.

— Je le confirme, affirma Geneviève. Il faut juste lui laisser le temps d'accomplir son travail.

Puis elle s'installa et patienta avec eux, s'asseyant à côté de Zach dont le stress devenait palpable. Il croisait et décroisait les doigts sans arrêt. Puis, avisant sa propre mère, un peu pâle, Geneviève se remémora qu'on lui avait récemment diagnostiqué un prédiabète. Elle devait avoir faim. Peut-être même souffrait-elle d'une légère hypoglycémie car l'heure du déjeuner était passée depuis longtemps.

Elle se pencha vers Zach et lui chuchota à l'oreille :

— Il faudrait que ma mère mange un peu… Tu ne voudrais pas l'emmener à la cafétéria ? Et tu nous rapporterais quelque chose à boire et à grignoter ? ajouta-t-elle d'une voix plus forte.

Sheila acquiesça d'un signe de tête.

— Bonne idée, on doit garder nos forces.

— Je suis bien d'accord, renchérit Marielle en se levant. Je vous suis, Zach.

Dès qu'ils eurent quitté la salle, Sheila se tourna vers Geneviève, le regard implorant.

— Vous savez déjà ce dont souffre mon mari, n'est-ce pas ?

— J'ai une intuition, admit Geneviève. Mais il faut attendre le résultat des analyses.

— Je comprends. Si votre intuition est juste, aura-t-il besoin d'être opéré ?

— Je pense que oui.

Puis Geneviève garda un silence prudent.

— Et vous pourriez l'opérer, vous ? insista Sheila.

— Peut-être. Ce ne serait pas l'idéal…

— Mais vous pourriez le faire ? répéta la mère de Zach en la regardant dans les yeux.

— Oui, bien sûr, murmura Geneviève, gênée. Sauf que je préférerais que ce soit un spécialiste du cœur.

Sheila posa une main légèrement tremblante sur son bras.

— Si Hezekiah doit être opéré, je veux que ce soit par vous. Je sais qu'il serait d'accord avec moi.

— Je ne peux rien promettre, madame Lewin… Ce n'est pas moi qui décide.

Alors la mère de Zach secoua la tête, l'air perplexe et indignée.

— Vous ne pouvez pas ou vous ne voulez pas ? Bon…

Elle poussa un soupir découragé.

— Vous pourriez appeler Zach pour lui demander de m'apporter mon tricot ? J'ai laissé mon ouvrage chez lui, poursuivit-elle, changeant brutalement de sujet. Ça m'aidera à patienter.

— Bien sûr. Je reviens vite.

La gorge serrée, Geneviève alla téléphoner dans le couloir.

— Allô ? C'est moi, fit-elle dès que Zach eut répondu. Je n'ai aucune nouvelle concernant ton père. En revanche, je te transmets une requête de ta mère qui voudrait que tu ailles récupérer son tricot chez toi.

— Pas de problème, je fais l'aller-retour. Ta mère a envie de rester un peu à la cafétéria, ça tombe bien. Je serai là dans environ vingt-cinq minutes.

— Parfait. Merci…

Après avoir coupé la communication, Geneviève resta immobile, réfléchissant à ce que Mme Lewin lui avait demandé.

En vérité, ce qui poserait problème, ce serait surtout le fait qu'aux yeux de tous ses collègues, elle soit en couple avec Zach. L'objectivité du médecin était très importante, or comment pourrait-elle faire preuve d'efficacité neutre, car dénuée de sentiments, en opérant le père de Zach censé être en quelque sorte son beau-père ?

Néanmoins, en l'absence de spécialistes expérimentés, elle franchirait le pas et se proposerait, oui, bien sûr…

Pour Mme Lewin.

Et pour Zach.

Le revers de la médaille risquait toutefois d'être lourd de conséquences.

Si jamais l'opération échoue, Zach et sa famille me banniront pour toujours…

— Coo-calloo-calloo, murmura-t-elle, le cœur serré.

À cet instant, même son juron préféré ne s'avérait pas assez puissant pour exprimer ce qu'elle ressentait.

— Madame Lewin, votre mari souffre d'un anévrisme aortique abdominal, déclarait le Dr Carmichael quand Zach s'engouffra dans le couloir des urgences.

Il s'immobilisa, la main crispée sur le sac contenant le tricot de sa mère, et resta en retrait.

Geneviève lui tournait le dos, et ne l'avait donc pas encore vu. Ni sa mère, d'ailleurs. Toutes deux écoutaient le médecin avec attention.

— La paroi de l'artère principale qui passe au milieu de l'abdomen a enflé comme un ballon, ajouta le médecin. La dilatation atteint environ six centimètres. On a déjà prévu des examens complémentaires et, selon les résultats, M. Lewin sera opéré pour qu'on lui pose une prothèse aortique. Mais le chirurgien évitera peut-être une opération ouverte majeure et optera pour une réparation de l'anévrisme avec une endoprothèse plus petite et plus localisée.

— Quelle est la meilleure solution ? demanda la mère de Zach en interrogeant Geneviève d'un ton angoissé.

— C'est au chirurgien de décider, madame Lewin. Il existe beaucoup de variables à prendre en compte et il sera nécessaire de discuter avec votre mari avant de faire le bon choix, précisa Geneviève.

Puis elle s'adressa au Dr Carmichael :

— Que donnent les résultats de son électrocardiogramme ?

— L'ECG est tout à fait normal.

— Bonne nouvelle. Vous avez prévu un test d'effort ?

— Ce sera au chirurgien de le préconiser.

— Et de qui s'agira-t-il ?

— J'ai contacté Kiah Langdon, qui va venir, mais il a indiqué qu'il ne pourrait pas se charger de l'opération à cause de son lien familial avec le patient. J'ai appelé le directeur de l'hôpital pour recueillir son avis avant de confier le patient à un autre chirurgien.

— Je suis disponible pour l'opération, déclara Geneviève d'un ton vif. Et je suis prête à intervenir. Le Dr Cutler est trop inexpérimenté, et on ne peut pas envoyer M. Lewin par avion à Trinité pour se faire opérer en urgence.

À ce moment-là, Zach vit le Dr Cutler les rejoindre d'un pas pressé. Le visage sombre, il avait visiblement entendu le dernier commentaire de Geneviève.

— Je suis le chirurgien du service, donc je suis responsable de cette intervention.

Geneviève planta un regard direct dans les yeux du jeune médecin.

— Ce serait votre responsabilité si on vous confiait le patient, et surtout, pardonnez-moi, si vous étiez qualifié pour pratiquer cette éventuelle opération…

— Je suis parfaitement qualifié, répliqua sèchement le Dr Cutler.

— Combien de réparations d'anévrismes endovasculaires avez-vous effectuées ? Et combien de réparations ouvertes ?

— J'ai assisté à…

— Assister, c'est différent. Ce n'est pas comme pratiquer, souligna Geneviève d'un ton tranchant. Combien en avez-vous effectué vous-même ?

— Mais enfin, pour qui vous prenez-vous, docteur Broussard ?

La colère dans la voix du Dr Cutler était clairement perceptible.

— De toute manière, vous êtes disqualifiée pour assurer l'opération, puisque vous êtes la compagne du fils du patient… n'est-ce pas ? Tout le monde le sait ! Ce serait un non-respect de la déontologie !

Geneviève haussa les épaules. Elle ne s'était toujours pas rendu compte que Zach se tenait à quelques mètres derrière elle.

— Je comprends, mais sachez que ma relation avec Zach n'est pas ce que vous croyez. Rien de bien sérieux. Il n'y a pas d'attachement… Quant au patient, je ne le connais que depuis quelques jours. Nous n'avons aucun lien.

« Rien de bien sérieux ? Pas d'attachement ? Aucun lien ? »

Soudain glacé, Zach pivota sur ses talons et s'éloigna rapidement.

Geneviève venait d'exprimer un tel dédain…

Il avait l'impression d'avoir été mis K-O après un match de boxe.

La gorge nouée, la rage au cœur, il fila vers la sortie, incapable de réfléchir de façon posée.

D'accord, il s'était convaincu qu'entre Geneviève et lui, ce n'était qu'une comédie, mais l'entendre l'écarter de sa vie si facilement, si légèrement, c'était comme recevoir un coup de poing en plein ventre.

Au fond de lui, il s'était quand même – naïvement – accroché à l'espoir stupide qu'ils pourraient peut-être devenir un vrai couple… Il avait follement espéré qu'elle éprouvait de réels sentiments pour lui, autant que lui-même pour elle. Il avait cru qu'elle voudrait que ça continue entre eux d'une manière… sincère.

Quel imbécile je suis !

Bien sûr, ils n'appartenaient pas au même milieu. Il savait bien que Geneviève évoluait dans d'autres sphères, plus élevées socialement. Malgré tout, il n'avait pas pu s'empêcher de glisser peu à peu vers le rêve, de s'impliquer à tous points de vue…

Et de fantasmer l'impossible.

Zach émergea dehors et cligna plusieurs fois des yeux à cause du soleil trop brutal.

Ce ne serait pas la première fois qu'il devrait refouler son humiliation, et faire semblant que tout allait bien…

Ce ne serait pas la première fois qu'il s'obligerait à tenir le coup quoi qu'il arrive.

N'avait-il pas déjà réussi à franchir le tunnel et à retrouver la lumière ? L'espoir ? Le calme ? Il avait reconstruit sa vie après avoir ramassé tant de miettes…

— Zach !

La voix de Kiah s'élevait derrière lui.

Redressant les épaules, Zach afficha un visage impassible avant de se retourner vers son cousin qui s'avançait à grands pas.

Il serra aussitôt Zach dans ses bras.

— Tu aurais dû m'appeler tout de suite !

— Tout s'est passé si vite, je n'ai pas pu, dit Zach, presque surpris de pouvoir s'exprimer normalement alors qu'il avait le cœur brisé.

— Bon, j'arrive. On va s'occuper de ton père, il sera bien pris en charge, ne t'inquiète pas, ajouta Kiah.

— Mais je ne suis pas sûr que toi, tu puisses l'opérer, objecta Zach.

— On verra. Quand il est question de sauver une vie, on agit au plus vite. N'est-ce pas ? insista Kiah en regardant Zach dans les yeux. Tu as confiance ?

— Oui, bien sûr, dit Zach d'une voix sourde. Autant que possible compte tenu des circonstances.

14.

Geneviève obtint gain de cause : le Dr Hamilton, directeur de l'hôpital, lui donna le feu vert pour prendre en charge le père de Zach.

Bien que se félicitant de cette décision, elle constata vite que Zach, qui avait assisté au bref entretien avec le Dr Hamilton, ne se réjouissait pas autant qu'elle. Tandis qu'ils se dirigeaient vers la chambre où Hezekiah était alité, Geneviève avait l'impression qu'il lui lançait des coups d'œil méfiants. Il ne lui avait pas adressé un seul mot depuis son retour.

Que se passait-il ? Doutait-il de sa capacité à réussir l'opération ? N'avaient-ils pas suffisamment travaillé ensemble pour qu'il soit rassuré ? Zach savait forcément qu'elle serait à la hauteur, et qu'en cas de problème absolument insurmontable, Hezekiah serait transféré de toute urgence, en hélicoptère, à l'hôpital de Port-d'Espagne, la capitale de l'île voisine de Trinité, où le service de chirurgie cardio-vasculaire demeurait très performant.

Essayant d'oublier ses propres appréhensions, Geneviève avança d'un pas plus rapide.

Elle entra dans la pièce.

Au chevet de son mari, Sheila affichait un sourire soulagé.

Zach s'installa de l'autre côté du lit, et garda le silence tout en saisissant affectueusement la main de son père.

Il évitait encore le regard de Geneviève.

De plus en plus perplexe et peinée, elle se promit de résoudre l'évident malentendu qui s'épaississait dorénavant entre eux. Dès que ce serait possible. Pour l'instant, elle avait une lourde opération à réussir.

— Je suis heureuse que ce soit vous, déclara Sheila.

— Moi aussi, renchérit Hezekiah. Zach nous a assuré que vous étiez très compétente, donc je vous remercie de me soigner.

Geneviève sourit.

— Je vous en prie, je ne fais que mon travail. Donc, je vais vous expliquer les options qui se présentent à nous. Voulez-vous que Zach reste ici pendant que j'expose en quoi elles diffèrent ?

Zach et ses parents échangèrent un bref regard, puis Hezekiah secoua la tête.

— Sincèrement, je ne préfère pas. Je sais que vous ferez tout ce qu'il faut, le maximum, et je ne veux pas que Zach soit impliqué. Si quelque chose devait mal tourner, il s'en voudrait.

Geneviève acquiesça. En effet, Zach était le genre d'homme qui assumait n'importe quel fardeau pour ceux qu'il aimait et se sentait inévitablement concerné si les choses tournaient mal…

C'était le genre d'homme que toute femme sensée aimerait et voudrait avoir à ses côtés pour toujours.

Le cœur serré, elle s'obligea à ne pas regarder Zach qui quittait la pièce, et resta concentrée sur son objectif.

Après avoir de nouveau consulté les résultats des analyses biologiques et les scanners de M. Lewin, elle se lança dans une explication qu'elle essaya de simplifier.

— Soit on procède à une opération ouverte, longue mais radicale, puisqu'on posera une prothèse aortique complète, soit on répare l'anévrisme avec une endoprothèse circonscrite plus finement, plus localisée… Vous bénéficiez encore, à ce stade de votre pathologie, des deux options.

Elle détailla les avantages et les inconvénients de chaque procédure, et accorda un temps de réflexion aux parents de Zach.

Finalement, M. Lewin opta pour la réparation endovasculaire, principalement en raison des délais de récupération plus rapides.

— Je préfère subir des contrôles réguliers plutôt que rester allongé pendant des semaines et des semaines, avoua-t-il. Je peux rentrer chez moi, maintenant ?

— Rentrer chez vous ? Non, monsieur Lewin, impossible, répondit Geneviève à regret. Votre anévrisme se développe rapidement, et je ne veux pas prendre le risque d'une rupture soudaine. Si on vous garde ici, c'est pour pouvoir agir au cas où… Même si je ne pense pas que le pire se produise, poursuivit Geneviève en voyant les yeux de Mme Lewin s'écarquiller. Je suis juste très prudente. Sur ce, je vous laisse, je dois tout organiser… Je reviens vite vous donner des nouvelles.

Elle programma l'opération pour le milieu de la matinée du lendemain, après avoir consulté le chef de la radiologie pour s'assurer qu'il serait disponible, et avoir prévu un nouveau scanner durant la soirée. Après quoi, elle partit à la recherche de sa mère.

Marielle ne se trouvait ni dans la salle d'attente, ni à la cafétéria. S'apprêtant à lui téléphoner, Geneviève vit alors Zach se diriger vers elle. Son visage n'exprimait qu'une froide contrariété.

— Tout est réglé ? interrogea-t-il.

— Oui, ton père sera opéré demain matin.

— Bonne nouvelle. Merci.

Elle le regarda, incertaine.

— De rien, Zach. Je fais de mon mieux. Tu ne saurais pas où est ma mère, par hasard ? ajouta-t-elle après s'être éclairci la voix.

— Elle a pris un taxi pour retourner chez toi.

— Ah. Très bien. Eh bien, je vais faire comme elle…

— Je peux te ramener, proposa poliment Zach. J'ai le temps. Je vais juste prévenir mes parents que je reviens d'ici peu.

— D'accord. Je t'attends dehors, devant l'entrée.

— À tout de suite.

Elle se dirigea vers la sortie tandis que Zach s'éloignait de l'autre côté.

Qu'il est glacial, se répéta-t-elle, emplie de doutes. Mais que pouvait-elle faire, à présent ? Endurer cette situation jusqu'au bout ? Oui, apparemment… Elle n'avait plus que cette seule possibilité.

Le trajet jusque chez elle se déroula dans un silence juste troublé par la radio. Zach se gara sans couper le moteur.

— Merci de m'avoir raccompagnée. On se voit demain, dit Geneviève.

Elle pouvait jouer la carte de la froideur, elle aussi…

Il ne lui répondit pas.

Alors elle sortit de la voiture et s'éloigna sans se retourner.

Geneviève trouva sa mère dans le salon en train de regarder la télévision. Une appétissante odeur de nourriture provenait de la cuisine.

— Je savais que tu étais la seule à ne pas avoir mangé, indiqua gentiment sa mère. Je suis revenue te préparer quelque chose.

— C'est adorable de ta part, merci… Je reviens dans quelques minutes. J'ai besoin de prendre une douche.

Par la suite, bavardant à table, Geneviève s'efforça de garder un ton léger.

Son besoin impérieux de dire la vérité s'était estompé, tant à cause de la maladie de M. Lewin que de la confusion qu'elle-même éprouvait à propos de Zach. De toute manière, s'il continuait à se comporter de la sorte, tous constateraient qu'entre eux, il n'existait plus aucune relation autre que celles qu'ils entretenaient au travail. Strictement professionnelle.

— Je suis désolée, là, je ne peux pas rester à la maison, annonça-t-elle à sa mère à la fin du repas. Je préfère dormir à l'hôpital ce soir, pour être sur place si jamais il y avait une aggravation du problème dont souffre M. Lewin. Je l'opère dans la matinée. Une fois que je serai sûre qu'il est sorti d'affaire, je rentrerai, et nous pourrons faire quelque chose ensemble.

Sa mère ébaucha un sourire.

— Je comprends très bien, rassure-toi. Fais ce que tu as à faire.

Geneviève se leva pour l'embrasser sur la joue, et alla préparer ses affaires.

Avant de partir, elle appela le service pour s'assurer que Zach et sa mère étaient allés passer la nuit chez eux. Elle n'avait aucune envie de rencontrer de nouveau Zach. Son attitude la glaçait.

Elle prit le volant et se rendit à l'hôpital, le seul endroit où elle éprouvait la certitude d'être parfaitement à sa place, utile… et elle-même. Sans faux-semblant.

Après avoir posé son sac dans la salle de repos réservée aux médecins, elle gagna le premier étage pour rendre visite à M. Lewin.

À sa grande surprise, elle le trouva encore éveillé et assis dans son lit.

Le père de Zach parut étonné de la revoir.

— Je pensais que vous étiez rentrée !

— Je suis revenue, répondit simplement Geneviève.

Elle jeta un coup d'œil aux diverses annotations laissées sur le compte rendu affiché sur le mur.

— Parfait, ça tombe bien, je voulais vous voir en tête à tête, déclara Hezekiah. Je n'étais pas sûr de pouvoir le faire avant l'opération… J'ai quelque chose à vous dire.

— Quoi donc ? demanda Geneviève en lui souriant.

Hezekiah hésita quelques instants puis déclara :

— Vous m'avez expliqué que l'intervention prévue demain ne serait pas aussi risquée que l'opération totale, mais, malgré tout, je suis inquiet. Je sais que j'ai une sorte de petite bombe dans le ventre… Et cette chose-là, ça fait réfléchir un homme.

Geneviève s'assit auprès de lui.

— Il faut rester confiant… Surtout, gardez des pensées positives à l'esprit, c'est essentiel.

— Oui, oui, mais il ne s'agit pas de ça…

Hezekiah secoua la tête.

— Un de mes bons amis jamaïcains me répète souvent que, dans la vie, toutes les cartes peuvent être jouées, toutes, et on ne sait jamais de quoi demain sera fait. Alors, ce que je veux vous dire, c'est de prendre soin de Zachary si le pire m'arrivait, vous comprenez ? Mon fils est gentil, vraiment gentil, et il mérite d'être heureux, surtout après ce que Moira lui a fait.

Il avait prononcé ce prénom comme si Geneviève savait de qui il parlait.

Elle dut se mordre la lèvre inférieure pour ne pas l'interroger. Cela aurait alerté M. Lewin, et ce n'était évidemment pas du tout le moment de l'inquiéter.

— J'agirai de mon mieux, mais vous avez intérêt à être vaillant pour pouvoir le vérifier vous-même, sinon, je me fâcherai, s'efforça-t-elle de plaisanter.

Un peu plus tard, allongée sur le lit de camp de la salle de repos, alors qu'elle essayait de se détendre afin de pouvoir s'endormir, Geneviève comprit qu'elle ne se souciait pas vraiment de connaître l'identité de la dénommée Moira. Elle aurait plutôt préféré savoir si Zach avait tourné la page par rapport à ce qu'il avait vécu avec cette femme, et s'il souffrait encore… D'après les propos de son père, elle devinait que ça n'avait pas été facile pour lui. Pas du tout.

Et pourquoi est-ce que ça m'importe ? Puisque lui et moi, c'est fini ?

Peut-être parce qu'elle se sentait rejetée par Zach… Cette situation lui rappelait de douloureux souvenirs. L'expérience avait été cruelle, et même si Geneviève avait peu à peu fini par surmonter la déception, l'humiliation et le chagrin, il lui suffisait de peu pour que tout lui revienne à la mémoire avec la force d'un boomerang.

En même temps, elle avait joué avec le feu en simulant le grand amour. Elle avait aimé être dans les bras de Zach, se donner à lui, être avec lui, tout simplement… Comme si, entre eux, les sentiments étaient vrais.

Maintenant, elle était prise au piège de la comédie qu'elle avait créée…

Le piège du mensonge.

Pour s'en débarrasser, et aller de l'avant, il aurait fallu qu'elle se confie sincèrement à Zach. Il aurait fallu qu'elle lui parle de Johan, de la trahison… et de ce qui s'était produit après leur rupture.

Du coup, peut-être croira-t-il que j'essaie de l'inciter à rester avec moi pour de bon ! Et ça, je ne le veux pas !

En revanche, si elle taisait sa souffrance passée, il ne saurait rien, certes, et elle préserverait sa propre fierté, d'accord, mais ce serait la preuve d'une défiance de sa part…

Or j'ai confiance en lui…

Plus confuse que jamais, Geneviève ferma les yeux et entama la technique de relaxation qu'elle avait apprise pour réussir à trouver le sommeil à l'époque où elle frôlait l'insomnie complète chaque nuit.

Il fallait qu'elle soit en forme le lendemain matin. C'était indispensable. M. Lewin, et toute sa famille, méritaient qu'elle donne le meilleur d'elle-même au bloc opératoire !

Après, elle tâcherait de résoudre ses propres problèmes.

Zach accompagna sa mère à l'hôpital assez tôt pour qu'ils puissent rendre visite à son père avant l'opération. Ils le trouvèrent plutôt de bonne humeur, mais peut-être était-ce une façade pour les rassurer.

Ils lui tinrent la main, mais bavardèrent peu tandis qu'on s'activait autour de lui pour préparer l'intervention. Geneviève passa plusieurs fois, d'abord avec le Dr Figueroa, puis avec l'anesthésiste. La mère de Zach la salua d'un grand sourire, comme si elle était un membre de la famille, et Geneviève lui répondit chaleureusement, mais elle regarda à peine Zach.

Quand Mme Monroe, l'infirmière, leur indiqua qu'il était temps de partir, Zach et sa mère embrassèrent Hezekiah.

— Je veux rester seul un instant avec mon fils, dit-il.

— D'accord, mais pas plus de cinq minutes, précisa gentiment Mme Monroe. On est sur le point de vous emmener au bloc, et le Dr Broussard est toujours ponctuelle, à la seconde près.

La mère de Zach s'éclipsa et une fois qu'ils furent seuls tous les deux, Hezekiah déclara :

— Zachary, ta chère Geneviève m'a fait comprendre que je devrais m'en tirer sans trop de dommages, mais si jamais ce n'était pas le cas…

— Papa…

Son père leva un doigt pour l'interrompre.

— Fils, on n'est sûrs de rien. C'est pourquoi je veux que tu saches que je t'aime et que je suis plus fier de toi que tu ne le crois. Tu es un homme bien, tu as réussi un beau parcours, et je sais que je ne l'exprime pas assez souvent… Donc je te le répète maintenant.

— Merci, dit Zach, profondément ému. Moi aussi, je t'aime.

— N'aie pas peur de l'amour, Zachary, déclara son père. Je sais que tu as vécu une lourde déception autrefois, mais c'est le passé, et il faut aller de l'avant… D'autant plus que tu as rencontré une femme vraiment superbe à tous points de vue ! Une bien belle personne ! Votre relation me semble solide, un peu comme celle que j'ai bâtie avec ta mère. Appuie-toi sur ce lien si précieux, et tout te semblera plus simple à l'avenir…

Avant que Zach ait pu répondre, l'infirmière revint.

— Zachary Lewin, il est temps de laisser ton père, sinon tu vas le préparer toi-même pour l'opération ! annonça-t-elle avec bienveillance.

Zach sourit, se leva et sortit aussitôt de la chambre.

La matinée s'annonçait longue et éprouvante.

Assis dans la salle d'attente qui se trouvait non loin du bloc opératoire, Zach ne tenait plus en place. Toutes sortes de pensées perturbantes ne cessaient de l'assaillir, et il ne voulait surtout pas les partager avec sa mère qui, tranquillement, tricotait à côté de lui. Il l'aurait inquiétée inutilement.

Son père avait opté pour une anesthésie générale au lieu d'une péridurale…

Et s'ils lui avaient administré un dosage inadapté ?

Et s'il était subitement allergique au produit injecté ?

Et si l'endoprothèse ne possédait pas la bonne dimension ?

Et si Geneviève abîmait l'artère, ou si celle-ci se rompait avant qu'ils puissent la réparer…

Si… Si…

Réalisant qu'il ne maîtrisait plus le flux de ses interrogations et suppositions anxieuses, Zach se leva d'un bond.

— Maman, je vais faire un tour à la cafétéria. Tu veux une tasse de thé ?

— Avec plaisir, merci.

Zach se dirigeait vers l'escalier quand il aperçut Marielle Broussard qui venait à sa rencontre. Elle apportait un plateau chargé de boissons, et tenait un sac en papier empli de croissants.

— Bonjour ! Je vous ai apporté du thé et des viennoiseries. J'ai pensé que vous n'aviez peut-être pas eu le temps de prendre un petit déjeuner complet…

La débarrassant du plateau, il l'embrassa spontanément sur la joue.

— J'allais justement chercher des provisions ! Merci beaucoup.

Elle ébaucha un léger sourire, surprise, peut-être, par l'élan affectueux de Zach.

— Vous avez des nouvelles ?

— Non. On devra patienter encore un bon moment.

— J'imagine. Vous avez vu ViVi ce matin ?

— Oui, nous nous sommes croisés.

Zach ouvrit la porte de la salle d'attente et laissa passer Marielle avant d'entrer à son tour.

— J'espère qu'elle a pu dormir un peu, ajouta Marielle. Pendant son internat, ma fille se plaignait toujours des lits d'hôpitaux terriblement inconfortables, et je doute qu'ici, ils soient de meilleure qualité. Ah, Sheila, comment allez-vous ?

Pendant que les deux femmes se saluaient, Zach pensa à Geneviève. Ainsi, elle avait dormi sur place. Il l'ignorait. *Elle est courageuse, et très impliquée, c'est sûr,* réalisa-t-il une fois de plus.

Oui, en tant que professionnelle, c'était une personne remarquable. Mais, d'un point de vue personnel, elle s'avérait bien compliquée et difficile à comprendre.

— Je vais bien, merci, répondit Sheila à Marielle. Maintenant, je suis rassurée : Hezekiah est entre de bonnes mains. Notre Geneviève va tout faire pour le soigner.

« Notre Geneviève »…

Sa mère avait énoncé ces mots tout naturellement, et Mme Broussard souriait en acquiesçant d'un air ravi. Se remémorant les paroles de son père la veille, Zach se rendit alors compte que ses parents adoraient Geneviève, eux aussi.

Comme ils seraient déçus de découvrir la vérité…

Le cœur serré, Zach posa le plateau de boissons sur la table.

— Je sors quelques minutes, j'ai besoin de marcher un peu.

Son téléphone vibra au moment où il quittait la pièce. C'était sa sœur qui demandait des nouvelles. Il tapota rapidement une réponse, l'informant que leur père se trouvait toujours en salle d'opération, puis il commença à faire les cent pas dans le couloir.

« Ping. »

Encore un SMS.

Irrité, Zach résista à l'envie d'éteindre l'appareil. Évidemment, toute sa famille voulait rester en contact à cet instant précis…

Tandis qu'il se dirigeait machinalement vers l'autre côté du couloir, la porte du bloc opératoire s'ouvrit.

Geneviève apparut avec le Dr Figueroa, le chef du service de radiologie. Tous deux parlaient à voix basse. Le radiologue secoua la tête, Geneviève retira son bonnet chirurgical et se frotta la nuque.

Zach s'immobilisa, glacé, imaginant soudain le pire.

Impossible d'interpréter leur attitude…

Impossible de penser ou de raisonner.

Puis Geneviève leva les yeux vers lui, et un magnifique sourire s'épanouit sur son visage.

— Tout s'est parfaitement bien déroulé, annonça le Dr Figueroa alors qu'ils s'avançaient vers Zach.

— Merci… Merci, répéta Zach, bouleversé.

Il n'avait d'yeux que pour Geneviève qui souriait encore.

En une fraction de seconde, il sentit sa colère et ses doutes voler en éclats. Il mourait juste d'envie de la serrer dans ses bras et de l'étreindre passionnément.

— Tout va bien, confirma-t-elle calmement. Allons le dire à ta mère, ajouta-t-elle en posant une main sur le bras de Zach.

La tendresse de son geste intensifia encore l'émotion que Zach ressentait à cet instant.

Alors, l'évidence le frappa de plein fouet.

Il l'aimait…

Il l'aimait profondément, de tout son être.

Sauf qu'il ne le lui avouerait jamais, puisque nul avenir ne se dessinait pour eux.

Bien qu'il ait l'esprit en ébullition, et malgré le martèlement de son cœur dans sa poitrine, Zach parvint à sourire.

Surtout, ne rien montrer…

— Oui, allons-y. Quel soulagement, pas vrai ? Mille mercis, docteur Broussard…

15.

M. Lewin resta hospitalisé pendant deux jours, puis, son état étant jugé satisfaisant, il fut transféré chez lui en ambulance, jeudi en fin de matinée. Geneviève l'avait placé sous haute surveillance durant la durée de son séjour et, rassurée, avait signé le bon de sortie.

Ce jour-là, la mère de Geneviève reprenait l'avion, mais elle insista pour aller dire au revoir à Sheila et Hezekiah avant de partir. Geneviève, qui avait pu s'octroyer une demi-journée de congé afin de l'accompagner à l'aéroport, l'emmena donc chez les Lewin.

En regardant les parents de Zach et sa mère échanger leurs numéros de téléphone et adresses, elle constata qu'une véritable amitié s'était forgée entre eux.

Zach, qui était présent, dut également s'en apercevoir, mais il resta silencieux. Il servait des boissons fraîches et s'assurait du bien-être de son père, veillant à ce qu'il soit bien installé.

Il n'adressa la parole à Geneviève que pour la remercier, une fois de plus, d'avoir réussi l'intervention, et d'être là, auprès des siens. Son visage n'exprimait que pure politesse.

Comment leurs parents ne se rendraient-ils pas compte du changement d'attitude de Zach ?

— Il faudra que vous veniez me rendre visite à La Nouvelle-Orléans, déclarait Marielle à Sheila et Hezekiah. Vous rencontrerez mon autre fille et mon mari ! Nous possédons une grande chambre d'amis, vous serez les bienvenus…

— De même chez nous, vous serez toujours bien accueillie, affirma Sheila. Nous serions heureux de vous revoir !

— Absolument, très heureux, oui ! renchérit Hezekiah. Vous m'avez sauvé la vie, chère Geneviève…

Touchée, Geneviève sourit.

— Merci, mais, vous savez, je n'ai fait que mon devoir de médecin.

— Un devoir que vous assumez avec beaucoup de compétence et de talent, insista Sheila. Vous vous engagez totalement. Je l'ai bien vu.

Geneviève acquiesça.

— Je ne sais pas agir autrement.

En prononçant ces mots, elle jeta un coup d'œil à Zach et remarqua qu'il la regardait fixement. Elle sentit son cœur faire un bond dans sa poitrine, et une émotion indescriptible l'envahit. Elle eut même l'impression de rougir…

Mais Zach se détourna instantanément. Visage fermé, regard distant.

Déçue, Geneviève reporta son attention sur sa mère qui s'approchait de Zach pour lui dire au revoir. Elle l'embrassa affectueusement sur la joue et sembla lui chuchoter quelque chose à l'oreille.

Geneviève en fut bizarrement encore plus peinée, comme si elle était exclue de cette joie bienveillante que partageait la famille Lewin avec Marielle. Mais elle devrait continuer à faire bonne figure, quoi qu'il arrive, jusqu'au départ de sa mère…

Ensuite viendrait le difficile moment des explications entre Zach et ses proches. Pour sa part, sans doute ne reverrait-elle plus Sheila et Hezekiah de sitôt, sauf si l'un ou l'autre devait retourner à l'hôpital où elle travaillait… Tant qu'elle y exercerait. À cette heure, elle n'excluait pas de commencer à chercher un poste ailleurs, sur une autre île… ou dans un autre pays.

— Que se passe-t-il entre toi et Zachary ?

De retour chez Geneviève, Marielle avait fini de préparer

ses valises, et Geneviève venait d'apporter des rafraîchissements à sa mère qui s'était installée sur la terrasse. D'ici peu, elle l'accompagnerait à l'aéroport.

— Pourquoi me poses-tu cette question ?

Comme si ce n'était pas évident.

— Je vous ai bien vus, tout à l'heure, répliqua Marielle. On a l'impression que vous ne vous parlez plus.

Geneviève hocha la tête.

— Ce n'est pas qu'une impression. Zach est devenu si froid avec moi… et je ne sais pas vraiment pourquoi.

Au fond d'elle-même, elle n'envisageait plus qu'une explication : Zach lui en voulait à cause de cette comédie qu'ils avaient jouée. Comment interpréter autrement ce changement d'attitude ?

La nécessité de révéler la vérité à sa mère lui paraissait dorénavant inutile, aussi ne précisa-t-elle rien d'autre.

Marielle but quelques gorgées de la boisson fraîche que Geneviève lui avait servie, et demeura silencieuse un instant, visiblement songeuse. Puis elle soupira.

— Est-ce que Zach t'a raconté ce qu'il a vécu avec la dernière femme qu'il a fréquentée ? Comment s'appelle-t-elle déjà…

— Moira ? suggéra Geneviève.

Elle se remémorait les confidences d'Hezekiah.

— Oui. C'est le nom que m'a donné Sheila.

Bien vu…

— Alors tu es au courant ?

— Pas vraiment, avoua Geneviève.

Sa mère lui adressa un coup d'œil surpris.

— Et toi, lui as-tu parlé de Johan et Loren, et de ce que tu as enduré ?

Geneviève hésita, mal à l'aise.

Le piège du mensonge continuait à se refermer autour d'elle.

— Non, je n'ai rien dit.

Ce qui, de fait, était vrai…

Sa mère poussa un long soupir.

— Donc, si je comprends bien, ni lui ni toi n'avez abordé ce qui vous a fait souffrir, vos chagrins, vos déceptions… Bref, ce qui vous a marqués d'un point de vue sentimental. Comment veux-tu bâtir une relation durable dans ces conditions ? Franchement, ViVi, si vous ne vous ouvrez pas l'un à l'autre, votre relation n'ira nulle part…

« Votre relation n'ira nulle part… »

Ce soir-là, longtemps après qu'elle eut déposé sa mère à l'aéroport, ces paroles résonnaient encore à l'esprit de Geneviève.

Assise dans son salon, inhabituellement consciente du silence qui l'entourait maintenant, Geneviève laissa ses pensées jaillir librement.

Bien sûr, sans confiance mutuelle, il n'était pas possible d'avancer sur le chemin de l'amour.

Pourquoi n'avait-elle pas voulu raconter à Zach ce que Johan lui avait fait subir ?

Parce qu'elle éprouvait encore du chagrin mêlé de honte…

Et parce qu'elle redoutait sans doute que Zach agisse de la même façon.

Est-ce que je l'aime ?

La réponse était claire. Oui, elle l'aimait.

De là à avouer à Zach qu'elle était tombée amoureuse de lui…

Impossible.

Ou alors je le ferai rire.

N'avaient-ils pas passé un accord au début de cette dangereuse comédie ? Ils ne devaient pas s'attacher l'un à l'autre… Encore moins tomber amoureux !

Seulement les sentiments s'étaient immiscés en elle, malgré sa ferme volonté de ne pas se laisser aller, malgré son attention permanente et ses bonnes résolutions.

Je n'ai pas respecté ma part du marché.

Une petite voix intérieure la narguait, oh oui !

En effet, elle n'avait pas réussi à respecter les règles du jeu.

Quant à se confier à Zach, cela lui paraissait hautement inimaginable et irréaliste.

Et pourtant, ce serait la meilleure solution...

La gorge nouée, Geneviève comprit alors qu'une partie d'elle la poussait à agir dans le sens contraire.

De fait, au lieu d'écouter la voix de la raison, elle mourait d'envie de parler à Zach, et de s'ouvrir à lui, complètement.

N'était-il pas, ainsi que le père de Zach l'avait souligné, un homme bienveillant ?

Sauf qu'elle manquait de confiance en elle. Cruellement. Elle craignait tant que Zach la rejette...

Mais chercherait-il à la blesser, à la peiner, à la faire souffrir comme Johan l'avait fait ?

Non, ce n'est pas le genre de Zach.

Alors est-ce que ça ne valait pas le coup de tout tenter ? De mettre de côté son orgueil et son ego ?

Si... Il faut que je trouve le courage d'être franche avec lui.

Toujours hésitante, et plus seule que jamais, Geneviève gagna la chambre d'amis où sa mère avait dormi. Elle ôta les draps et les serviettes, et alla tout mettre dans le lave-linge.

Après quoi, elle retourna dans le salon. Il fallait qu'elle s'active pour essayer de ne plus trop broyer du noir, de ne plus ressentir la solitude...

À ce moment-là, la sonnette de la porte d'entrée retentit. Surprise – elle n'attendait aucune visite –, elle alla jeter un coup d'œil dans l'œilleton.

Zach...

En l'apercevant sur le seuil, elle sentit son cœur s'affoler. Elle s'obligea à afficher l'un de ses plus beaux sourires avant d'ouvrir.

— Bonjour...

— Bonjour, dit-il froidement.

Il portait un T-shirt jaune qui mettait en valeur son teint mat, et se tenait très droit.

— Ta mère est repartie ?

— Oui, tout à l'heure. Je l'ai accompagnée à l'aéroport.

— Ah. Donc tout s'est bien passé, finalement ?

— Entre elle et moi ? Oui. Encore une fois, merci de ton aide vraiment exceptionnelle. Mais…

Geneviève n'acheva pas sa phrase, la gorge soudain serrée.

— Mais quoi ?

— Entre nous, c'est différent, maintenant.

Zach acquiesça d'un bref signe de tête.

— Très différent. Avant tout, je t'annonce une bonne nouvelle, ou plutôt deux : mon père va mieux, et Mass Alex aussi.

— Je suis heureuse de le savoir ! J'ai vu le dossier de Mass Alex et, en effet, les choses suivaient un cours favorable. Bon, quel soulagement…

Puis elle contempla Zach.

— Qu'y a-t-il ?

— J'ai une question à te poser, déclara-t-il sans détour. Quand tu parlais au Dr Carmichael, avant qu'on te donne le feu vert pour opérer mon père, tu lui as dit quelque chose à notre sujet. C'était ce que tu pensais vraiment ?

— Je ne me souviens pas de ce que j'ai dit.

Elle se rappelait seulement l'effervescence qu'elle avait ressentie à ce moment-là face aux enjeux de l'opération et à l'urgence de l'intervention à réussir.

Zach plongea son regard dans celui de Geneviève.

— Tu as dit au Dr Carmichael que ce qui se passait entre nous n'était pas important, et qu'il n'y avait aucun lien entre nous. Ce n'était peut-être pas en ces termes, mais bon, le message était là. Vrai ou faux ? ajouta-t-il sans la quitter des yeux.

Geneviève recula involontairement, une main sur la poignée de la porte.

C'était l'instant de vérité. Soit elle décidait de lui faire confiance et de tout lui révéler, soit elle le laissait partir sans qu'il sache qu'elle l'aimait et rêvait de poursuivre une relation amoureuse avec lui.

— Ce n'était pas vrai, murmura-t-elle. Oh ! non…

Elle parvint à se ressaisir, et poursuivit d'un ton plus déterminé :

— Ta mère voulait absolument que je me charge de l'intervention, mais se posait le problème de l'affectif qui existait déjà entre ta famille et moi, associé au fait qu'un autre chirurgien pouvait effectuer l'opération, un médecin peu expérimenté. J'ai dû argumenter pour m'imposer en tant que chirurgienne… Et je ne voulais pas que mes sentiments interfèrent avec une quelconque décision de la part de notre hiérarchie.

Zach s'avança vers elle.

— Quels sentiments ?

Sa voix était grave, son regard intense.

Un frisson presque fébrile parcourut Geneviève.

— Les sentiments que j'éprouve à ton égard… Je suis tombée amoureuse de toi, Zach. Il ne le fallait pas, je sais…

Zach la contempla en silence, stupéfait.

— Il ne le fallait pas, répéta-t-elle, presque au bord des larmes tant elle avait l'impression d'être vulnérable.

Sans un mot, il esquissa encore un pas vers elle…

Et soudain, elle se retrouva dans les bras solides de Zach.

Quand il écrasa les lèvres sur celles de Geneviève, ce fut comme un éblouissement, un chaud tumulte sensuel qui la submergea complètement. Un court instant plus tôt, elle se sentait vidée, presque sans vie…

Et là, en embrassant Zach, le désir l'embrasait de nouveau, irrésistible et merveilleux.

Elle lui enlaça le cou et répondit à son baiser encore et encore. Comment ne comprendrait-il pas qu'elle ne voulait pas qu'il reparte ? Qu'elle tenait à lui ?

— J'ai tellement envie de toi, lui chuchota-t-il à l'oreille.

— Moi aussi…

— Chaque fois que je te vois, que je te touche, que je sens ton parfum et le goût de ta bouche, je ressens cette attirance de plus en plus forte…

— Moi aussi, Zach…

— Toi aussi ?

Blottie contre lui, Geneviève leva la tête. Le regard de Zach sondait le sien.

— Oui. Je pense tout le temps à toi, maintenant. Et… j'aimerais qu'on fasse l'amour, murmura-t-elle, transportée. Là, tout de suite ! Tu m'as tellement manqué…

Il sourit, lui caressa tendrement le visage et le cou, promesse d'ivresses à venir. Alors, lui prenant la main, Geneviève l'invita à entrer, referma la porte et l'emmena dans sa chambre.

Quel plaisir…

Jamais Zach ne s'était senti aussi bien avec une femme. Leurs corps semblaient se connaître et se répondre parfaitement, glissant dans une harmonie envoûtante.

— Raconte-moi ce que tu ne m'as pas encore dit, murmura-t-il alors que Geneviève se lovait contre lui.

La douce pénombre de la pièce, complice de leur étreinte, encourageait les confidences.

— Oui, il est temps, avoua-t-elle.

Elle l'embrassa tendrement sur la bouche, hésita encore un court instant, puis murmura :

— Je n'ai pas osé te dire à quel point j'ai souffert avant de venir travailler ici… J'habitais alors à La Nouvelle-Orléans. En fait, j'ai vécu avec un homme pendant cinq ans. Il s'appelait Johan. Je croyais qu'on finirait par se marier et qu'on fonderait une famille…

Zach resta silencieux, l'invitant à poursuivre d'une légère pression affectueuse sur le bras.

— Mais Johan n'a pas supporté que je tombe malade, ajouta-t-elle, toujours blottie contre lui. Alors que j'essayais de me soigner de ma paralysie faciale – et j'ai d'ailleurs fini par guérir grâce à d'excellents médecins –, il a préféré se tourner vers celle qui était alors ma meilleure amie, Loren. Ils sont allés au restaurant plusieurs fois… La suite est évidente. Pendant que je combattais la maladie, ils s'amusaient ensemble. Le coup de grâce est tombé quand j'ai appris qu'ils se fiançaient. Ils ont diffusé une vidéo de leurs fiançailles, et Loren m'a purement et simplement envoyé le lien !

Choqué, Zach resta muet un long moment.

— Quels sales traîtres…

Geneviève laissa échapper un soupir.

— Oui. Affreux. Heureusement, ma sœur m'a soutenue et m'a empêchée de commettre des gestes que j'aurais forcément regrettés ensuite. Tout casser dans l'appartement, par exemple ! Et me faire du mal, à moi… Bref, après la séparation, j'ai sombré dans une longue et douloureuse dépression. J'avais l'impression que ma vie était finie. Mon père voulait que je sois prise en charge dans un hôpital psychiatrique, mais ma mère m'a ramenée chez eux, et m'a dorlotée jusqu'à ce que je reprenne pied. Il a fallu du temps.

Bouleversé, Zach la serra tendrement dans ses bras.

— C'est très dur, ce que tu me racontes. Une véritable descente aux enfers.

— Exactement. Mais j'en suis revenue, et maintenant, tout va bien.

— Oui… C'est une chance que tu aies réussi à traverser cette épreuve, sinon je ne t'aurais pas rencontrée !

Geneviève appuya son visage sur l'épaule de Zach, et le regarda attentivement, comme si elle essayait de lire en lui.

— Ça ne te fait pas peur ?

— Quoi donc ? demanda-t-il, perplexe.

— J'ai fait une dépression, Zach. Dans ma famille, personne ne mentionne cette vérité, par honte, ou par crainte…

— Ou peut-être pour ne pas te causer de peine ?

Geneviève resta songeuse puis elle hocha la tête.

— Peut-être.

— Ils attendent probablement que tu en parles en premier. Et, pour répondre à ta question, non, ça ne m'effraie pas le moins du monde. Tu as vécu un stress profond, une déception très cruelle, et n'importe qui aurait réagi de façon viscérale.

Elle cligna des paupières, au bord des larmes, et l'embrassa doucement sur le torse, juste au-dessus du cœur.

— Sans doute, oui. Quand j'ai voulu jouer cette comédie, c'était avant tout pour éviter d'inquiéter ma mère, qui a vraiment beaucoup veillé sur moi pendant cette période. Elle se souciait d'éventuelles séquelles de ma paralysie, mais aussi de mon équilibre mental et émotionnel… J'ai tellement douté de moi, à cette époque, qu'elle craignait que je ne sois plus capable de me relever.

— Je la comprends. Alors je gagnerai ta confiance, jour après jour, jusqu'à ce que tu sois totalement sûre de moi, promit Zach en essuyant les larmes qui coulaient sur les joues de Geneviève.

Elle se blottit plus fort contre lui.

— Et toi ? Qu'est-ce que tu ne m'as pas dit ? questionna-t-elle.

Zach étouffa un soupir en se remémorant les souvenirs douloureux.

— On a un point commun, toi et moi. On a dû affronter la trahison d'une personne aimée… Je suis resté presque dix ans avec une femme, Moira, mais elle a choisi de rompre quand je suis revenu de ma dernière mission militaire, alors que je me destinais enfin à une vie civile. Aujourd'hui, elle est avocate. Je l'ai aidée financièrement pendant toutes ces années, le temps qu'elle poursuive ses études de droit. C'est pour cette raison que je n'ai pas continué à étudier pour devenir médecin. On ne pouvait pas être deux sur les bancs de l'université. Mais si elle a choisi de rompre, précisa-t-il d'un ton amer, c'est surtout parce qu'elle considérait que je n'étais pas assez bien pour elle d'un point de vue social.

Geneviève prit appui sur un coude et le regarda, l'air abasourdi.

— Comment ça ?

— Je viens d'un quartier populaire, ma famille est modeste, et mon ex-compagne évolue dans un milieu aisé. Elle aurait eu honte de moi.

— Oh…

L'indignation se reflétait dans le regard de Geneviève. Elle secoua la tête.

— C'est lamentable. Je comprends pourquoi Mina m'a mise en garde quand elle a cru qu'on était en couple, toi et moi. Elle craignait que je ne te fasse du mal… parce que tu avais déjà suffisamment souffert.

— C'est certain, admit Zach d'une voix sourde.

Quand il en parlait, c'était encore douloureux…

Mais de moins en moins, heureusement.

— Cette Moira a rompu au bout de dix ans, alors que tu l'avais soutenue pour qu'elle puisse poursuivre des études de droit ? Alors que tu avais abandonné tes propres ambitions pour l'aider à réaliser les siennes ?

Zach haussa les épaules.

— Tu résumes bien la situation.

— Quelle histoire cruelle, murmura Geneviève. Toi aussi, tu dois avoir des difficultés à faire confiance.

Zach réfléchit, s'efforçant de trouver les mots justes.

— Oui, je l'avoue. Moira pensait qu'elle avait plus de poids, ou de valeur, que moi, parce qu'elle venait d'une famille de la classe moyenne qui habitait un joli village, alors que je suis né et que j'ai grandi dans un quartier populaire du sud de Londres. Elle essayait toujours de faire en sorte que je m'améliore socialement, parce qu'elle estimait que je n'étais pas assez bien. C'est pourquoi j'ai été persuadé que toi, tu ne t'intéresserais jamais à moi sur le long terme, parce que nous venons de deux mondes différents.

Geneviève le contempla d'un air surpris, puis une lueur malicieuse traversa son regard.

— Différents ? En quoi ? Nous sommes avant tout des humains ! Mais ce que tu as vécu avec Moira est inhumain !

— Tout comme ce que tu as enduré avec Johan.

Elle fit signe que oui.

— Inhumain, oui. Et lâche, ajouta-t-elle.

— Très. Et même indigne…

— Complètement. Il vaut mieux les oublier !

— Tu as raison, ma chérie…

Soudain bouleversé, Zach enlaça Geneviève et l'embrassa de nouveau sur la bouche, avant de la serrer fort, très fort contre lui. Il ressentait une légèreté grisante qu'il n'avait encore jamais éprouvée…

Peut-être était-ce simplement du bonheur ?

— Dis-le-moi encore, murmura-t-il.

Geneviève devina aussitôt ce dont il avait besoin. Elle sourit et l'embrassa tendrement sur les lèvres.

— Je t'aime, Zach. Juste comme tu es, et pour toujours.

Exactement les mots qu'il espérait de la part de la femme de sa vie.

JULIE DANVERS

L'inconnu de Los Angeles

Traduction française de
SOPHIE BRUN

BLANCHE

HARLEQUIN

Titre original :
SECRET FROM THEIR LA NIGHT

1.

Il n'était pas encore 10 h 30, et le Dr Emily Archer avait déjà reçu trois patients. Une rupture de la coiffe des rotateurs, une lésion traumatique du ménisque et un tennis-elbow : la journée commençait sur les chapeaux de roues !

Emily consulta son planning avec un mélange de soulagement et d'excitation. Cela faisait maintenant six mois qu'avec Izzie, sa meilleure amie, elles avaient quitté leur emploi salarié au Denver General Hospital pour ouvrir leur propre cabinet, spécialisé dans la médecine sportive. Izzie craignait alors qu'elles n'aient pas assez de consultations pour rentabiliser l'affaire. Emily, pour sa part, se disait que, si d'autres avaient réussi, il n'y avait aucune raison pour qu'elles ne s'en sortent pas.

Elle avait vu juste. Le carnet de rendez-vous se remplissait rapidement, et de plus en plus de généralistes traitant des sportifs de haut niveau leur adressaient leurs patients. La journée s'annonçait chargée, mais c'était sans commune mesure avec le rythme imposé à l'hôpital où elle travaillait parfois dix à douze heures d'affilée, frustrée par le peu de temps qu'elle avait à accorder à chacun des malades. Ici, la pression était moindre. Emily pouvait examiner chaque cas en détail et réfléchir au protocole de soins le mieux adapté.

Dès le début, elle avait eu la conviction qu'ouvrir un cabinet privé était une excellente décision. Cela ne l'avait pourtant pas empêchée de s'inquiéter et de se dire qu'elle n'avait pas le droit à l'erreur, car elle n'était pas la seule concernée ; elle avait entraîné son amie dans cette aventure.

Et maintenant, c'était l'heure de la pause-café. Emily se rendit à la réception. Avec un peu de chance, Izzie serait, elle aussi, entre deux rendez-vous. Cependant, lorsqu'elle passa devant le bureau de son associée, elle constata avec étonnement qu'il était vide.

— Le Dr Birch n'est pas encore là ? s'enquit-elle auprès de la secrétaire médicale.

— Non, répondit Grace. Elle a déjà vingt minutes de retard pour son premier rendez-vous.

Emily sentit une boule d'angoisse se former dans sa gorge, alors qu'une multitude de scénarios catastrophe lui traversaient l'esprit. Un tel manque de ponctualité ne ressemblait pas à son associée.

Elle s'apprêtait à pianoter le numéro de téléphone portable d'Izzie quand un remue-ménage dans l'entrée interrompit son geste. Armée de béquilles, le pied droit immobilisé dans une botte de marche orthopédique, Izzie s'efforçait de franchir le seuil du cabinet.

Emily se précipita à sa rencontre pour la délester de la sacoche d'ordinateur qu'elle portait en bandoulière tandis que Grace maintenait la porte vitrée ouverte.

— Que s'est-il passé ?

— Fracture de la malléole, annonça Izzie avec une grimace.

— Tu t'es cassé la cheville ! Mais comment as-tu fait ton compte ?

— Cela s'est produit hier en fin de journée, quand je rentrais chez moi. Voilà ce qui arrive lorsqu'on circule à vélo de nuit.

La jeune femme lui coula un regard en biais, s'attendant probablement à une remarque du genre « Je te l'avais bien dit ! », mais Emily s'abstint de tout commentaire. Son amie souffrait assez comme ça, inutile d'en rajouter. Ancienne championne de triathlon, Izzie enfourchait sa bicyclette à la moindre occasion. Emily l'avait à plusieurs reprises mise en garde contre les dangers de ce mode de locomotion en ville, notamment le soir, dans les rues mal éclairées. La sermonner une nouvelle fois ne servirait à rien.

— Tu as été percutée par une voiture ?

— Pas exactement. Le véhicule était garé. Le conducteur a ouvert sa porte sans regarder dans le rétroviseur, pile au moment où je passais. J'ai réussi à éviter de justesse une culbute spectaculaire, mais ma cheville a heurté violemment l'extrémité de la portière... et voilà le résultat.

— Tu n'aurais pas dû venir travailler aujourd'hui.

— Je n'allais tout de même pas me la couler douce alors que c'est le premier jour où mon planning est complet ! se récria Izzie. Le cabinet ne peut pas se permettre qu'on annule des rendez-vous.

Emily s'efforça d'ignorer le sentiment de culpabilité qui la saisissait dès lors qu'il était question d'argent. Si son amie n'avait pas démissionné de son poste à l'hôpital, elle serait confortablement installée dans son canapé, sachant qu'elle n'en pâtirait pas financièrement et que ses confrères assureraient son remplacement.

— Ne fais pas cette tête ! Combien de fois faudra-t-il que je te répète que je ne regrette pas de t'avoir suivie. C'est vrai que cet accident m'aurait valu plusieurs jours de congé rémunérés mais ensuite, j'aurais repris le rythme de travail effréné qui était le nôtre, l'afflux de nouveaux malades nous empêchant de suivre correctement les cas du début à la fin. Je préfère de loin exercer mon métier dans les conditions actuelles.

— Je pourrais peut-être recevoir certains de tes patients, aujourd'hui ?

— Merci pour cette proposition généreuse. Je pense néanmoins que ce ne sera pas nécessaire. Et cesse de me regarder avec cet air soucieux. Tu te sens toujours responsable de tout et de tout le monde, mais ne t'inquiète pas pour moi. Je suis une grande fille, et je m'en sortirai parfaitement.

— Tu en es certaine ?

— Absolument. En revanche, j'aurais un « petit » service à te demander, et je ne suis pas sûre que tu me le rendes de gaieté de cœur…

Oh ! non !

Emily devinait sans peine de quoi il s'agissait. Dans son état, Izzie ne pourrait plus se rendre au championnat international de danse junior qui commençait la semaine prochaine à Los Angeles. Sa candidature en tant que membre de l'équipe médicale ayant été retenue, elles étaient convenues qu'Emily gérerait seule le cabinet pendant les six semaines que durerait la compétition. Celle-ci représentait une occasion rêvée de se faire connaître dans le monde de la médecine sportive. Si tout se passait bien, la réputation du cabinet se propagerait au-delà des frontières du Colorado, ce qui attirerait des sportifs de haut niveau et leur vaudrait de participer à d'autres événements de ce type ayant un retentissement national.

À condition qu'elle prenne la place de son associée.

Emily était prête à faire n'importe quoi ou presque pour son amie… sauf à remettre les pieds à LA, qui plus est pour une compétition de danse !

Elle avait grandi dans la « cité des Anges » où elle avait commencé la danse à l'âge de six ans. Très vite, elle avait impressionné par son talent. Jamais elle ne s'était sentie autant en harmonie avec elle-même que quand elle dansait, ses mouvements reflétant ses émotions. Malheureusement, sa passion l'avait entraînée dans un engrenage malsain, et la contrainte avait chassé le plaisir. Un producteur l'avait repérée et, avant même qu'elle comprenne ce qui lui arrivait, Emily s'était retrouvée à danser et à jouer dans des spots publicitaires.

Sa mère l'avait exhortée à continuer, faute de quoi elles n'auraient pas assez d'argent pour vivre. Comment refuser ? Son père avait déserté le domicile conjugal.

Devenue une star malgré elle, Emily avait consacré la majeure partie de son enfance et de son adolescence à la danse et à la comédie, sa scolarité se trouvant reléguée au second plan. Elle avait beau travailler dur et se soumettre aux exigences des adultes qui exploitaient ses dons, ses revenus pourtant substantiels ne suffisaient jamais à couvrir les dépenses du foyer. Ce n'était qu'à l'âge de quatorze ans qu'elle avait finalement fait le lien entre leurs difficultés financières et le nombre de bouteilles d'alcool vides qui encombraient la commode dans la chambre maternelle. Elle avait vingt ans quand une rupture des ligaments croisés due à la fatigue l'avait décidée à mettre un terme définitif à sa carrière. Elle s'était alors découvert une passion pour la médecine et s'était jetée à corps perdu dans les études, mettant les bouchées doubles pour rattraper son retard. Son diplôme en poche, elle avait quitté Los Angeles et s'était promis de ne jamais y retourner.

— Tu m'en demandes trop, Izzie, murmura-t-elle, s'arrachant à ses pénibles souvenirs.

— S'il te plaît ! C'est l'affaire de six semaines seulement. Et puis j'ai tout réservé : les billets d'avion, la chambre d'hôtel… Il suffit que nous échangions les rôles.

Emily cherchait désespérément une échappatoire.

— Mais c'est ton profil qui les intéresse, et c'est toi qu'ils ont sélectionnée, pas moi.

— Ce n'est pas un problème insurmontable. Je me charge d'expliquer au comité d'organisation que nous travaillons ensemble et que tu possèdes une formation, des qualifications et une expérience strictement identiques aux miennes. Je te parie qu'ils se réjouiront, au contraire, de ne pas avoir à dénicher quelqu'un pour me remplacer au pied levé.

Devant le regard suppliant de son amie, Emily sentit la culpabilité revenir en force. Elle avait donné sa parole à Izzie qu'elle mettrait tout en œuvre pour garantir le succès de leur entreprise. En son âme et conscience, elle savait qu'elle ne pouvait pas se dérober ; c'eût été trahir celle qui lui avait démontré une loyauté sans faille.

— Je comprends que ce voyage te coûte. D'autant que ta mère…

— S'il ne tient qu'à moi, elle ignorera ma présence là-bas.
Une lueur d'espoir illumina le regard d'Izzie.
— Cela veut dire que tu y vas ?
— Cela veut dire que je vais y réfléchir.

Une semaine plus tard, Emily était attablée dans le bar de son hôtel, à West Hollywood, à quelques rues du lycée qu'elle avait fréquenté lorsqu'elle était adolescente. À l'époque, elle était passée des centaines de fois devant le quatre-étoiles sans jamais oser s'aventurer à l'intérieur. Cela lui faisait un drôle d'effet de se retrouver sur les lieux de sa jeunesse, dans un cadre si peu familier. L'endroit était élégant et chaleureux avec ses tables aux plateaux de bois exotique et ses fauteuils clubs en cuir clair. Par chance, il était désert.

Ou presque. Un homme était arrivé peu de temps après elle et s'était installé au bar, sur un tabouret. Depuis, Emily s'efforçait de se concentrer sur l'article médical qu'elle lisait. Elle ne pouvait néanmoins s'empêcher de jeter des coups d'œil discrets – du moins l'espérait-elle – en direction de l'inconnu. Brun, le regard sombre et la peau mate qu'ombrait une barbe naissante, il avait tout du beau ténébreux. Le genre de physique viril auquel elle ne serait pas restée insensible, il y a quelques années, avant qu'elle devienne un médecin respectable. Dommage tout de même qu'elle ne se sente pas d'humeur à faire une rencontre, car Beau Ténébreux avait tout pour lui plaire. Si Izzie avait été là, elle aurait dit à Emily qu'elle commençait à s'encroûter.

Pauvre Izzie ! Elle qui se faisait une joie à l'idée de profiter des plaisirs que Los Angeles avait à offrir ! Emily, pour sa part, n'était pas venue ici pour s'amuser. Elle avait l'intention de consacrer les six prochaines semaines au travail et à la lecture de revues médicales. Peut-être s'accorderait-elle une sortie ou deux si le programme des spectacles en valait la peine. L'unique raison qui l'avait incitée à quitter sa chambre, ce soir, c'est que la solitude ravivait des souvenirs qu'elle aurait préféré avoir oubliés.

Même au sommet de sa carrière dans le show-business, elle n'avait pas atteint ce qu'on peut réellement appeler la célébrité. Elle avait essentiellement joué et dansé dans des séries télévisées dont la programmation s'interrompait à la fin de la saison 1, et l'unique film cinématographique à son actif n'avait pas battu des records d'audience. Elle avait néanmoins remarqué, alors qu'elle s'enregistrait à la réception de l'hôtel, qu'une femme l'observait avec insistance. Celle-ci l'avait ensuite suivie jusqu'aux ascenseurs. Elle était accompagnée d'une fillette qui devait avoir dans les six ans. À tous les coups, elles se rendaient à une audition. Cela se devinait à l'expression stressée de la mère et au regard anxieux de sa fille, dont la tenue de danse et le maquillage étaient trop impeccables pour une gamine de cet âge.

« Je ne voudrais pas vous importuner, avait fini par lâcher la femme, mais n'avez-vous pas été Emily Archer ? »

Face à l'étrangeté de la question, Emily s'était contentée d'acquiescer avec un petit sourire.

« J'en étais sûre ! Lorsque j'avais l'âge de ma fille, je ne ratais pas un seul épisode du feuilleton dans lequel vous incarniez une ballerine. J'ai été tellement frustrée quand il s'est interrompu ! Peut-être auriez-vous quelques conseils à donner à Samantha ? Je rêverais qu'elle suive vos traces ! Sammie a beaucoup de talent. Non seulement elle danse à la perfection, mais elle a une jolie voix et joue très bien du piano. »

Le sourire d'Emily s'était figé. Elle ne s'attendait pas à ce que quelqu'un la reconnaisse après tout ce temps. Un flot d'émotions dont elle se serait volontiers passée l'avait submergée.

« Sois toi-même. »

C'est tout ce qu'elle avait réussi à conseiller à la fillette qui, se mordillant nerveusement la lèvre, la contemplait avec une admiration sans borne. Par chance, les portes de l'ascenseur s'étaient enfin ouvertes, et Emily avait pu s'engouffrer à l'intérieur. Une fois dans sa chambre, elle constata que la question de la femme la poursuivait toujours.

« N'avez-vous pas été Emily Archer ? »

Si elle ne l'était plus, alors qui était-elle ? Les travers de LA, elle les connaissait par cœur. Ici, la sensibilité d'un individu passait au second plan. Ce qui importait, c'était sa célébrité. Impossible de se promener dans Sunset Boulevard sans être dévisagée avec insistance afin de vous situer sur l'échelle de la renommée. Cela ne risquait pas de lui arriver à Denver.

Seule devant la fenêtre donnant sur la ville, elle avait repensé à l'expression de Samantha et elle s'était revue au même âge. Alors, une foule de souvenirs indésirables avait resurgi. Si seulement elle avait eu quelqu'un à qui parler, elle aurait pu penser à autre chose ! Malheureusement, elle ne connaissait plus personne à Los Angeles. Ses amies d'enfance étaient toutes parties, et celles avec lesquelles elle n'entretenait pas de contact régulier n'avaient pas besoin de savoir qu'elle était ici.

Voilà pourquoi elle s'était finalement résolue à descendre au bar, avec une revue médicale pour tuer le temps.

À présent, c'était Beau Ténébreux qui l'observait à la dérobée. L'espace d'un instant, elle se demanda si elle lui inspirait de l'attirance, mais très vite elle en conclut que c'était impossible. Avec son vieux sweat-shirt datant de ses années universitaires, sa queue-de-cheval qui ne ressemblait à rien et le surligneur coincé entre ses lèvres, elle était tout sauf sexy. Elle avait ressenti un besoin si urgent d'échapper à la solitude de sa chambre qu'elle n'avait pas songé à soigner son apparence.

Elle se faisait forcément des idées.

Elle surprit pourtant son regard de nouveau posé sur elle et fit mine de s'absorber de plus belle dans la lecture de sa revue médicale, surlignant les passages les plus intéressants.

Sans doute la regardait-il sans la voir. Peut-être s'était-il réfugié dans cet endroit paisible pour se plonger dans ses pensées tout en sirotant un verre, tandis qu'elle y était venue pour fuir les siennes ?

Du coin de l'œil, elle le vit s'entretenir avec le barman, lequel se dirigea ensuite dans la direction d'Emily. Probablement pour la prier poliment de cesser son petit manège qui mettait son seul autre client mal à l'aise. Que s'imaginait-elle ? Que l'homme assis au bar allait lui offrir un verre, qu'il engagerait la conversation avec elle et qu'ils passeraient ensemble une nuit torride ? Il y avait fort à parier qu'il avait plutôt envie qu'on lui fiche la paix.

Emily en était là de ses réflexions quand le barman déposa un second gin tonic devant elle.

— De la part de ce monsieur, précisa-t-il d'un air entendu.

Prise au dépourvu, elle ouvrit la bouche, lâchant le surligneur, qui tomba sur la moquette. Les sourcils en forme de point d'interrogation, Beau Ténébreux lui adressa un petit signe de la main, accompagné d'un sourire engageant. La sagesse eût voulu qu'elle refuse ce verre. Son retour à LA la troublait déjà suffisamment pour qu'elle n'en rajoute pas sur la pile des émotions en se jetant dans les bras d'un parfait inconnu, aussi séduisant soit-il.

Une hypothèse germa néanmoins dans son esprit. Et si cet homme souhaitait simplement tromper sa solitude d'un soir en discutant avec elle ? Après tout, elle n'avait pas le profil de ces femmes qui rôdent dans les bars en quête de frissons sexuels. Et, pour elle, ce serait l'occasion de tenir à distance les mauvais souvenirs.

Elle lui rendit son sourire et, pour se donner une contenance, sirota une gorgée de cocktail. Répondant à son invite silencieuse, l'homme se leva et la rejoignit.

— Bonsoir, déclara-t-il d'une voix grave et harmonieuse. Je me présente : Daniel Labarr. Et vous, comment vous appelez-vous ?

— Il semble que je me sois appelée Emily Archer, répondit-elle tandis qu'il s'asseyait dans le fauteuil club en face d'elle.

Elle guetta sa réaction, mais il ne sembla pas la reconnaître. Tout juste marqua-t-il une légère surprise.

— Vous avez changé de nom depuis ? s'enquit-il sur le ton de l'humour.

— Veronica Lawson, jeune danseuse et détective spécialisée dans la recherche des animaux de compagnie disparus, ça vous dit quelque chose ?

Il eut un air des plus perplexes.

— Je n'ai pas la moindre idée de qui vous parlez.

— Voilà la première bonne chose qui me soit arrivée de la journée !

— Et moi qui croyais vous faire plaisir en vous offrant un verre !

Décidément, ce Daniel Labarr ne manquait pas d'esprit de repartie.

— C'est le cas. Pardon pour mon ingratitude.

— Excuse acceptée ! Et d'autant plus appréciée que vous semblez avoir un caractère bien trempé.

— Qu'est-ce qui vous permet de dire ça ?

— Primo, nous sommes samedi soir, à Los Angeles, l'une des villes les plus festives au monde, et vous êtes seule dans un bar, à 19 heures. Secundo, bien que vous soyez installée dans un hôtel élégant plein de gens fascinants, vous préférez vous plonger dans la lecture d'une revue qui m'a l'air plutôt compliquée, sans vous soucier de ce qui vous entoure. À ce que je vois, vous avez surligné la quasi-totalité de l'article.

Emily esquissa un sourire moqueur.

— Vous vous classez dans le lot des gens fascinants ?

— Désolé, répondit-il avec une grimace, je n'ai pas pu résister à l'envie de me mettre un peu en avant !

Daniel Labarr avait un charme désarmant. Il l'intriguait.

Emily choisit d'ignorer la petite voix intérieure, celle de

la raison, qui lui soufflait de souhaiter une bonne nuit à son interlocuteur et d'aller se coucher tôt pour être en forme le lendemain.

— Vous n'êtes pas du coin, n'est-ce pas ?

— Comment l'avez-vous deviné ?

— À votre décontraction.

— Comment ne pas se sentir relax à Los Angeles ? La montagne, la plage… c'est le paradis, ici.

— Les apparences sont parfois trompeuses. Les dessous de LA se révèlent souvent moins reluisants.

— Quoi qu'il en soit, vous avez raison, je ne suis que de passage dans cette ville. La raison de ma présence…

Elle l'interrompit d'un geste de la main.

— Si vous n'y voyez pas d'inconvénient, j'aimerais autant que nous gardions une part de mystère.

Il fronça les sourcils, manifestement surpris par sa requête, puis, très vite, il se ressaisit.

— Comme vous voulez. Dommage tout de même, j'aurais adoré en apprendre davantage sur vous.

Son beau regard d'un brun chaud la fixait avec une intensité telle qu'Emily ressentit une crispation au creux du ventre. Cet homme l'attirait terriblement, et il semblait que cette attraction soit réciproque. Non seulement il avait un physique largement au-dessus de la moyenne, mais il émanait de lui une sorte de force tranquille qui donnait envie de se lover entre ses bras.

— Il y a d'autres façons de se découvrir, s'entendit-elle déclarer, avec un culot dont elle fut la première étonnée.

Il y avait longtemps qu'un membre de la gent masculine ne lui avait pas fait un tel effet, et trop longtemps qu'elle n'avait pas cédé à la tentation. Côté sexuel, elle avait bien sûr une certaine expérience. Sur le plan sentimental, en revanche, elle devait admettre que sa vie ressemblait à un désert. Elle n'avait jamais eu de liaison vraiment sérieuse et durable, son record n'excédant pas quelques mois.

— J'ai hâte de m'y initier, répondit-il en lui offrant un sourire d'une grande douceur.

Le lendemain matin, l'alarme de son téléphone portable la réveilla en sursaut. Emily s'empressa de l'éteindre. Les premiers rayons du soleil filtraient à travers les rideaux entrouverts, baignant la chambre d'un halo doré. Une chambre qui n'était pas la sienne…

Emily coula un regard en direction de l'homme étendu à côté d'elle. À en juger par sa respiration régulière, Daniel dormait encore profondément.

Elle ne s'était pas trompée à son sujet. Il s'était révélé un compagnon charmant, drôle et intéressant, ainsi qu'un amant aussi ardent qu'attentionné. Elle ne regrettait pas d'avoir obéi à ses pulsions. Entre eux, les choses s'étaient déroulées naturellement, sans la moindre gêne.

Mais à présent, il était temps de partir.

Elle n'en revenait toujours pas de son audace. Sa dernière expérience de ce genre remontait à plus de dix ans, avant son départ pour Denver. Sa manière à elle de dire adieu à Los Angeles avant de tourner la page et de commencer une nouvelle vie.

Emily se glissa hors du lit et, sur la pointe des pieds, elle entreprit de rassembler ses vêtements éparpillés sur le sol. Ne manquait plus que son soutien-gorge. Elle finit par le découvrir sous la commode. Pas étonnant qu'il ait atterri sous ce meuble, compte tenu de leur empressement à se déshabiller ! Tout en enfilant ses sous-vêtements, elle se demanda si Daniel avait l'habitude de coucher avec des inconnues. Elle ne lui avait pas posé la question. L'objet de la soirée et de cette folle nuit avait été tout autre.

Pourvu qu'il ne s'éveille pas ! Elle n'avait pas envie de se retrouver dans la situation embarrassante typique où chacun se croit obligé de faire la conversation, comme si de rien n'était. D'autant qu'ils n'étaient pas appelés à se revoir. Elle avait un peu honte de filer à l'anglaise. Cela manquait d'élégance alors que Daniel s'était montré très prévenant à son égard. Elle espérait néanmoins qu'en découvrant son absence, il ne lui en tiendrait pas rigueur.

De toute façon, que pourraient-ils se dire si elle le réveillait ? Sans doute échangeraient-ils quelques banalités dans l'espoir de dissiper leur malaise avant de se séparer en se promettant de rester en contact, promesse que ni l'un ni l'autre n'avaient l'intention de respecter. Cette scène, elle l'avait vécue quelques fois quand elle avait une vingtaine d'années.

Or, elle n'avait plus rien de commun avec la jeune fille d'alors. Elle avait mûri et veillait à ce qu'aucun imprévu ne perturbe le cours d'une vie essentiellement consacrée au travail… jusqu'à ce que Beau Ténébreux l'accoste au bar de l'hôtel !

Inutile de se torturer l'esprit ! Cette faiblesse passagère, qu'elle attribuait hypocritement à son trouble de se retrouver à Los Angeles, à dix minutes en voiture du bungalow maternel, n'aurait aucune incidence fâcheuse. Seul demeurerait l'excellent souvenir de leurs ébats nocturnes.

Elle ramassa ses ballerines et, pieds nus, se dirigea vers la porte. Au moment où elle appuyait sur la poignée, Daniel se retourna dans son sommeil. Elle se figea puis, sans demander son reste, elle s'éclipsa comme une voleuse.

De retour dans sa chambre, Emily se dépêcha de prendre une douche et de se préparer, avant de sauter dans un taxi. Direction : le palais des sports pour le briefing préliminaire.

Elle était de nouveau en mode professionnel. Elle se trouvait à LA pour travailler, non pour batifoler. Malgré ses réticences initiales, elle se réjouissait de faire partie de l'équipe médicale du championnat international de danse junior. Elle était plus que jamais déterminée à démontrer ses compétences et à enrichir son carnet d'adresses dans le monde de la médecine sportive. Elle devrait y parvenir sans trop de difficultés... à condition de s'interdire toute nouvelle incartade.

Elle se faufila dans la salle quelques minutes avant que la réunion commence. Étant la dernière arrivée, elle constata qu'un seul siège restait disponible, à côté d'un homme qui tournait le dos à la porte et dont elle ne put s'empêcher d'apprécier la carrure. Peu désireuse de se faire remarquer dès le premier jour, elle prit place le plus discrètement possible.

C'est alors que son voisin se tourna vers elle pour la saluer. Le choc fut tel qu'elle crut que son cœur allait exploser dans sa poitrine. Pétrifiée, elle était comme hypnotisée par le regard ténébreux qui la fixait avec un étonnement mêlé d'amusement.

— Je me présente : Dr Daniel Labarr. Nous nous sommes déjà rencontrés, me semble-t-il.

2.

S'efforçant de calmer les battements désordonnés de son cœur, Emily jeta un regard circulaire à la salle. Une douzaine d'autres membres de l'équipe médicale s'y trouvait réunie. Ce rapide examen lui confirma ses craintes : il ne restait aucun siège disponible. Impossible par ailleurs de déplacer la chaise qu'elle occupait sans attirer l'attention de l'assemblée, d'autant plus que la réunion allait commencer d'une minute à l'autre. Elle était condamnée à demeurer assise à côté de son amant d'un soir durant plusieurs heures. Cette perspective angoissante lui donnait envie de prendre ses jambes à son cou.

— J'imagine que nous avons dépassé le stade des civilités, n'est-ce pas ? déclara Daniel à voix basse.

Les joues en feu, Emily jeta de nouveau un coup d'œil autour d'elle. Par chance, personne ne semblait avoir entendu le commentaire de Daniel. Les autres participants se présentaient à leurs voisins immédiats car, bien sûr, la plupart d'entre eux ne se connaissaient pas, a fortiori pas aussi intimement que Daniel Labarr et elle.

Elle se rendit compte qu'elle n'avait pas serré la main qu'il lui avait spontanément tendue, ni encore prononcé le moindre mot.

Et dire qu'elle avait quitté sa chambre d'hôtel en catimini afin d'éviter une conversation embarrassante !

Maintenant, elle allait devoir côtoyer cet homme pendant six longues semaines et, chaque fois qu'elle le croiserait, elle se remémorerait leurs prouesses sexuelles. Sa capacité de concentration risquait d'en pâtir car, il fallait bien l'admettre, le Dr Labarr avait un étrange pouvoir sur sa libido.

Emily inspira profondément, une technique très efficace pour chasser le trac et ne rien laisser paraître de son trouble. Elle avait passé le plus clair de sa jeunesse à jouer la comédie, au sens propre comme au sens figuré, afin de dissimuler ses véritables émotions. Elle s'était imaginé ne plus avoir à le faire, mais elle était de retour à LA, et le passé avait la peau dure.

Elle plaqua un sourire professionnel sur ses lèvres et murmura :

— Pour une surprise, c'est une surprise ! J'ignorais que tu étais venu à Los Angeles pour le championnat de danse.

— Et pour cause ! Quand j'ai voulu te le dire, tu m'as interrompu. Tu estimais préférable que nous conservions une part de mystère. Et puis, si ma mémoire est bonne, nous sommes assez vite passés à autre chose.

— Chut, parle moins fort, s'il te plaît ! chuchota-t-elle. Je n'ai pas envie que tout le monde apprenne ce que nous avons fait hier soir.

Elle espérait que Daniel ne chercherait pas à se venger qu'elle ait profité de son sommeil pour s'esquiver. Après tout, ils étaient convenus dès le début qu'il s'agissait d'une nuit et pas plus. Ni l'un ni l'autre n'auraient pu prévoir que le hasard leur jouerait un sale tour.

Mais le hasard n'était pas l'unique responsable de cette situation embarrassante. Si elle avait laissé Daniel lui expliquer le motif de sa visite à Los Angeles, ils auraient découvert plus tôt qu'ils étaient là pour la même raison professionnelle et se seraient abstenus de flirter.

Le pire, c'est qu'elle ne savait pas quoi faire pour y remédier. En tout cas, une chose était sûre : il ne fallait pas que cette information s'ébruite. Son unique objectif en acceptant de remplacer Izzie au pied levé était d'établir de nouveaux contacts dans le domaine de la médecine sportive et de prouver ses compétences, ce qui vaudrait au cabinet la clientèle d'athlètes de haut niveau. Pas question de gâcher la chance que leur offrait ce championnat.

Elle devait sans tarder faire comprendre à Daniel que la nuit dernière était une regrettable erreur – certes fort agréable –, qui ne se renouvellerait pas, et qu'elle n'avait pas l'habitude de coucher avec des inconnus rencontrés dans un bar, et encore moins avec ses collègues de travail. Une conversation d'autant plus délicate que certains des douze autres membres de l'équipe médicale réunis dans cette salle risquaient de la surprendre.

— Écoute, Daniel…

Emily fut interrompue par l'entrée d'un homme d'âge mûr aux sourcils broussailleux qui se planta devant le tableau blanc.

— Bonjour à tous et bienvenue au sein de l'encadrement médical du championnat international de danse junior. Je constate avec plaisir que certains d'entre vous ont déjà lié connaissance, et j'espère que nous formerons une équipe soudée. Au cours de ces quatre prochaines heures, nous allons nous intéresser à quelques-unes des blessures les plus fréquentes auxquelles vous vous trouverez confrontés. Maintenant, si vous voulez bien ouvrir vos brochures de présentation à la page 3…

Quatre heures ! Et dire qu'elle avait eu tellement peur d'arriver en retard qu'elle n'avait même pas pris de petit déjeuner ! Quatre longues heures, à rester assise, le ventre vide, et crispée à côté de celui dont elle avait quitté le lit un peu plus tôt dans la matinée… Quel enfer !

Elle résista à l'envie de remballer ses affaires et de partir. Mais se dérober n'était pas une solution. La veille au soir, elle avait fui la solitude de sa chambre pour échapper aux mauvais souvenirs, et voilà où cela l'avait menée !

Daniel avait toutes les peines du monde à se concentrer sur l'exposé de l'orateur qui animait la séance. Tandis que le

Dr Hammersmith passait en revue les différentes fractures et autres luxations potentielles, les pensées de Daniel dérivaient invariablement vers sa voisine.

Il imaginait parfaitement dans quel état d'esprit elle se trouvait. Lui-même avait été stupéfait de la voir se matérialiser à ses côtés. Il aurait néanmoins dû se douter qu'elle faisait partie du corps médical en constatant qu'elle lisait une revue spécialisée dans les traumatismes des sportifs de haut niveau. Mais de là à deviner qu'ils seraient amenés à collaborer, il y avait un pas impossible à franchir.

Elle ne l'avait pas trompé une seconde avec son sourire factice – aussi charmant soit-il – et son apparente décontraction. Sa tension était presque palpable, et la jeune femme était une piètre comédienne. Il avait beau la connaître à peine, il la sentait aux abois.

Elle n'avait pourtant pas à s'inquiéter. Il n'était pas du genre à se vanter de ses exploits en matière de séduction. Évidemment, elle ne pouvait pas le savoir puisqu'elle avait refusé d'aborder tout sujet d'ordre personnel. D'ailleurs, la façon dont elle s'était éclipsée ce matin démontrait qu'elle ne tenait pas à faire davantage connaissance.

Quoi qu'il en soit, ce qui s'était passé entre eux la veille risquait de compromettre le succès de leur future collaboration. Avec ses collègues, Daniel avait pour principe de s'en tenir à des rapports strictement professionnels. De toute manière, il ne les côtoyait jamais assez longtemps pour s'investir dans une relation autre que superficielle. Jusqu'à présent, il avait surtout exercé son métier sur des paquebots de croisière sillonnant la mer des Caraïbes. Lorsque la terre ferme lui manquait, il marquait une pause et participait en tant que médecin à des événements sportifs. Cette existence nomade lui convenait parfaitement. Il évoluait dans un cadre luxueux, parmi des gens beaux et élégants, et ne s'attardait jamais au même endroit, de sorte qu'il n'avait le temps de se lasser ni des paysages, ni des personnes qu'il croisait sur sa route.

Fils de diplomate, il avait passé son enfance à déménager d'un pays à l'autre. À l'époque, il aurait préféré mener une vie plus sédentaire, habiter une vraie demeure familiale où il aurait pu avoir un chien ou un chat et se faire des copains. Toutefois, ses parents n'avaient jamais tenu compte de son opinion. Comment osait-il se plaindre alors qu'ils lui offraient les nounous les plus qualifiées, les plus beaux jouets et la meilleure éducation ? Et puis, il n'avait pas besoin d'amis, puisqu'il avait son grand frère. David, de six ans son aîné, ne partageait néanmoins pas ses goûts en matière de divertissement.

N'ayant pas voix au chapitre, Daniel avait fini par se résigner. Quand ils emménageaient quelque part, il ne cherchait plus à se lier d'amitié, car il savait que, tôt ou tard, il repartirait. De même, il avait cessé de réclamer un animal de compagnie. En revanche, il possédait une collection de jeux électroniques qui auraient rendu verts de jalousie les garçons de son âge, s'il les avait connus suffisamment pour les inviter chez lui. Il s'était donc efforcé de se concentrer sur ce qu'il avait et non sur ce qui lui manquait.

Cette méthode avait fonctionné jusqu'à son adolescence. Il avait alors commencé à s'intéresser aux filles, lesquelles ne semblaient pas indifférentes à son charme. Il avait seize ans quand son père avait été envoyé pour une mission diplomatique en Suisse. Là-bas, Daniel avait rencontré Sofia, dont il était tombé éperdument amoureux. Il adorait son regard brun pétillant, sa fraîcheur et sa gaieté, mais c'était surtout son rire cristallin qui avait chamboulé son cœur d'adolescent. Il en avait terriblement voulu à son père lorsque celui-ci lui avait annoncé qu'il était muté à San Francisco. Soucieux de préserver leur idylle, Daniel avait multiplié les SMS et les appels téléphoniques. Il avait même prévu de rejoindre Sofia en Suisse à l'occasion des vacances. Cependant, lorsqu'il lui avait parlé de son projet, la jeune fille l'avait prié d'y renoncer, ses parents lui ayant enjoint de mettre un terme à cette « amourette ». Selon eux, cela ne rimait à rien de dépenser autant de temps et d'énergie pour entretenir une relation qui, compte tenu de leur jeune âge et de la distance géographique, était vouée à l'échec. Sofia avait fini par se ranger à leur avis.

La rupture avait dévasté Daniel. Il était tellement sûr que leur amour résisterait à l'éloignement et réussirait à s'affranchir des frontières. Cette cruelle déception l'avait décidé à ne plus s'impliquer sentimentalement. Aimer, c'était s'exposer à souffrir. À la fin de ses études secondaires, il était parti dans les Caraïbes pour suivre des études de médecine. Quand, une fois son diplôme en poche, il avait appris qu'une compagnie de croisière recherchait un médecin, l'idée l'avait aussitôt séduit. Les voyages, il ne connaissait rien d'autre.

Il n'avait jamais oublié le conseil de Sofia : apprécier à sa juste valeur l'histoire qu'ils avaient vécue au lieu de s'entêter à vouloir la prolonger à tout prix. Depuis qu'il appliquait ce principe, il s'en sortait plutôt bien. Sa vie sentimentale se limitait à de brèves aventures avec des passagères des paquebots sur lesquels il travaillait, des jeunes femmes libérées qui croquaient la vie à pleines dents sans se soucier du lendemain. Il se gardait de flirter avec ses consœurs, avec lesquelles il entretenait des relations cordiales.

Cette existence lui convenait à merveille jusqu'à ce qu'un événement en bouscule le cours et ébranle ce bel équilibre : la naissance de son neveu. Le jour où Blake avait refermé son poing minuscule sur l'index de Daniel, celui-ci avait su qu'il venait de franchir un cap décisif et qu'il était temps pour lui d'aborder un nouveau chapitre. Pas question d'assumer son rôle d'oncle par intermittence. Il souhaitait voir grandir cet enfant. Ce qui supposait qu'il pose ses valises. Serait-il capable de se sédentariser jusqu'à la fin de ses jours sans que l'envie de bougeotte le reprenne ? Il n'en était pas si sûr, mais l'avenir le dirait. Il aviserait après le championnat international de danse junior ; tel était son plan.

Son frère, praticien reconnu à Costa Mesa, non loin de Los Angeles, lui avait proposé de l'aider à décrocher un job dans l'un des hôpitaux de la région. Si Daniel désirait se rapprocher géographiquement de David, il ne souhaitait pas cependant mener une vie identique à la sienne. Ce qui soulevait une interrogation cruciale : comment se projetait-il dans dix ans, quinze ans ou vingt ans ?

Se fixer quelque part ne signifiait pas pour autant fonder une famille. Très peu pour lui ! Sa responsabilité d'oncle le terrifiait déjà assez ! Celle de père lui semblait au-dessus de ses forces, et il n'enviait pas son frère. Surtout avec le modèle parental auquel ils avaient eu droit. Ils avaient grandi dans l'opulence, mais leurs parents n'avaient jamais vraiment assumé leur éducation, si ce n'est financièrement. Daniel ne se souvenait pas avoir eu avec eux une seule conversation sur un sujet intime.

Il avait confié à David qu'il ne se sentait pas de taille à élever un enfant, sachant que ce petit être si vulnérable dépendrait entièrement de lui.

« Tu te poses trop de problèmes métaphysiques, lui avait rétorqué son frère aîné. Il faut se fier à son instinct. Les bons gestes et les bons réflexes viennent naturellement. »

Peut-être, mais l'instinct de Daniel lui soufflait qu'il n'était pas fait pour la vie de famille. Étant incapable de s'attacher à une femme plus de quelques semaines, comment s'imaginer dans la peau d'un père ? En revanche, il était prêt à s'établir quelque part et à y rester un certain temps.

Il se demanda si, la veille au soir, il n'avait pas abordé Emily en partie pour se prouver qu'il continuerait à avoir des aventures sans lendemain. Quand il l'avait remarquée au bar de l'hôtel, il n'avait pu s'empêcher de lui offrir un verre, juste pour voir où cela le mènerait.

Le physique de la jeune femme avait attisé son intérêt, et son attitude, sa curiosité. Emily ne cessait de surligner des passages de l'article qu'elle lisait, ce qui dénotait un manque flagrant de concentration, exactement comme quand, étudiant en médecine, il ne parvenait pas à se plonger dans un sujet.

Au début, il avait hésité à la déranger jusqu'à ce qu'il se rende compte qu'elle l'observait à la dérobée. Alors, dans un élan de spontanéité, il avait tenté sa chance. Après tout, le pire qu'il risquait, c'est qu'elle refuse le verre. Son amour-propre s'en remettrait !

En revanche, Daniel ne s'attendait pas à un tel franc-parler de sa part, et il ne s'était pas fait prier lorsqu'elle avait suggéré qu'ils fassent plus ample connaissance. À présent, elle paraissait nettement moins à l'aise. Il semblait qu'elle ait du mal à assumer la nuit dernière. Il devinait sa nervosité à la façon dont elle triturait une mèche de ses beaux cheveux couleur acajou tandis que la présentation du Dr Hammersmith traînait en longueur.

Quant à lui, il ne regrettait pas ce qui s'était passé entre eux. Simplement, il ignorait quel comportement adopter maintenant que la donne avait changé et que, d'une inconnue d'un soir, Emily était devenue une collègue avec laquelle il collaborerait durant six semaines.

Il fallait qu'ils se parlent, et sans tarder.

Il inscrivit quelques mots sur le bloc-notes qui leur avait été distribué en même temps que la brochure, déchira la page et la fit discrètement glisser vers sa voisine. Il avait écrit :

Un café à la pause ?

Avec une réticence manifeste, Emily jeta un coup d'œil au message, puis repoussa la feuille vers son expéditeur sans se donner la peine de répondre. Daniel n'en revenait pas. Elle s'était moins fait prier la veille quand il l'avait conviée dans sa chambre !

Il souligna le mot « café » et lui passa de nouveau le mot. Cette fois, elle froissa carrément la feuille. Cela devenait franchement ridicule. Ils devaient avoir une conversation tous les deux. Peut-être Emily se méprenait-elle sur ses intentions ?

Désireux de les clarifier, il déchira une seconde page de son bloc-notes et rédigea un message plus explicite.

Je veux juste que nous parlions de la meilleure façon de gérer la situation. Rien d'autre.

Elle marqua un instant d'hésitation, puis retourna la feuille et inscrivit au verso le commentaire suivant :

Cela risque de paraître louche.

Louche ? Qu'y avait-il de louche à ce que deux collègues prennent un café ensemble ? De toute évidence, Emily était plus anxieuse qu'il ne le pensait. Il écrivit de nouveau :

Dans ce cas, retrouvons-nous à la pause déjeuner. Nous sommes tous censés apprendre à nous connaître. Si nous sommes les seuls de l'équipe à ne pas nous adresser la parole, cela semblera suspect.

Elle se contenta d'acquiescer d'un discret hochement de tête qui soulagea néanmoins Daniel. Il fallait absolument qu'ils décident du mode de communication qu'ils adopteraient pour les six prochaines semaines. Ils ne pourraient pas s'ignorer ostensiblement sans susciter des soupçons.

— Docteur Labarr ? Y a-t-il sur ce papier que vous venez de glisser au Dr Archer quelque information susceptible d'intéresser le reste du groupe ?

Absorbé dans ses pensées, Daniel ne s'était pas rendu compte que le Dr Hammersmith avait interrompu sa présentation et l'observait. Comme il cherchait désespérément une réponse crédible, tous les regards se braquèrent sur lui et Emily, pétrifiée.

— Je plaisante, bien sûr. Toutefois, si vous pouviez tous vous concentrer, nous en aurions fini plus vite.

Emily sentait son estomac protester de plus en plus bruyamment quand le Dr Hammersmith conclut son exposé avec une lenteur exaspérante. Comble de l'ironie, il avait insisté en dernière partie sur le fait que les relations sentimentales entre collègues n'étaient, bien entendu, pas interdites mais fortement déconseillées pour la cohésion du groupe.

Quand il les libéra enfin, Emily avait tellement faim qu'elle ne pensait plus qu'à se mettre quelque chose sous la dent. Elle était prête à tout du moment qu'elle trouvait de quoi calmer sa fringale, même à s'entretenir en tête à tête avec Daniel.

— Il y a un café très sympa au coin de la rue, chuchota celui-ci. Je t'invite.

— Merci, répondit-elle à voix basse, mais je préfère payer ma part. Y sert-on des en-cas ?

— Les sandwichs sont excellents.

— Dans ce cas, allons-y.

Quand ils se levèrent, elle eut l'impression d'être au centre de l'attention et se remémora ce qu'elle ressentait, enfant, lors des auditions, lorsque le jury n'avait d'yeux que pour elle et semblait percevoir son trac.

C'est juste le fruit de ton imagination. Personne ne te regarde.

Son intuition ne l'avait pourtant pas trompée. Un membre du groupe l'observait avec insistance. Alors qu'il venait vers elle, elle put lire son nom sur son badge : Dr Reyes.

— Excusez-moi, dit-il, n'avez-vous pas été comédienne ?

Oh non, tout mais pas ça !

— Si, bien sûr ! s'exclama-t-il. Vous jouiez dans cette série où une bande d'adolescents pourchassait des loups-garous !

Elle s'efforça de sourire poliment.

— C'est de l'histoire ancienne. J'ai abandonné le métier pour entreprendre des études de médecine. Cela fait maintenant plusieurs années que je suis spécialisée en orthopédie.

À présent, tout le monde la dévisageait, y compris Daniel. *Super !* Elle s'en serait volontiers passée.

— Je me souviens de cette série, renchérit une infirmière. *Natasha, chasseuse de loups-garous*. Je ne ratais jamais un épisode. J'ai été tellement déçue quand ils ont interrompu la diffusion.

Une autre jugea bon d'intervenir.

— Ainsi, Natasha a grandi et est devenue médecin. Quel beau dénouement !

Emily inspira profondément dans l'espoir de se détendre. Après tout, il n'y avait aucune intention malveillante, simplement une curiosité amicale. Comment auraient-ils pu deviner que leur intérêt la mettait mal à l'aise ?

— Merci. J'exerce depuis cinq ans à Denver. Avec mon amie et consœur Isabelle Birch, nous venons d'ouvrir un cabinet destiné aux sportifs de haut niveau.

Izzie serait fière d'elle ! Elle avait profité de l'occasion pour faire de la publicité pour leur cabinet. L'information fut accueillie par des vœux de succès puis, l'appel du déjeuner aidant, le groupe se dispersa. Le Dr Reyes, en revanche, ne semblait pas disposé à lâcher l'affaire.

— J'étais un grand fan et j'ai conservé une panoplie impressionnante de gadgets relatifs à cette série ainsi que la collection complète des CD des deux premières saisons. Ce serait sympa que vous acceptiez de m'en dédicacer quelques-uns.

Comment se débarrasser de ce malotru sans le vexer ? Emily se sentait acculée, tel un animal pris au piège.

— À vrai dire, je ne me prête plus aux séances d'autographes, répliqua-t-elle, espérant le décourager.

— Quel dommage ! Et vous ne feriez pas une petite exception pour un confrère ?

Décidément, ce type avait de la suite dans les idées !

— Je crains que non, malheureusement.

— Dans ce cas, pourquoi pas un selfie tous les deux ? Mes amis n'en reviendront pas quand je leur dirai que je travaille avec Natasha.

Sans lui laisser le temps de protester, il se rapprocha davantage encore et prit une photo d'eux deux avec son téléphone portable.

C'est à ce moment-là que Daniel s'interposa sèchement.

— Je crois que cela suffit maintenant, Reyes. Le Dr Archer est ici pour travailler, comme nous tous, d'ailleurs, pas pour se plier aux fantasmes d'un vieux fan !

Visiblement offensé, le dénommé Reyes tourna les talons et quitta la salle, au grand soulagement d'Emily.

— Désolé de m'être mêlé de ce qui ne me regardait pas, déclara Daniel tandis qu'ils se dirigeaient vers le café. Je connais l'énergumène, et la finesse n'est pas son fort. Je l'ai rencontré il y a deux ans, lors de ce même championnat de danse. Il t'aurait harcelée jusqu'à ce que tu cèdes à son caprice. Il n'a pas changé d'un iota, toujours aussi égocentrique. Il n'y a que lui qui compte. Il se moque pas mal de la sensibilité des autres. Je m'étonne qu'il ait choisi ce métier. Techniquement, c'est un bon médecin, mais il manque singulièrement d'humanité, et son rapport aux patients laisse à désirer.

Emily en connaissait plus d'un dans son genre, plus scientifiques qu'altruistes, et assez imbus d'eux-mêmes. Reyes avait le profil type, avec une tendance au machisme pour couronner le tout. Il avait fallu que Daniel intervienne pour que Reyes cesse d'importuner Emily.

— Inutile de t'excuser. Au contraire, je te remercie. Sans toi, je ne m'en serais pas sortie. J'imagine que, maintenant, je vais devoir t'expliquer à quoi rime toute cette histoire de *Natasha, chasseuse de loups-garous* !

— Pas la peine. Je crois que je l'ai comprise dans les grandes lignes. Tu as été actrice pendant ton enfance et ton adolescence. Ensuite, tu as décidé d'embrasser une carrière médicale.

Bel esprit de synthèse ! Présenté ainsi, cela paraissait si simple.

— La plupart des gens trouvent ce parcours étrange.

Il haussa les épaules.

— La plupart d'entre nous excellons dans certains domaines durant notre jeunesse puis, avec la maturité, nos centres d'intérêt changent. Je ne vois là rien d'anormal. En revanche, cela n'a pas dû être facile tous les jours de grandir sous les feux de la rampe.

— Je te le confirme. J'ai définitivement tourné la page à présent, et rares sont ceux qui me reconnaissent encore.

— Je parie que tu n'aimes pas que cela t'arrive.

— Tu es perspicace.

— Maintenant que Reyes a vendu la mèche, je comprends mieux ton soulagement, hier soir, en constatant que je n'avais aucune idée de qui était Veronica Lawson, la fameuse détective spécialisée dans la recherche des animaux de compagnie disparus. J'ai l'impression que la célébrité, ce n'est pas trop ton truc.

Elle sourit, surprise que Daniel ait remarqué sa nervosité. Le plus souvent, quand les gens la reconnaissaient ou avaient vent de son passé d'enfant star, ils la bombardaient de questions sans se soucier de l'effet que cet interrogatoire produisait sur elle. Daniel ne faisait pas partie de ceux-là. Elle lui savait gré de sa délicatesse et plus encore de l'avoir tirée des griffes de Reyes. Elle n'avait pas l'habitude qu'on la protège.

— Tu as raison. En dehors de la scène, je n'aimais pas être au centre de l'intérêt. J'essayais de donner le change parce que, la plupart du temps, ceux qui m'approchaient le faisaient en étant pourvus de bonnes intentions. Malheureusement, j'ai aussi eu affaire à des enquiquineurs du style de Reyes.

Daniel fronça les sourcils.

— Reyes est un crétin. Quiconque doté d'une once de sensibilité aurait perçu ton trouble.

— C'est la loi du show-business et la rançon de la gloire, encore que je n'aie jamais été à proprement parler une vedette.

— Est-ce pour cette raison que tu as décidé d'abandonner ta carrière ?

— Pas exactement. Ma vraie passion a toujours été la danse. Toutefois, le métier de comédienne rapportait plus d'argent, de sorte que ma mère m'a plutôt poussée dans cette voie. J'avais envie de tout laisser tomber, mais je ne parvenais pas à sauter le pas. Une rupture des ligaments croisés m'a aidée à prendre la décision.

— Un sacré traumatisme.

— Mais aussi une bénédiction car, au contact des médecins qui m'ont soignée avec autant de gentillesse que de professionnalisme, j'ai compris que je n'avais jamais eu la possibilité d'explorer d'autres environnements que le monde du spectacle.

— Il semble que tu aies subi pas mal de pression dès ton plus jeune âge.

— Tu n'imagines pas ! Ma mère avait de l'ambition pour deux. Elle n'hésitait pas à rédiger de faux certificats médicaux pour justifier mes absences répétées à l'école alors que je me rendais à des auditions.

— Je vois…

— J'ai accepté la vie qu'elle m'imposait aussi longtemps que j'ai pu danser. Mais, après mon accident du genou, il ne me restait plus que la comédie. Or, le métier d'actrice ne m'enthousiasmait pas. J'ai alors eu une sorte de déclic en découvrant les miracles que réalisent, chaque jour, les équipes médicales dans l'anonymat le plus complet. J'avais enfin trouvé ma vocation. J'ai entrepris des études de médecine et j'ai mis les bouchées doubles pour rattraper mon retard scolaire.

Emily n'en revenait pas de se livrer aussi spontanément, et devant une personne dont elle ignorait jusqu'à l'existence quarante-huit heures auparavant ! Daniel avait un sens de l'écoute qui incitait aux confidences.

Ils avaient rejoint le café. Ils s'attablèrent et passèrent leur commande.

— Il est maintenant temps d'aborder le sujet délicat qui

nous préoccupe, déclara Daniel. Le problème, c'est que je ne sais pas par quel bout commencer.

Emily inspira profondément pour se donner du courage.

— C'est à moi de commencer… en te présentant mes excuses pour être partie comme une voleuse alors que tu dormais encore.

— Je te pardonne… À propos, j'étais réveillé.

— Quoi ?

— Je t'ai entendue ouvrir la porte.

— Tu m'as laissée m'en aller sans dire un mot !

— Et toi, tu as filé sans dire un mot !

C'était de bonne guerre. En s'éclipsant de la chambre, elle lui avait signifié sans ambiguïté qu'elle souhaitait en rester là.

— Le fait est que ni toi ni moi n'avions prévu de nous revoir.

— Exact. Et maintenant, on fait comment ?

— Je ne sais pas trop. En revanche, je te rassure sur un point : cette histoire ne s'ébruitera pas. Je n'ai aucun regret à propos de ce qui s'est passé, mais j'estime que cela ne regarde personne d'autre que nous.

Emily ne put réprimer un soupir de soulagement.

— Je peux vraiment compter sur ta discrétion, n'est-ce pas ?

— Absolument. Tu ne me connais pas encore assez pour me faire confiance, mais, au cours des prochaines semaines, tu te rendras compte que je suis un homme de parole.

— Dans ce cas, je suggère qu'en plus de nous engager à garder le secret, nous nous en tenions à des relations strictement professionnelles et que nous évitions de nous retrouver dans une situation aussi embarrassante qu'hier soir.

— Cela va sans dire.

— Désolée d'insister, je veux juste m'assurer que nous sommes sur la même longueur d'onde. Alors, marché conclu ?

— Marché conclu. Je trouve que c'est beaucoup mieux ainsi.

Bien qu'il réagisse comme elle l'espérait, elle ressentait une pointe de dépit. Il avait mis un peu trop d'empressement à son goût à abonder dans son sens.

— J'ai sincèrement apprécié la nuit dernière, ajouta-t-il, enfonçant le clou. Toutefois, pour ce qui me concerne, je n'y accorde pas plus d'importance qu'elle n'en mérite.

S'il continuait, il allait finir par devenir vexant.

— Parfait, déclara-t-elle. Nous voilà repartis sur des bases saines.

Il lui adressa un sourire lumineux qui fit presque regretter à Emily ses bonnes résolutions. Certes, Daniel serait son collègue durant six semaines, ce qui le plaçait, *de facto*, hors d'atteinte, mais cela n'empêchait pas Emily de songer qu'elle avait rarement croisé sur sa route un homme aussi séduisant.

3.

Emily avait pensé que cette mise au point l'aurait soulagée. Désormais, ils savaient tous deux à quoi s'en tenir et pouvaient passer à autre chose. Toutefois, trois jours plus tard, elle y songeait toujours, se remémorant les paroles de Daniel avec une pointe d'amertume.

« J'ai sincèrement apprécié la nuit dernière. Toutefois, pour ce qui me concerne, je n'y accorde pas plus d'importance qu'elle n'en mérite. »

Cette expérience avait-elle été insignifiante à ce point pour lui ? Question plus perturbante encore, pourquoi cette dernière phrase tournait-elle en boucle dans la tête d'Emily ?

Parce qu'elle avait égratigné son ego, voilà pourquoi !

Emily trouvait sa propre réaction ridicule. Elle avait elle-même fixé la règle : une nuit, et rien de plus. Pourtant, elle ne pouvait s'empêcher d'éprouver de la frustration à l'idée qu'il considère l'événement de manière aussi désinvolte, et une certaine rancœur face à la franchise avec laquelle il avait exprimé son point de vue. Le moins que l'on puisse dire, c'est qu'il n'y avait pas vraiment mis les formes !

Troublée, elle décida de téléphoner à Izzie pour lui demander conseil. Elle espérait que son amie ne lui reprocherait pas d'avoir risqué la réputation de leur cabinet avec son initiative irresponsable.

Elle fut vite rassurée.

— Waouh, c'est super excitant ! Quelle poisse ! Sans ce fichu accident, c'est moi qui profiterais des plaisirs de Hollywood.

— En réalité, je n'en profite pas tant que ça. Il y a beaucoup de boulot. Je suis tellement concentrée qu'il m'arrive même de diagnostiquer des problèmes de genoux chez les passants que je croise dans la rue. Par ailleurs, le travail n'est pas toujours ragoûtant, crois-moi, car les danseurs souffrent parfois d'infections aux orteils qui en rebuteraient plus d'un !

— Beurk ! Parle-moi plutôt de ce Dr Labarr qui t'a fait un tel effet que tu en as oublié ta prudence habituelle.

— J'ignore ce qui m'a pris. Je me sentais oppressée de retourner à Los Angeles après toutes ces années. Pour fuir les mauvais souvenirs, je suis descendue au bar de l'hôtel et, de fil en aiguille…

— De fil en aiguille ? répéta Izzie d'un ton moqueur.

— Si j'avais été moins impulsive, si j'avais pris la peine de me renseigner sur l'inconnu à qui j'avais affaire, j'aurais évité de me retrouver dans ce pétrin. Je ne commettrais jamais de façon intentionnelle un acte susceptible de nuire à notre projet.

— Je le sais, Em. C'est d'ailleurs pour cette raison que je soupçonne ce type d'avoir quelque chose de particulier pour que la sage Emily, d'ordinaire si prudente, envoie valser ses sacro-saints principes. Je n'ai jamais rencontré une personne plus réfléchie que toi. Alors, s'il a réussi à te faire oublier ta réserve légendaire, j'en conclus que Beau Ténébreux doit avoir un charme fou.

— J'ai peur que, si cela venait à s'ébruiter, on ne nous prenne plus au sérieux. Je ne me le pardonnerais jamais.

— Cesse de dramatiser. Les médecins aussi ont besoin de distractions de temps à autre. Pour ma part, je ne doute pas qu'en te voyant à l'œuvre, les membres de l'équipe médicale seront convaincus de tes compétences professionnelles et n'hésiteront pas, par la suite, à nous recommander à leurs patients. En revanche, je crains autre chose.

— Quoi ?

— Que tu rates une opportunité bénéfique pour toi, sur

le plan personnel, parce que tu te sens responsable de tout et de tout le monde. La carrière, c'est important, je ne le nie pas, mais le bonheur l'est encore plus, selon moi.

Le bonheur… un sentiment qu'Emily n'avait pas éprouvé depuis que son avion avait atterri à LA.

— Es-tu en train de suggérer que Daniel pourrait contribuer au mien ?

— À ton bien-être, en tout cas, oui ! Je te signale que cela fait vingt bonnes minutes que nous ne parlons que de lui.

— Cela ne veut rien dire, se récria Emily. Je me préoccupe juste de l'avenir de notre cabinet.

— Tu n'as pas à t'inquiéter puisque vous êtes convenus d'en rester à des rapports professionnels. Or, d'après ce que tu m'en as dit, le Dr Labarr n'a pas l'air d'être du genre à trahir sa parole. Il tiendra donc sa langue.

— Oui, c'est l'impression que j'ai eue. Toutefois…

— OK, vous avez passé une nuit ensemble, et alors ? Le problème, c'est que tu ne parviens pas à te sortir cet homme de la tête, ce qui signifie qu'il ne te laisse pas indifférente et que, peut-être, tu ressens un petit quelque chose pour lui.

— Ne le prends pas mal, Izzie, mais tu es complètement à côté de la plaque. Il me plaît, je le reconnais, il me plaît même beaucoup. Cependant, en supposant que nous nous intéressions l'un à l'autre – ce qui n'est pas le cas, je te l'assure –, cela ne mènera nulle part. Je refuse que quiconque s'imagine que je saisis l'occasion du championnat pour me donner du bon temps.

Elle entendit un long soupir à l'autre bout du fil.

— Il est possible de « se donner du bon temps » – pour reprendre ta formule –, et d'exceller dans son métier. Souviens-toi, Emily, avant de devenir des médecins respectés, nous n'étions pas les dernières à faire la fête. C'était avant que nous ayons obtenu un poste à l'hôpital et que nous travaillions soixante-dix heures par semaine. N'est-ce pas en grande partie pour cela que nous avons ouvert notre propre cabinet, afin de disposer d'un peu plus de temps libre pour profiter des plaisirs de la vie ?

Izzie avait raison.

— À t'entendre, on croirait que je ne sais plus m'amuser.

— À quand remonte ta dernière soirée festive ?

Incapable de se souvenir, Emily resta muette.

— Ton silence en dit long ! À ton retour, nous nous offrirons un petit week-end entre filles pour lâcher prise. D'ici là, ma cheville devrait s'être rétablie.

— S'agit-il d'une menace ?

Emily avait une idée assez précise de ce que son amie entendait par « un petit week-end entre filles ». Elle en avait déjà fait la redoutable expérience quand Izzie avait organisé des rencontres « fortuites » avec des célibataires de la gent masculine et l'avait laissée se dépêtrer de cette situation embarrassante. Ce style de plan, très peu pour elle !

— Non, c'est une promesse.

Emily préféra changer de sujet.

— Comment marche le cabinet ?

— Il tourne un peu au ralenti en ton absence, mais il fallait s'y attendre. Rien de bien alarmant. Quand tu rentreras, le carnet de rendez-vous se remplira de nouveau.

Emily sentit l'anxiété lui nouer la gorge.

Pas de panique. Tu savais dès le départ qu'il faudrait compter au moins dix-huit mois avant que le cabinet tourne à plein régime.

— Cesse de te ronger les sangs ! s'exclama Izzie, devinant son angoisse. Nous y arriverons, j'en ai la conviction. Et surtout, n'hésite pas à mettre en avant ton passé de danseuse professionnelle. Cet atout ne peut que contribuer à nous faire connaître. Je suis sûre que, sachant cela, les gens auront davantage tendance à te solliciter.

— C'est déjà le cas.

Elle avait eu beau expliquer à maintes reprises qu'elle n'avait plus aucun contact avec un agent ou un directeur de casting depuis plus de dix ans, les parents des champions en herbe semblaient s'adresser plus volontiers à elle qu'aux autres membres de l'équipe. Comme s'ils estimaient ses avis médicaux plus fondés du fait de son ancienne carrière. Hélas, après l'avoir questionnée sur les exercices de renforcement musculaire et autres astuces pour prévenir les blessures, ils cherchaient invariablement à lui soutirer des informations sur les arcanes du monde du spectacle.

— Voilà une excellente nouvelle ! s'exclama Izzie, toujours prompte à s'enthousiasmer. Toute publicité est bonne à prendre.

— Holà ! Tu es devenue plus hollywoodienne que moi ! Je crois que je vais raccrocher.

— Non, attends ! Une dernière chose… au sujet de ce Daniel.

— Oui ?

— Je sais que tu as un sens exacerbé des responsabilités. C'est en partie pour cette raison que tu es ma meilleure amie. Je peux compter sur toi en toutes circonstances, ce qui est particulièrement précieux.

— Où veux-tu en venir ? s'enquit Emily avec circonspection.

— J'essaie juste de te dire que tu n'as pas à renoncer à une relation agréable – j'ai cru comprendre qu'elle l'était – sous prétexte de préserver l'image de notre cabinet. *Carpe diem*, Em ! Le sort de ceux qui t'entourent ne repose pas sur tes épaules.

Cette conversation téléphonique avait redonné le sourire à Emily. Les conseils d'Izzie partaient d'une bonne intention, mais son amie se trompait. Emily avait toujours dû prendre en charge les autres à l'exception d'Izzie, et cela ne lui avait valu que des déconvenues.

Elle avait six ans lorsque ses parents avaient divorcé. Son père lui avait promis de ne pas l'abandonner, mais ses appels téléphoniques s'étaient rapidement espacés, et ses visites plus encore. Elle s'était peu à peu résignée à l'absence de figure paternelle dans sa vie, parce qu'accepter cet état de fait s'avérait moins douloureux que nourrir l'espoir vain que son père tiendrait parole.

Sa mère lui avait expliqué que, désormais, elles devraient redoubler d'efforts pour réussir à joindre les deux bouts, que chaque dollar gagné contribuerait à garder un toit au-dessus de leurs têtes. Angoissée par la perspective de déménager et de perdre ses copines d'école, Emily avait enchaîné les contrats, ne ménageant pas sa peine, laissant aveuglément sa mère gérer sa carrière d'enfant star. Comment aurait-elle pu mettre en doute les propos maternels ? Ce n'est que plus tard qu'elle avait ouvert les yeux et compris pourquoi, malgré son travail acharné, les fins de mois étaient toujours difficiles.

Emily avait conscience que sa mère s'efforçait de l'encourager de son mieux… du moins quand elle était sobre, ce qui se produisait de plus en plus rarement. Dès l'adolescence, Emily avait préféré se rendre seule aux auditions par peur du scandale. C'était elle qui faisait bouillir la marmite, elle qui veillait au règlement des factures, elle encore qui s'occupait de coucher sa mère quand celle-ci rentrait en titubant après une soirée trop arrosée. Très jeune, Emily s'était habituée à assumer ces responsabilités d'adulte. De toute façon, elle n'avait pas le choix ; elle ne pouvait compter que sur elle-même pour épargner à sa famille – ou du moins ce qu'il en restait – de sombrer.

Paradoxalement, sa blessure du genou avait été une bénédiction. À l'époque, elle avait vingt ans et, pour la première fois de son existence, elle se trouvait confrontée à un problème qui la dépassait, à une situation sur laquelle elle n'avait que peu de prise. Son unique option avait consisté à s'en remettre au corps médical. Elle avait eu du mal, au début, à accorder sa confiance, mais elle avait eu affaire à des spécialistes compétents et doués d'empathie. À sa grande surprise, ils avaient fait preuve d'une honnêteté sans faille, ne lui cachant pas la gravité du traumatisme subi. Elle retrouverait l'usage de son genou, mais devrait renoncer à la danse professionnelle. Aucun n'avait formulé de promesses impossibles à tenir. Ils s'étaient évertués, avec succès, à éviter toute complication, sans pour autant lui garantir un rétablissement complet. Fiables, persévérants, fermes lorsque les circonstances l'exigeaient, ces hommes et ces femmes ne l'avaient pas déçue.

Leur exemple avait suscité chez Emily sa seconde vocation : la médecine sportive. Elle ne regrettait pas sa décision. Elle adorait son métier, qu'elle s'efforçait de pratiquer selon les mêmes principes, même si, parfois, certains diagnostics n'étaient pas faciles à annoncer aux patients. Cependant, la vérité, aussi pénible soit-elle, valait mieux que les faux espoirs.

Sa nouvelle orientation professionnelle lui avait aussi permis de côtoyer des collègues plus sincères et authentiques que les gens croisés dans le monde du show-business, à commencer par celle devenue depuis sa meilleure amie. Izzie se souciait de son bien-être et répondait toujours présente quand Emily avait besoin de soutien. Son amie s'avérait de bon conseil, bien que son incorrigible optimisme la poussât parfois à quelques erreurs de jugement. Au sujet de Daniel, par exemple…

À son grand soulagement, Emily ne vit guère Daniel au cours des jours suivants. Il semblait l'éviter. Lorsqu'elle entrait dans une pièce où il se trouvait, il prétextait une tâche urgente pour s'esquiver. Quand elle avait besoin de l'avis d'un confrère pour confirmer un diagnostic, il l'orientait vers un autre que lui, plus compétent selon lui dans ce domaine, et ne participait pas à la discussion. Bien qu'ayant remarqué ce comportement assez étrange, Emily ne s'appesantissait pas sur la question. Elle n'en avait pas le temps. Son travail l'absorbait complètement, ne lui laissant guère le loisir de réfléchir à tout ce qui n'était pas directement lié à l'accomplissement de sa mission.

Au début, elle avait redouté que ce championnat international de danse n'évoque trop de mauvais souvenirs. À tort. Il lui remémorait au contraire tout ce qu'elle aimait dans cette discipline à la fois sportive et artistique. La beauté des costumes, le bonheur qui transfigurait le visage des danseurs, la magie des éclairages, la créativité des chorégraphies attisaient en elle un feu qu'elle avait cru à jamais éteint. Elle avait pris conscience à quel point lui manquaient cette forme de liberté d'expression, cette faculté de transmettre des émotions à travers la musique et les mouvements du corps.

Elle avait pris l'habitude d'assister aux répétitions depuis les coulisses durant ses rares pauses. La compétition réunissant plus d'une centaine d'équipes du monde entier, il y en avait toujours une qui s'entraînait sur l'une des scènes. La plupart des danseurs avaient déjà un talent fou, et Emily les regardait évoluer, fascinée. D'autres avaient encore des progrès à faire. Elle les observait d'un œil professionnel, notant chez certains un manque d'élasticité des ligaments ou de tonicité musculaire.

Le plus souvent, elle se retrouvait seule, coachs et parents préférant les sièges confortables de la salle. Ces parenthèses de solitude lui permettaient de récupérer des forces entre deux séries de consultations.

Elle était tellement absorbée par le spectacle d'un groupe de jeunes Canadiens qu'elle sursauta presque en percevant la présence de quelqu'un derrière elle. Elle se retourna. Quelle ne fut pas sa surprise de découvrir Daniel.

— Que fais-tu cachée ici ? s'enquit-il. Tu ne verrais pas mieux depuis la salle ?

— En réalité, non. D'ici, je peux remarquer tout ce que les danseurs essayent de dissimuler aux yeux du public, toutes les imperfections souvent masquées par la chorégraphie. J'ai une meilleure idée de ce que ces jeunes doivent améliorer en termes de souplesse ou de masse musculaire.

— Mais ils sont des centaines. Impossible d'établir une thérapie pour chacun.

— Non. En revanche, à force de les observer, j'ai noté des pathologies potentielles communes à plusieurs d'entre eux. Du genou, par exemple. À la manière dont certains effectuent leurs sauts, j'ai identifié un risque non négligeable de syndrome fémoro-patellaire. Cela m'aiguille lors des consultations et facilite l'établissement du diagnostic. Regarde cette danseuse. Sa cheville tremble lorsqu'elle effectue une arabesque.

— Je n'ai pas la moindre idée de ce que cela signifie, mais je suis impressionné. Et moi qui pensais que tu te réfugiais ici pour souffler pendant ta pause alors qu'en réalité, tu continues de travailler !

Il lui adressa un sourire irrésistible.

— Est-ce pour cette raison que tu es venu dans les coulisses, pour « souffler » ?

— Pas vraiment. En fait, je te cherchais.

— Tu as besoin d'un coup de main pour un patient ?

— Non. J'avais envie de te parler.

Il se montrait distant depuis des jours, et voilà que maintenant il voulait lui parler ?

La perplexité d'Emily devait se lire dans son regard, car Daniel s'empressa d'ajouter :

— J'ai été très pris ces derniers temps.

— J'ai plutôt eu le sentiment que tu m'évitais.

Il eut le bon goût de paraître un peu gêné.

— Je veillais à te laisser de l'espace de façon que nous nous en tenions à des rapports professionnels, comme nous sommes convenus de le faire. Toutefois, garder mes distances se révèle assez compliqué, et, puisque nous sommes contraints de collaborer, je suggère que nous nous efforcions de nouer une relation cordiale, voire amicale, plutôt que de nous fuir. D'autant plus que ce comportement risque de finir par mettre la puce à l'oreille aux autres membres de l'équipe.

Amicale... Emily n'avait jamais conservé de rapports

amicaux avec les hommes dont elle avait partagé le lit. Daniel constituait néanmoins une exception, car elle n'avait encore jamais couché avec un collègue avant lui. Par ailleurs, il avait raison sur un point : s'ils n'arrivaient pas à communiquer de manière naturelle, ils ne réussiraient pas à travailler efficacement ensemble.

Daniel l'attirait beaucoup trop pour envisager une éventuelle amitié entre eux, mais peut-être que, si elle le connaissait mieux, elle parviendrait à se débarrasser du désir qu'il lui inspirait. Peut-être que son rythme cardiaque ne s'emballerait plus devant l'intensité de ce beau regard ténébreux et la chaleur de ce sourire. En tout cas, cela valait la peine d'essayer.

— Pourquoi pas, répondit-elle prudemment.

— En fait, je t'observe depuis un moment. J'ai été intrigué par ton expression de fascination. Tu semblais ailleurs, comme envoûtée.

Emily se tourna de nouveau vers la scène.

— Chut, moins fort ! Il ne faut pas les distraire.

— Oh ! désolé, chuchota-t-il. La danse ne te manque-t-elle pas ?

— Si, parfois. J'aime la discipline qu'elle impose, la précision des gestes, l'harmonie entre les mouvements et la musique qui en fait, chaque fois, un exercice unique. Car, pour une même chorégraphie, un danseur n'effectue jamais un pas ou un enchaînement d'une manière strictement identique d'une répétition à l'autre. Tout dépend de sa condition physique du moment, de son état d'esprit, de l'environnement…

Consciente de se laisser emporter par sa ferveur, elle s'interrompit.

— Bien sûr, un œil novice ne peut détecter ces subtiles différences, conclut-elle d'un ton plus posé. Regarde cette jeune fille. Sa pirouette n'est pas parfaite. De toute évidence, elle souffre d'une faiblesse à la cheville.

— À vrai dire, je ne l'aurais pas remarqué. À quoi ressemble une pirouette parfaite ? Montre-moi.

Obéissant à une pulsion incontrôlable, Emily exécuta un plié, enchaîna avec un petit saut et termina par une pirouette. Cela faisait des années qu'elle n'avait pas dansé ainsi. Pourtant, comme inscrits dans ses gènes, les mouvements lui étaient revenus naturellement.

— Quelle grâce exceptionnelle ! murmura Daniel.

Elle scruta son regard, s'attendant à y découvrir une lueur de moquerie, mais elle n'y vit qu'une admiration sincère.

— Tu veux bien recommencer ? Juste une fois, s'il te plaît.

— Je ne suis pas certaine de..., balbutia-t-elle, soudain gênée.

C'est alors que le bruit d'un choc suivi d'un cri de douleur survint en provenance de la scène. Emily se précipita, Daniel sur ses talons. Un groupe s'était agglutiné autour d'une jeune danseuse effondrée par terre.

— Écartez-vous, s'il vous plaît, ordonna Daniel. Laissez-la respirer.

— Que s'est-il passé ? s'enquit Emily.

— Ainslee est tombée de là-haut, expliqua une adolescente en indiquant un cerceau suspendu à plus de trois mètres au-dessus du sol. Je ne comprends pas, nous avons répété cette figure une dizaine de fois sans problème.

Deux femmes visiblement affolées arrivaient en courant.

— Sans doute la mère et l'entraîneuse, dit Emily entre ses dents à l'intention de Daniel.

— Procède à l'examen. Moi, je me charge de les rassurer.

La jeune fille était consciente et gémissait, ce qui était plutôt bon signe. Emily sortit sa lampe stylo médicale de sa poche et braqua le faisceau vers les pupilles de l'adolescente. Elle ne nota aucune anomalie. Parfait. Tout en poursuivant l'examen, elle entendait l'échange entre Daniel et les deux femmes.

— Est-ce qu'elle va bien ? demanda l'une d'elles d'une voix angoissée. Je suis sa mère. Son père va me tuer quand il apprendra l'accident. Il refuse que notre fille exécute ce genre d'acrobaties sans filet, mais Ainslee a tellement insisté que nous avons fini par céder.

— Je suis sûr que tout va s'arranger pour le mieux, répondit Daniel d'un ton apaisant.

— Se pourrait-il que le cerceau soit mal fixé ? s'interrogea l'entraîneuse. Le machiniste a pourtant vérifié la fixation à plusieurs reprises.

— C'est ma faute, gémit Ainslee. Ma main a glissé.

— Ne te préoccupe pas de ça pour le moment, lui enjoignit Emily. Essaie plutôt de te détendre, et voyons où tu as mal.

— Au poignet.

Emily nota un gonflement caractéristique au niveau de l'articulation.

— Évite de le bouger. Je pense qu'il est cassé.

— Que va-t-il se passer maintenant ?

Avec un sourire rassurant, Daniel s'accroupit à côté de la jeune fille.

— Le Dr Archer et moi-même allons te donner un médicament afin de faire désenfler ton poignet et de soulager la douleur. C'est l'affaire de quelques minutes. Ensuite, tu iras à l'hôpital pour une radio, et il faudra plâtrer.

— Un plâtre ! s'exclama Ainslee, jetant un coup d'œil angoissé en direction de sa mère. Combien de temps je vais devoir le garder ?

— Tout dépend de la gravité de la fracture, ce que la radio permettra de déterminer. En tout état de cause, il faut compter six à huit semaines.

De nouveau, la mère et la fille échangèrent un regard qui, pour Emily, en disait long et la mit mal à l'aise. Il y avait, d'une part, une jeune sportive souhaitant éprouver sa résistance physique jusqu'au bout ; de l'autre, une mère qui n'était pas loin de partager ce point de vue.

— Je pourrais peut-être continuer le championnat. Ce n'est pas une fracture du poignet qui m'empêchera de danser.

— Pour le moment, concentre plutôt tes efforts sur ta guérison, répliqua Emily.

— Le Dr Archer a raison, renchérit Daniel. Je sais qu'il s'agit d'une immense déception pour toi. Toutefois, la priorité, c'est de te rétablir.

— Pas question d'abandonner après tout ce que j'ai fait pour en arriver là, s'écria Ainslee d'un ton buté. Maman, s'il te plaît, dis-leur que je suis capable de continuer.

— Ainslee a travaillé très dur pour se préparer à cette compétition. Voilà des mois qu'elle ne vit que pour ça. N'existe-t-il pas un moyen pour qu'elle puisse danser sans trop souffrir ? Juste ces quelques semaines. Après, elle observera un repos complet.

En tant que spécialiste de la médecine sportive, Emily avait l'habitude d'être confrontée à ce genre de requête. Les athlètes blessés n'hésitaient pas à lui demander des analgésiques puissants pour surmonter leur handicap. Elle s'y refusait systématiquement.

Daniel, en revanche, paraissait surpris, et passablement mécontent, à en juger par le froncement de ses sourcils.

— Quel est le sens exact de votre question ? s'enquit-il assez sèchement.

— Notre médecin traitant, le Dr Stanek, a toujours accepté de prescrire à ma fille de quoi la soulager en cas de blessure. Il sait qu'elle connaît ses limites et qu'elle prend la danse très au sérieux. Elle sera anéantie si elle ne peut pas participer au championnat.

— J'aimerais bien avoir une petite conversation avec ce Dr Stanek qui, de toute évidence, a oublié les principes élémentaires qu'on nous enseigne à la faculté de médecine, répliqua Daniel. Pour ce qui me concerne, il est inenvisageable qu'Ainslee revienne dans la compétition avant au moins trois semaines.

Des protestations fusèrent parmi les adolescentes entourant la jeune fille, mais Daniel se montra inflexible.

— Une fracture du poignet n'est jamais bénigne. Aussi, madame, je vous invite à être solidaire de votre fille en l'aidant à surmonter sa déception, et non en abondant dans son sens.

— Je m'excuse, docteur. Vous avez raison. Jamais je ne risquerais la santé d'Ainslee pour une médaille. Il vaut mieux renoncer, ma chérie, ajouta la mère en s'adressant à sa fille. Il y aura d'autres championnats. Le plus important, à l'heure actuelle, c'est que tu te rétablisses le plus vite possible.

Emily sentit sa gorge se nouer. Cette scène lui en rappelait une autre, sauf que sa propre mère n'avait pas tenu le même discours. Après avoir essuyé un refus catégorique de la part du médecin, elle avait insisté pour qu'Emily se rende à son audition, malgré son état de fatigue. Celle-ci avait fini par céder et, une semaine plus tard, son genou lâchait.

Les larmes lui montèrent aux yeux. Elle s'empressa de détourner la tête. Pas assez vite cependant pour que Daniel ne remarque pas son émotion.

— Ça va ? chuchota-t-il tandis que la mère et la fille s'étaient lancées dans une joute verbale.

— Oui, répondit Emily, furieuse contre son émotivité.

— Sinon, je peux gérer la situation tout seul.

Le sourire qu'il lui adressa lui fit chaud au cœur. C'est alors qu'il prononça les mots qu'elle avait eu si souvent envie d'entendre, mais en lesquels elle doutait de croire un jour :

— Je suis là. Ne t'inquiète de rien.

4.

Daniel se demandait s'il ne devrait pas se lancer à la recherche d'Emily. Il y avait plus d'une heure qu'Ainslee et sa mère étaient parties à l'hôpital en ambulance et que les autres adolescentes avaient repris la répétition de leur nouvelle chorégraphie sans leur danseuse vedette. Depuis, la jeune femme n'était pas reparue, et Daniel commençait à s'inquiéter.

Bien qu'elle ait fait des efforts méritoires pour le cacher, il savait que quelque chose l'avait profondément heurtée. Elle avait eu beau détourner la tête, il avait vu les larmes embuer son regard. Pour quelle raison avait-elle réagi ainsi ? Il l'ignorait, mais il soupçonnait que l'échange un peu musclé avec la mère d'Ainslee avait touché une corde sensible.

Il s'étonnait encore qu'Emily ait fini par le laisser gérer la situation après la crise initiale. Il avait déjà eu l'occasion de constater à quel point elle s'investissait dans son métier. Il fallait que le choc émotionnel ait été rude, car elle n'était pas du genre à se défausser de la responsabilité d'un patient sur un confrère.

Quoi qu'il en soit, une fracture du poignet ne nécessitait pas la présence de deux médecins, et la jeune femme avait besoin d'un moment de solitude pour se ressaisir. Daniel trouvait néanmoins que ce moment s'éternisait. Peut-être n'osait-elle pas revenir parce qu'elle avait honte d'avoir craqué en public ? Le cas échéant, mieux valait la rassurer sur ce point.

Il voulait en avoir le cœur net. Après tout, ils avaient décidé d'avoir des rapports amicaux, proposition qui, aussi surprenante soit-elle, émanait de lui. Conscient de son attirance pour sa collègue, il s'était pourtant efforcé, ces derniers jours, de la chasser de ses pensées, l'évitant le plus possible. Un exercice d'autant plus pénible compte tenu du contexte. Aussi s'était-il résolu à mettre les choses à plat, et l'avait-il découverte dans les coulisses.

Le halo des projecteurs illuminait sa chevelure bouclée de reflets auburn. Son visage ravissant était comme transfiguré. La jeune femme semblait littéralement captivée par les danseurs évoluant sur scène. Quand lui ne voyait qu'un enchaînement de mouvements répété encore et encore, elle observait le spectacle d'un œil très différent. Sa concentration était telle qu'elle ne l'avait pas entendu approcher. Il aurait pu rebrousser chemin sans qu'elle s'en rende compte, mais il n'avait pas résisté à l'envie de savoir ce qui la fascinait tant.

Et lorsqu'il lui avait demandé d'exécuter une pirouette, il ne s'attendait pas à ce qu'elle accède à sa requête. Pourtant, Emily s'était prêtée au jeu avec une spontanéité presque émouvante. Alors il avait compris pourquoi, outre sa beauté, cette jeune femme plutôt discrète de nature captait l'attention dès qu'elle entrait quelque part. Elle avait un maintien sans doute dû à des années de pratique de la danse, mais aussi une grâce naturelle, une présence.

Trouverait-il les mots justes pour la réconforter ? Daniel avait parfaitement conscience de ne pas être doué pour gérer les émotions, celles d'autrui et encore moins les siennes. Si seulement il pouvait ressembler un peu plus à David sur ce plan ! Son frère, de six ans son aîné, avait toujours réussi à lui remonter le moral quand il avait le blues, le stimuler quand il doutait.

Tu manques de courage, se reprocha-t-il. *Ne te défile pas et va lui parler. Après tout, que risques-tu ? Si elle préfère rester seule, elle te le dira et tu t'éclipseras. Elle sera néanmoins sensible à cette main tendue.*

Il réfléchit à un prétexte susceptible de leur sauver la face en cas d'échec de sa démarche. Un chocolat chaud ! Il avait remarqué qu'Emily avait un faible pour cette boisson. Même si elle ne se sentait pas d'humeur à discuter, elle apprécierait à coup sûr cette délicate attention.

Il se rendit au distributeur de boissons puis, armé de ses deux gobelets, il partit à sa recherche. Il explora tout l'étage avant de la découvrir dans la salle de consultation située tout au fond du couloir. Elle était assise au bureau, prostrée, la tête dans les mains.

— J'ai pensé que cela te ferait du bien, déclara-t-il simplement en déposant le chocolat encore fumant devant elle.

Elle leva un regard reconnaissant vers lui. Elle avait les yeux rougis par les pleurs.

— Merci, murmura-t-elle. Désolée de t'avoir laissé te débrouiller tout seul.

— Pas de problème. La situation est sous contrôle, maintenant. La mère et la fille sont en route vers l'hôpital. En réalité, je m'inquiétais pour toi.

Elle but une longue gorgée. Ses mains tremblaient légèrement.

— J'ai honte. Je n'en reviens pas d'avoir craqué aussi facilement.

— Tu veux… en parler ?

— C'est gentil, mais je pense que tu as mieux à faire que de m'écouter m'épancher sur mon passé.

— Pas vraiment. La journée tire à sa fin, et, si cela peut te soulager, je ne demande pas mieux.

Sa sincérité l'étonna lui-même.

Comme en proie à une lutte intérieure, la jeune femme hésita un long moment.

— Ta conversation avec la mère d'Ainslee m'a bouleversée. C'est ridicule d'avoir surréagi à ce point.

— Pas toujours simple de trouver la bonne attitude face à des parents qui poussent trop leur enfant. Par chance, cela n'arrive pas souvent.

— Moi, cela m'arrivait tout le temps… Je pensais avoir

surmonté le problème. Mais quand la mère d'Ainslee t'a demandé de prescrire des antalgiques assez puissants pour permettre à sa fille de poursuivre le championnat, les mauvais souvenirs que je croyais pourtant profondément enfouis sont remontés à la surface.

— Je comprends. J'ignore ce que tu as vécu pour que cet incident te mette dans un tel état, mais je sais que notre rôle de médecin n'est pas toujours facile lorsque nous nous trouvons confrontés à l'irresponsabilité parentale.

— Il est néanmoins de notre devoir d'affirmer notre autorité vis-à-vis de nos patients. Or, c'est toi qui es intervenu tandis que moi, je restais pétrifiée, incapable de prononcer le moindre mot.

— Et alors ? Quelqu'un s'est interposé, c'est tout ce qui importe.

Son argument ne parut pas convaincre la jeune femme.

— Ce quelqu'un, ça aurait dû être moi, car je connais ce genre de situation. Ma mère en était une spécialiste. Pour obtenir des ordonnances d'analgésiques, elle était prête à tous les mensonges. Elle avait aussi le don de me culpabiliser, me répétant sans cesse que, sans l'argent que me rapportaient mes contrats, nous finirions à la rue. Alors je continuais, même si, par moments, j'avais conscience que mon corps n'en pouvait plus.

— Parvenait-elle à convaincre les médecins ?

— La plupart d'entre eux refusaient d'entrer dans son petit jeu. Toutefois, aucun ne s'est opposé à elle avec autant de fermeté que toi vis-à-vis de la mère d'Ainslee, de sorte que la mienne a continué. Pas une seule fois, je ne l'ai entendue dire que, ce qui comptait avant tout, c'était ma santé. Pas une seule fois.

Elle but une autre gorgée de chocolat chaud.

— Cela ne doit pas être facile pour toi de te retrouver dans cet environnement.

— En fait, cela se passe étonnamment bien… si l'on

exclut l'incident de cet après-midi. Même si je ne la pratique plus, la danse reste ma première passion, la seconde étant la médecine sportive.

— Quoi qu'il en soit, sache que tu n'es pas seule. Si un cas te pose problème parce qu'il te rappelle des événements que tu préférerais avoir oubliés, je m'en chargerai.

Il la vit se raidir.

— Pas question de donner aux autres membres de l'équipe l'impression que je ne suis pas à la hauteur.

— Il ne s'agit pas de ça. Je voulais juste te dire que tu peux te reposer sur moi si tu ressens le besoin de prendre un peu de recul.

— J'apprécie ton soutien, mais ce ne sera pas nécessaire. Une telle défaillance professionnelle ne se reproduira plus. Ma présence ici répond à un intérêt supérieur. Mon amie Izzie et moi avons quitté nos jobs à l'hôpital pour ouvrir notre propre cabinet, il y a quelques mois, et nous comptons sur ce championnat pour nous faire connaître.

— Félicitations ! Il faut du cran et une bonne dose de persévérance pour se lancer dans ce genre d'entreprise.

— Et un carnet de rendez-vous bien rempli pour la réussir, ce qui ne risque pas d'arriver si je flanche chaque fois que resurgit un mauvais souvenir. Or, ce n'est pas ce qui manque, me concernant, à Los Angeles.

— J'ai cru comprendre que tu ne portais pas trop cette ville dans ton cœur. Si ma mémoire est bonne, tu l'as évoqué le soir où nous nous sommes rencontrés.

Elle rit, ce que Daniel interpréta comme une victoire personnelle. Mais sa satisfaction fut plus grande encore de constater que l'humeur de la jeune femme ne s'était pas de nouveau assombrie à l'évocation de leur nuit. Il en conclut que, malgré son peu d'expérience dans ce domaine – ce n'était franchement pas le point fort dans sa famille –, il se débrouillait plutôt pas mal avec les conversations de nature émotionnelle.

— Grâce à toi, je me sens mieux, déclara Emily, lui en apportant la confirmation. Merci, Daniel.

— Je t'en prie. N'oublions pas que, même si nous n'en avons pas toujours conscience, le bonheur se trouve souvent à portée de main.

Sa remarque lui valut un regard noir.

— Dis-moi que je rêve ! J'ai dû mal entendre.

— Entendre quoi ? répondit-il en ouvrant de grands yeux innocents. Que le bonheur se trouve souvent à portée de main ?

Après l'épisode avec Reyes le premier jour, il n'avait pas pu résister à la tentation de chercher sur Internet des informations sur le personnage de Veronica Lawson. Il avait appris qu'à l'époque, il s'agissait d'une série culte chez les jeunes. Lui-même ne l'avait jamais regardée, mais il avait lu que la détective concluait chaque épisode ou presque par cette devise.

— Tu t'es renseigné sur le Net, avoue !

— Je plaide coupable.

— La curiosité est un vilain défaut, répliqua-t-elle avec un sourire amusé.

Puis, elle parut réfléchir avant d'ajouter :

— Et si nous sortions boire un verre ? Il est près de 18 heures, et il nous faudra un remontant un peu plus corsé qu'un chocolat chaud pour poursuivre cette discussion.

Désarçonné, il se contenta d'acquiescer.

Dix minutes plus tard, ils étaient attablés dans un bar animé de West Hollywood proposant une carte impressionnante de cocktails et de boissons bio.

— Curieux pour un bar de servir à la fois de l'alcool et des boissons diététiques. À mon sens, une telle offre diffuse un message contradictoire.

— Pas si curieux que ça. Pour avoir grandi à LA, je peux t'assurer que la majorité des habitants se répartissent en deux catégories : ceux qui s'évertuent à détruire leur santé et les partisans fanatiques d'une vie saine. Il n'y a pas de juste milieu et rien ne semble avoir changé en une décennie. Cet établissement cible ces deux clientèles.

Emily se demandait d'où lui était venue l'idée de cette sortie en compagnie de Daniel. Pourquoi ne s'était-elle pas contentée de remercier son confrère sans se risquer à un tête-à-tête ?

La réponse s'imposa d'elle-même : parce qu'elle ne voulait pas se retrouver seule, confrontée au tumulte de ses émotions. Voilà pourquoi ! Et la présence de cet homme qu'elle connaissait pourtant à peine l'apaisait.

Il s'était rendu compte qu'elle n'allait pas bien et il l'avait cherchée pour tenter de lui apporter du réconfort. Cette charmante attention lui avait fait chaud au cœur. Emily n'avait pas l'habitude que d'autres se soucient de son bien-être – excepté Izzie, bien sûr – et, sur le moment, elle n'avait pas su comment réagir. Pas question d'encombrer Daniel avec les mauvais souvenirs que lui avait laissés sa mère. Puis, sans crier gare, les mots lui avaient échappé et, contre toute attente, elle n'en avait conçu aucune gêne. Elle s'était même sentie soulagée. Izzie avait raison quand elle se tuait à lui répéter qu'elle n'avait pas à toujours assumer seule ses problèmes, que parler permettait de s'en libérer. Apparemment, Daniel partageait son opinion.

Celui-ci examinait la carte.

— C'est pratique. Ils proposent à la fois le poison et l'antidote. Il y a plein de boissons énergétiques pour soigner la gueule de bois. Du jus d'herbe de blé, par exemple. Je devrais peut-être en acheter une ou deux bouteilles en prévision de demain matin.

— Je ne crois pas que cela s'avérera nécessaire. À moins que tu espères noyer dans l'alcool un éventuel sentiment de culpabilité pour t'être renseigné sur mon compte.

— Désolé, répondit-il avec une grimace amusée. Je n'ai pas pu m'en empêcher.

— Pardon accordé ! D'autant qu'il n'y a rien de plus facile que de trouver ces vieilles séries sur Internet. Par ailleurs, tu n'as pas le profil du fan hystérique. Comme notre ami et confrère, le Dr Reyes.

— Il t'a encore importunée ? Veux-tu que je lui en touche un mot ?

— Pour quelle raison le ferais-tu ?

Sa franchise parut le désarçonner.

— Je pensais que, peut-être, mon aide te serait utile, répliqua-t-il d'un ton prudent.

— Je suis parfaitement capable de neutraliser cet ado attardé avant que son admiration dégénère en harcèlement.

Avec une moue dubitative, Daniel dégaina son téléphone portable.

— Tu es sûre ? Parce que le selfie qu'il a pris sans te demander ton avis circule sur tous les réseaux sociaux. Il suffit de taper ton nom dans n'importe quel moteur de recherche pour que la photo s'affiche à l'écran, et de nombreuses autres, d'ailleurs.

— Fais-moi voir.

Emily tendit la main en direction du portable de Daniel, avant de se raviser.

— Oh ! et puis non. Je m'en fiche. Il finira bien par se lasser. Tout cela, c'est de l'histoire ancienne. J'ai tourné la page.

— Je peux te demander quelque chose ? Qu'est-ce qui te plaisait dans le fait d'être une star ?

— À vrai dire, pas grand-chose. En réalité, je n'ai jamais été réellement une célébrité. Sauf pendant mon enfance, et encore.

— Il devait bien y avoir quelques aspects sympas.

— Sympas ? Je n'irais pas jusque-là. J'avais beaucoup de mal à me faire de vrais amis à l'école, parce que mes camarades de classe s'intéressaient surtout aux futurs épisodes des séries dans lesquelles je figurais. J'avais toujours une petite cour autour de moi, c'est vrai, mais je ne savais jamais si mon fan-club m'appréciait pour ma véritable personnalité ou pour les rôles que j'incarnais. Par ailleurs, je n'avais pas de temps libre pour m'amuser comme le faisaient les enfants de mon âge. Entre les tournages, les entraînements et les leçons à rattraper – je manquais souvent les cours –, je n'avais pas une minute à moi. À l'époque, heureusement, les gens ne se déchaînaient pas sur le Net comme aujourd'hui. Je crois que je ne l'aurais pas supporté.

— En ce qui me concerne, je préfère de loin le personnage de Veronica Lawson. Avec son gabarit poids plume et ses tenues affriolantes, Natasha n'est pas trop crédible comme chasseuse de loups-garous.

Emily se mit à rire. À l'époque, sa silhouette longiligne de danseuse cadrait mal avec le personnage.

— C'est grâce à son intelligence et à ses pouvoirs magiques qu'elle parvenait à terrasser les monstres, expliqua-t-elle au néophyte. Sa magie lui permettait également de se dispenser d'armure et d'affronter ses redoutables adversaires, vêtue simplement d'une minijupe et d'un *crop top*. Pour ne rien te cacher, l'arrêt de la série ne m'a pas affectée plus que ça.

— Je comprends. Quel monde superficiel ! Pas étonnant que tu en aies gardé des séquelles.

— Je te demande pardon ? Selon toi, j'ai des séquelles ?

— Bien sûr, répondit-il avec un sourire désarmant. Qui n'en a pas ?

— OK. Dans ce cas, quelles sont les tiennes ?

Il prit le temps de réfléchir avant de déclarer :

— J'ai des difficultés à m'engager.

— Première nouvelle !

Elle le vit froncer les sourcils.

— Pourquoi ce ton ironique ?

— Daniel, dois-je te rappeler ce que tu m'as dit au sujet de la nuit que nous avons passée ensemble ? Que tu n'y accordais pas plus d'importance qu'elle n'en méritait.

— J'ai vraiment été cash à ce point ?

— Oui, je le crains.

— Je te présente mes excuses.

— Je les accepte. D'autant plus que, moi aussi, j'ai probablement des difficultés à m'engager.

— Comment ça ?

— C'est moi qui ai suggéré que nous ne partagions aucune information personnelle. Mon problème vient sans aucun doute du fait que j'ai grandi à Hollywood, dans un environnement surfait où moins les gens en savent sur ta vie, moins ils ont de prise sur toi. En ce qui te concerne, quelles sont tes circonstances atténuantes ?

L'expression de Daniel s'assombrit.

— Durant mon enfance, j'ai été trimballé d'un pays à l'autre. Mon père faisait partie du corps diplomatique, de sorte que nous passions notre temps à déménager. Mon frère et moi avons fréquenté un nombre incalculable d'établissements scolaires un peu partout en Europe. Nous n'avions jamais l'occasion de nous lier d'amitié avec nos condisciples. Enfant, tu ne pouvais pas faire un pas dans la rue sans être reconnue, et cela t'empêchait de vivre normalement. Pour moi, c'était tout le contraire : j'étais… invisible. J'étais toujours le « petit nouveau » de la classe. À peine m'étais-je intégré à un groupe de copains qu'il me fallait repartir vers une destination inconnue. Nous avons déménagé si souvent qu'à la longue, j'en ai conclu que cela ne servait à rien de m'investir dans une relation amicale ou, par la suite, sentimentale. Alors, j'ai cessé tout effort de rapprochement.

Sur ce point, ils se ressemblaient. Emily avait le sentiment que, chaque fois qu'elle avait commencé à compter sur quelqu'un, cette personne lui avait fait faux bond. Elle s'était donc résolue à ne se fier qu'à elle-même.

— Tu ne portes pas Los Angeles dans ton cœur, ajouta

Daniel, mais toi, au moins, tu as une ville natale. Tu as des racines quelque part. Lorsqu'on m'interrogeait sur mes origines, je ne savais jamais quoi répondre. Quand tu as vécu partout, tu n'appartiens à nulle part.

— Si cette existence nomade t'a tellement déplu, pourquoi avoir continué à voyager ? Pourquoi ne pas avoir posé tes valises une bonne fois pour toutes ?

— C'est l'option qu'a choisie mon frère aîné, David. Il a six ans de plus que moi, et il a toujours été plus doué pour s'adapter. Il s'est installé à Costa Mesa car il appréciait le climat californien, et il y est resté parce qu'il a trouvé un job et une femme sur place. Moi, je ne fonctionne pas ainsi. Je ne veux pas élire domicile n'importe où. Je souhaite avoir une raison supérieure d'emménager dans un endroit et d'y construire un avenir. Et comme je ne l'avais pas encore trouvé, j'ai poursuivi mes pérégrinations. La donne a néanmoins changé récemment.

— Que s'est-il passé ?

— Blake Labarr a fait irruption dans ma vie. Trois kilos six cent cinquante grammes, cinquante et un centimètres.

Cette information fit à Emily l'effet d'une douche froide.

— Tu as un fils ?

— Non, un neveu. Il est né il y a quelques semaines. C'est vrai, ce que l'on dit au sujet des enfants : ils bouleversent réellement le cours de votre existence. À la seconde où j'ai posé les yeux sur Blake, j'ai su que mon mode de vie itinérant allait prendre fin sans tarder. À présent, je souhaite me fixer, peut-être pas en Californie, mais pas très loin, afin de pouvoir lui rendre visite régulièrement.

— Tu ne songes pas à fonder ta propre famille ?

Daniel secoua énergiquement la tête, comme si cette perspective l'effrayait au plus haut point.

— J'ai envie d'être un oncle à la hauteur. En revanche, la vie de famille, très peu pour moi. Je ne saurais pas comment m'y prendre. L'exemple parental m'a échaudé, je crois. Si

David, en tant que frère aîné, a toujours été là pour moi, je n'ai jamais eu à veiller, pour ma part, sur qui que ce soit. C'est bien ce qui me préoccupe concernant mes futures relations avec mon neveu.

— Ne t'en fais pas, tu t'en tireras à merveille. Je suis sûre que le petit Blake va adorer son tonton. Et puis, tu n'es pas le seul allergique à la vie de famille. Moi non plus, je n'envisage pas de fonder un foyer.

— Bizarre. J'ai pourtant eu l'occasion de constater que tu t'y prends très bien avec les danseurs les plus jeunes du championnat. Tu sembles même les attirer.

Elle ressentit un étrange pincement au cœur. Dans son esprit, la cellule familiale s'apparentait à une notion abstraite. Et pour cause ! Elle n'avait aucun modèle auquel se référer. Son père les avait abandonnées, et sa mère n'avait jamais assumé ses responsabilités. Emily avait appris à ses dépens combien il s'avérait pénible de gérer la situation quand les rôles s'inversaient.

Aussi avait-elle décidé depuis longtemps qu'elle n'aurait pas d'enfants. Pas question de risquer de leur imposer ce qu'elle-même avait vécu. Serait-elle capable de leur apporter tout l'amour dont ils auraient besoin pour s'épanouir ? Elle en doutait fortement. De toute façon, la question ne se posait pas, car, pour créer une famille, il fallait être deux. Or, jusqu'à présent, ses histoires sentimentales n'avaient jamais duré plus de quelques mois.

— J'aime les enfants, c'est vrai, admit-elle à regret, mais chez les autres. L'envie de maternité ne m'a jamais effleurée. J'aurais trop peur de commettre des erreurs, comme ma mère avec moi. Et même si je changeais d'avis, je partirais avec un sérieux handicap : cette fameuse difficulté à s'engager. Car, pour avoir une progéniture, il faut trouver un géniteur !

— Et moi qui commençais à te prendre pour une incorrigible romantique ! s'exclama Daniel en riant.

— Mon amie Izzie hurlerait de rire si elle t'entendait.

J'ai beau lui marteler que je ne crois pas en l'amour, elle s'évertue à vouloir me prouver le contraire en m'entraînant dans des guets-apens qui, invariablement, se soldent par un échec retentissant.

— Tu m'as l'air très convaincu.

— Je le suis, en effet. À quoi bon faire des plans sur la comète s'il manque l'élément essentiel pour forger un couple uni qui s'inscrive dans la durée ? Je préfère apprécier ce que j'ai plutôt que fantasmer à propos de ce que j'aurais peut-être pu avoir.

Elle vit le regard de Daniel se durcir.

— Une autre avant toi m'a tenu ce genre de discours. De toute évidence, elle non plus ne croyait pas en l'amour.

Emily avait conscience que la discussion avait pris un tour un peu trop intime. Elle ne put cependant s'empêcher de demander :

— Et toi, tu y crois ?

Il marqua un temps d'hésitation avant de répondre :

— Non, pas pour moi en tout cas. David semble heureux en couple, mais sa relation avec sa femme s'appuie sur du concret. Ils partagent la même philosophie, et sont aussi pragmatiques l'un que l'autre. Est-ce cela qu'on appelle l'amour ? Je n'en sais rien.

— Et pourtant ça marche.

— Oui. Ils s'entendent parfaitement et sont très complices. Il a eu de la chance de rencontrer l'âme sœur. Tout le monde ne l'a pas. J'espère que ma vision des choses ne te paraît pas trop cynique.

Emily ne voyait aucun cynisme dans les propos de Daniel. Plutôt un réalisme qui s'apparentait au sien. Elle en avait plus qu'assez des films et des romans à l'eau de rose véhiculant un message mensonger. Le scepticisme de cet homme au sujet du sentiment amoureux la rassurait, lui prouvant qu'il n'appartenait pas à cette catégorie de beaux parleurs aussi prompts à faire de grandes déclarations qu'à trahir leur parole. Elle se sentait plus à l'aise avec lui qu'avec tous ceux qui avaient croisé son chemin jusqu'ici.

— Si j'avais su que notre discussion deviendrait aussi philosophique, j'aurais commandé plusieurs cocktails d'un coup, déclara-t-elle sur le ton de la plaisanterie.

— Tu veux que j'aille te chercher un autre verre ?

— Non. J'ai plutôt envie de te montrer mon endroit favori à LA.

5.

Le soleil commençait à projeter une lueur dorée au-dessus des palmiers bordant l'avenue lorsqu'ils atteignirent l'entrée de Griffith Park. Emily marchait si vite que, malgré ses longues jambes, Daniel devait presser le pas pour ne pas se laisser distancer.

— Est-ce vraiment nécessaire de courir ? s'enquit-il.

— Oui. Dépêche-toi, sinon nous allons le rater.

— Rater quoi ?

— Le coucher de soleil. Et l'occasion d'assister à un spectacle rare et féerique. J'adorais le contempler.

— Tiens, il y a donc une chose que tu aimes dans cette ville ? J'ai hâte de voir !

— Dans ce cas, accélère l'allure ! répliqua-t-elle du tac au tac, ignorant délibérément la pique. Pourquoi n'y ai-je pas pensé plus tôt ? C'était pourtant l'un de mes coins préférés, le soir.

Il leur fallut une vingtaine de minutes pour gravir un sentier assez raide qui serpentait parmi les buissons de sauge et les chênes. À mesure qu'ils grimpaient, l'énorme dôme coiffant l'édifice blanc de style Art déco se distinguait de mieux en mieux.

— Est-ce le but de ce marathon ?

— Exact. Il s'agit de l'observatoire Griffith. Le meilleur endroit de tout Hollywood pour admirer les étoiles… ou le coucher de soleil, si nous ne traînons pas.

Lorsqu'ils atteignirent le sommet de la colline, quelques

touristes profitaient des derniers rayons du soleil, devant l'entrée du bâtiment. Emily ne ralentit pas.

— Viens, dit-elle, en prenant la main de Daniel et en l'entraînant à sa suite. Il n'y a pas une minute à perdre.

Elle le conduisit jusqu'à la terrasse, son poste d'observation favori. Elle avait toujours pensé que ce lieu était empreint de magie. Il exerçait sur elle un effet apaisant quand, en dehors des périodes de pic touristique, elle venait s'y réfugier, fuyant la pression et les responsabilités que sa mère lui imposait depuis son plus jeune âge. Lorsque son regard embrassait le panorama – le quartier de Hollywood Hills, les gratte-ciel vertigineux, les artères animées en contrebas qui étendaient leurs tentacules jusqu'à l'océan –, elle avait l'impression de se trouver propulsée dans un monde sans limite. Elle s'imaginait déployant ses ailes et prenant son envol, libérée de toute entrave.

Certains jours cependant, l'horizon était un peu bouché. L'océan ne se montrait que par temps clair. Aujourd'hui, des nuages duveteux réduisaient la visibilité, mais qu'à cela ne tienne : le soleil couchant les parait de teintes incendiaires.

— C'est magnifique ! s'exclama Daniel, visiblement impressionné. Dire que j'ai séjourné à Los Angeles à plusieurs reprises et que je n'ai jamais eu l'idée de visiter cet endroit.

— Adolescente, j'y venais souvent. J'aimais sa sérénité.

Curieux qu'elle n'ait pas songé plus tôt à effectuer ce petit pèlerinage. Depuis son retour à LA, soit plus d'une semaine, elle s'était laissé assaillir par les mauvais souvenirs et elle avait occulté les bons. Or, malgré ses défauts, cette métropole gigantesque ne manquait pas d'attrait, et Emily y avait aussi vécu des moments agréables.

Le déclic dans sa mémoire avait été provoqué par la pointe de nostalgie dans le ton de Daniel quand celui-ci avait évoqué sa frustration de n'être originaire de nulle part. Qu'elle le veuille ou non, ses racines se trouvaient ici.

Du coin de l'œil, elle remarqua que Daniel la dévisageait

en souriant. Ce sourire craquant auquel elle avait tant de mal à résister. Elle garda obstinément son regard braqué vers le ciel. Pas facile de rester de glace en compagnie d'un collègue aussi séduisant ! Finalement, c'était aussi bien qu'ils commencent à se lier d'amitié. Plus vite elle s'habituerait à ce sourire dévastateur, plus vite elle s'immuniserait contre ses effets.

— À quoi penses-tu ? lui demanda celui qui occupait son esprit.

Pas question de lui livrer le fond de sa pensée ! Elle opta pour un demi-mensonge.

— Au fait que je n'avais encore jamais emmené quelqu'un ici.

— Je suis très honoré d'être le premier à bénéficier de ce privilège.

Emily songea que la magie des lieux opérait moins que lorsqu'elle était ado… et seule. La présence de Daniel la troublait. Partager ce lieu avec lui n'était sans doute pas la meilleure idée qu'elle ait eue pour se défaire de son attirance pour lui. D'autant plus que le cadre se prêtait davantage à une escapade en amoureux qu'à une balade entre amis…

— Tu es bien silencieuse. Quelque chose ne va pas ?

Cet homme se révélait d'une perspicacité redoutable. Elle ne le connaissait que depuis peu, mais il avait un don pour lire en elle, pour sonder son âme. En général, les gens posaient cette question par pure convenance et s'accommodaient d'une réponse positive tout aussi standard, ce qui lui permettait de rester évasive. Pas lui.

Elle saisit le premier prétexte qui lui vint à l'esprit.

— J'ai un peu froid.

Ce qui n'était pas totalement faux. Le soleil s'était caché derrière les nuages et une brise s'était levée.

Aussitôt, il ôta son blouson d'aviateur en cuir bleu marine et le lui posa sur les épaules.

— Oh ! il ne fallait pas, se récria-t-elle, embarrassée.

— Si, enfile-le. Moi, je n'en ai pas besoin.

Elle se garda d'insister. Le col sentait bon l'after-shave, un parfum très masculin d'amande et de citron. Elle apprécia d'autant plus la chaleur du vêtement quand le soleil eut disparu à l'horizon, laissant place à la fraîcheur vespérale. Malgré l'obscurité qui envahissait le paysage, ils demeurèrent sur la terrasse de l'observatoire, tandis que les derniers visiteurs désertaient les lieux.

Daniel respectait son silence. Leur proximité ravivait le souvenir de leur unique nuit. Emily ne parvenait pas à oublier la sensation des mains de Daniel sur sa peau, la façon dont elles avaient fait vibrer son corps, le bien-être qu'elle avait ressenti lorsqu'elle s'était autorisée, un bref instant, à nicher sa tête au creux de son épaule. Ce genre d'intimité ne cadrait pas avec une aventure sans lendemain. Pourtant, elle lui avait procuré un sentiment de sécurité qu'elle n'avait éprouvé avec aucun autre.

Elle se demanda si Daniel pensait aussi souvent qu'elle aux merveilleux moments qu'ils avaient partagés. Probablement pas. Elle avait souhaité que leurs rapports restent de nature professionnelle, et il s'était plié à sa volonté, avec sans doute un peu trop d'empressement.

— Tu es certaine que ça va ?

— Oui… C'est juste que je me sens fatiguée. Nous devrions rentrer.

— Déjà ? Tu ne veux pas attendre l'apparition des étoiles ?

Si, bien sûr, elle aurait préféré prolonger cet instant, mais elle savait que la contemplation de la voûte céleste n'était pas sa principale raison. Pour son propre équilibre, mieux valait regagner leur hôtel et finir la soirée chacun dans sa chambre.

Tu perds les pédales, ma pauvre fille, se dit-elle. *Tu n'intéresses pas Daniel, si ce n'est en tant qu'amie. Regarde dans quel état vos ébats te mettent. Inutile d'en rajouter.*

Il suffisait de tenir bon pendant un peu moins de cinq semaines. Une fois leur mission terminée, leurs routes se sépareraient. Elle retournerait à Denver, et lui irait Dieu sait où.

Quand ils reprirent le chemin pour rejoindre la grille du Griffith Park, il faisait presque nuit noire. Seule la faible lueur de la lune éclairait la voie, les lampadaires restant éteints à dessein afin de permettre aux passionnés d'astronomie d'observer les astres sans pollution lumineuse.

Emily s'apprêtait à mettre Daniel en garde contre un virage en épingle à cheveux particulièrement rocailleux lorsqu'elle le vit déraper sur les cailloux. Instinctivement, elle tendit la main pour le retenir. Ensuite, tout se passa très vite. Ils perdirent l'équilibre tous les deux et glissèrent dans la pente jusqu'à ce qu'un arbre stoppe leur chute. Daniel la serrait dans ses bras pour la protéger. Elle se retrouva allongée sur lui.

Le souffle court, Emily s'efforça de reprendre ses esprits et de se repérer dans l'obscurité. Un exercice d'autant plus ardu qu'elle sentait le corps musclé de Daniel sous le sien et l'étau de ses bras.

— Rien de cassé ? s'enquit-il d'un ton inquiet.

— Non, je ne crois pas. Et toi ?

— A priori, rien non plus, mais dans cette position, difficile de s'en assurer.

Elle tenta de se redresser. Impossible, il la maintenait toujours prisonnière.

— Il faudrait que tu me lâches, dit-elle à voix basse. À moins que tu aies envie de passer la nuit à la belle étoile.

— En effet, murmura-t-il sans desserrer son étreinte pour autant.

Ignorant délibérément la voix de la raison qui lui dictait de se libérer, Emily s'abandonna contre lui et appuya son visage au creux de son épaule.

— Daniel ? chuchota-t-elle au bout d'un moment.

— Oui ?

— J'ai réfléchi à notre discussion au sujet de l'amour et du fait que nous n'y croyons ni l'un ni l'autre.

— Et ?

— Il semble que nous soyons tous deux plus enclins à profiter de l'instant présent sans faire de plans sur la comète.

— Es-tu en train de suggérer que nous mettions cette devise en pratique *maintenant* ?

Elle ne pouvait discerner son expression, mais elle sentait qu'il avait soudain retenu son souffle.

— Pourquoi pas ? répondit-elle, surprise par sa propre audace.

Elle n'eut pas le loisir de s'étonner davantage, car Daniel tourna la tête vers elle et s'empara de sa bouche. Alors, elle ne pensa plus qu'à ce baiser. La langue de Daniel força le barrage de ses lèvres, et ce fut une explosion de sensations à la fois douces et excitantes. S'il n'avait tenu qu'à elle, ce moment aurait pu durer une éternité, mais il fut brutalement interrompu par un gémissement.

Elle s'écarta aussitôt et, cette fois, il ne tenta pas de la retenir.

— Qu'y a-t-il ?

Il se redressa à son tour.

— Bon sang ! À tous les coups, je me suis tordu la cheville.

— Je peux jeter un coup d'œil ? Enfin, façon de parler, parce qu'avec cette fichue obscurité, je ne verrai pas grand-chose. En revanche, la palpation permettra de m'assurer qu'il ne s'agit pas d'une fracture.

— Inutile. C'est une entorse, j'en suis sûr.

Il émit un juron.

— C'est douloureux à ce point ?

— C'est surtout que cela tombe franchement mal.

— Ou pas, répondit-elle, évasive.

— Ah, dit-il d'une voix qui trahissait de la peine. Et moi qui pensais que nos relations évoluaient dans le bon sens ! J'ai pris mes désirs pour des réalités. Désolé.

— C'est justement pour cela qu'il vaut mieux nous arrêter pendant qu'il est encore temps. Nous travaillons ensemble, et si nous devenons beaucoup plus que des collègues, la situation risque de très vite se compliquer.

Il poussa un soupir qui ressemblait fort à de la frustration.

— Tu as raison. Cela ne se reproduira pas, je te le promets.

Quelle perspective déprimante !

Se reprochant de ne pas savoir ce qu'elle voulait, Emily se leva et tendit les deux mains. La priorité, c'était de rentrer à l'hôtel pour soigner Daniel.

— Tu crois que tu arriveras à poser le pied par terre ?

— Je vais essayer.

Acceptant l'aide qu'elle lui proposait, il parvint difficilement à se mettre debout. Ils aperçurent alors un solide bâton qu'un visiteur avait abandonné en bordure de chemin.

Ils se mirent en route. Ils progressaient lentement, Daniel prenant appui d'une main sur sa canne de fortune, et de l'autre, sur les épaules d'Emily, laquelle avait glissé le bras autour de sa taille pour le soutenir davantage.

— N'hésite pas à t'appuyer sur moi. Je suis plus robuste que je n'en ai l'air.

— Dommage que nous ne puissions pas compter sur les pouvoirs magiques de Natasha.

— Tu devras te contenter d'Emily. La bonne nouvelle, c'est que je détiens un avantage par rapport à la chasseuse de loups-garous.

— Quoi donc ?

— Un diplôme de médecine. Tu as froid ? Tu veux récupérer ton blouson ?

— Pas question ! Tu as la gentillesse de me servir de béquille, je te dois bien ça.

Ils finirent par rejoindre l'avenue longeant le parc. Emily héla un taxi qui les conduisit à leur hôtel.

— À présent, je peux me débrouiller, déclara Daniel, dans l'ascenseur.

Elle fronça les sourcils. Elle ne se voyait pas retourner dans la chambre de Daniel, mais les circonstances l'exigeaient. La blessure pouvait se révéler plus grave qu'ils ne l'imaginaient.

Elle devait en avoir le cœur net. Ensuite seulement, elle lui ficherait la paix.

— Je t'accompagne. Deux avis médicaux valent mieux qu'un.

La fermeté de son ton et la détermination de son regard coupèrent court à toute éventuelle protestation.

Une fois dans la chambre, Daniel se dirigea à cloche-pied vers son lit et s'assit lourdement sur le bord du matelas.

— Je t'assure que ce n'est pas nécessaire. Moi aussi, je suis médecin, et je sais bander une cheville.

— Je n'en doute pas, mais je tiens à m'assurer de mes propres yeux qu'il s'agit bien d'une entorse. Par ailleurs, je me sens responsable de ce qui t'est arrivé. Si je ne t'avais pas emmené à l'observatoire, rien de tout cela ne se serait produit.

Joignant le geste à la parole, elle entreprit de délacer la chaussure de Daniel.

— Emily…

Sa façon de prononcer son prénom la troubla tout autant que son sourire.

— Ce n'est la faute de personne. Et puis, je ne regrette pas d'y être allé. Grâce à toi, j'ai découvert un endroit enchanteur.

Elle tira une chaise et s'assit en face de lui.

— Donne-moi ta jambe. Décidément, les médecins font les pires patients, ajouta-t-elle en le voyant hésiter.

Il finit par s'exécuter et, avec des gestes précautionneux, elle acheva de le déchausser, puis retira la chaussette. La cheville et le dessus du pied étaient enflés et commençaient déjà à bleuir. Elle palpa délicatement le tendon d'Achille et le bas du mollet.

— Il s'agit bien d'une foulure. Tu vas avoir mal pendant quelques jours. Ménage ta cheville, mais veille à poser le pied par terre de temps en temps pour stimuler la circulation du sang.

— Je sais comment m'y prendre, grommela Daniel. N'oublie pas que, moi aussi, j'ai fréquenté une faculté de médecine.

— Dans ce cas, tu sais également qu'il faut surélever ta jambe, répliqua Emily, sans tenir compte de son accès d'humeur. Et maintenant, allonge-toi. Je vais placer un oreiller sous ton pied.

— Ma parole, tu me dorlotes comme un gamin !

— Cesse de ronchonner. Tu as un anti-inflammatoire ?

— Oui, dans ma mallette médicale, sur le bureau. Tu y trouveras aussi des bandes et une poche de froid instantané.

Elle revint avec le nécessaire et lui tendit deux comprimés d'ibuprofène qu'il avala. À peine eut-elle fini de lui bander la cheville qu'il se redressa.

— Hé, reste couché !

Elle pressa la poche de froid pour l'activer, puis l'appliqua sur la zone à traiter.

— Beau travail ! déclara Daniel. Je souffre déjà beaucoup moins.

— Ce n'est pas une raison pour t'agiter. Étends-toi, s'il te plaît.

Contre toute attente, il obtempéra sans protester. Emily déposa le flacon d'anti-inflammatoire et un verre d'eau sur la table de chevet.

— Prends deux cachets si la douleur te réveille durant la nuit. Sinon, demain matin.

Maintenant qu'elle avait rempli son rôle d'infirmière, il était temps pour elle de le laisser se reposer. Elle ne pouvait cependant se résoudre à quitter cette chambre où elle s'était donnée à lui, le soir de leur rencontre, quand il n'était encore qu'un inconnu et était censé le rester. La tentation était grande de poursuivre leur étreinte inachevée dans le parc.

Impossible. À sa demande, Daniel avait promis de ne plus chercher à l'embrasser, et encore moins à la toucher. C'était à n'y rien comprendre ! Comment pouvait-elle souhaiter une chose et son contraire ? D'ordinaire, elle savait exactement ce qu'elle voulait, et la raison l'emportait toujours, *a fortiori* sur sa libido.

— Merci, murmura-t-il en lui prenant la main.

— De t'avoir entraîné dans cette mésaventure ?

— De m'avoir fait découvrir un endroit que tu affectionnes particulièrement.

L'intensité de son regard ravivait le désir qu'elle s'évertuait à refouler depuis leur première nuit. Alors, ce fut plus fort qu'elle. Elle se pencha et posa ses lèvres sur les siennes. Comme s'il craignait qu'elle se ravise, il emprisonna son visage entre ses mains. Leur baiser fut doux, langoureux, et ce fut lui qui l'interrompit.

— Crois-tu que ce soit une bonne idée ? s'enquit-il d'une voix légèrement rauque.

— Sans doute pas, chuchota Emily avec un sourire mutin avant de l'embrasser de nouveau.

Leurs bouches soudées l'une à l'autre, elle n'opposa aucune résistance quand il l'attira contre lui. Elle perdit l'équilibre et bascula sur le lit.

— Oh ! pardon ! Je ne t'ai pas fait mal ? Tu veux qu'on arrête ?

— Jamais de la vie !

Et, comme pour confirmer ses dires, il s'empara de ses lèvres avec fougue tout en déboutonnant son jean qu'il fit glisser, avec le sous-vêtement, le long de ses hanches.

Emily s'écarta légèrement pour finir de les enlever. D'un geste impatient, elle expédia ses vêtements sur le sol. Pendant ce temps, Daniel avait défait la ceinture de son pantalon. À force de contorsions, il réussit à le baisser jusqu'aux genoux, ainsi que son caleçon, libérant son sexe dont la dureté témoignait de l'ardeur de son désir.

— Bon sang, grommela-t-il. Je n'y arriverai pas si tu ne viens pas à mon secours.

Elle ne se fit pas prier.

— Maintenant, viens sur moi.

Il glissa les mains sous le T-shirt d'Emily. Elle ne put réprimer un gémissement quand ses paumes effleurèrent sa poitrine encore prisonnière de la dentelle. Il dégrafa son soutien-gorge. Une seconde plus tard, elle était entièrement nue, à genoux au-dessus de lui. Il la contempla et, sous la caresse de son regard admiratif, elle frémit d'impatience.

— Comme tu es belle !

Une onde de chaleur l'envahit quand il fit courir ses doigts le long de sa gorge, puis sur ses seins dont les pointes se hérissèrent, provoquant une délicieuse crispation au creux de son ventre qui se mua en une décharge électrique lorsque, l'attirant vers lui, il les happa entre ses lèvres et les titilla du bout de la langue.

D'une main fébrile, Emily entreprit de déboutonner la chemise de son amant. Elle mourait d'envie de se coller contre son torse, de sentir sa peau contre la sienne, de s'imprégner de son parfum.

Ce qu'elle ressentait était très différent de la fois précédente, parce que, désormais, elle connaissait cet homme, et cela changeait tout. Elle appréciait toujours autant son physique, peut-être plus encore, mais elle était tout aussi séduite par son caractère, par sa personnalité et son intelligence. Il s'était créé entre eux une sorte de complicité et de respect mutuel qui contribuaient à rendre ce moment plus intime que lors de leur première rencontre.

Les yeux mi-clos, Emily le vit tendre le bras vers le tiroir de sa table de nuit et en sortir une pochette carrée.

— Aide-moi.

Excitée par l'érotisme de la scène, elle déchira l'emballage et enfila le préservatif. Ce fut au tour de Daniel de laisser échapper un gémissement.

Il enserra sa taille, la guidant tandis qu'elle l'introduisait en elle. La sensation fut si intense qu'elle dut faire un effort colossal pour ne pas exploser. D'une lenteur délibérée, les mouvements de leurs hanches s'accordèrent, leurs deux corps bougeant à l'unisson, en une danse intemporelle. Cambrée,

Emily ne pensait à rien d'autre qu'au plaisir qu'elle donnait et qu'elle recevait.

À mesure que celui-ci montait, le rythme s'accéléra jusqu'à ce que, soudain, les spasmes de l'orgasme les saisissent et les transportent vers les sommets de l'extase. Ensemble, ils crièrent leur jouissance.

Lorsqu'elle revint à la réalité, elle était plaquée contre le torse de Daniel. Les battements désordonnés de son cœur faisaient écho au tambourinement du sien. Elle roula sur le côté et, lovée entre ses bras, elle nicha son visage au creux de son cou.

— J'en ai rêvé toute la semaine, murmura-t-il, le nez dans ses cheveux.

— Moi aussi.

Elle sourit en son for intérieur. N'était-ce pas là un aveu que leurs premiers ébats avaient finalement compté plus qu'il ne voulait l'admettre ? Pour autant, leur liaison n'était pas appelée à durer. Il ne s'agissait pas d'une histoire d'amour, mais de l'attraction entre deux êtres majeurs et consentants qui, ni l'un ni l'autre, n'avaient envie de s'engager.

Daniel la serra plus fort contre lui, et elle ressentit un immense bien-être.

Elle décida de profiter du moment présent. Ils auraient tout le temps de parler demain matin. Car, cette fois, elle n'avait pas l'intention de s'éclipser aux premières lueurs de l'aube.

6.

Emily se faufila hors du lit en prenant soin de ne pas réveiller Daniel. Elle avait besoin de se mettre quelque chose sous la dent. Depuis quelques jours, elle présentait les symptômes du syndrome prémenstruel. Or, avec la force de l'habitude, elle avait découvert qu'en se calant l'estomac, elle supportait mieux les crampes.

Elle s'habilla en silence, puis se dirigea tout aussi discrètement vers la porte de la chambre, comme la première fois, à une différence près : elle emportait la clé magnétique de la chambre afin de revenir aussitôt son petit déjeuner expédié. Elle ne s'absenterait pas longtemps et comptait bien être de retour avant que l'alarme du téléphone portable de Daniel, réglée exceptionnellement sur 7 h 30, le tire d'un sommeil réparateur.

Il devait absolument se reposer afin de se remettre de son entorse. Or, la nuit n'avait pas été de tout repos…

Emily ne put réprimer un sourire au souvenir de leurs ébats. La situation risquait de se compliquer, mais tant pis, elle ne regrettait rien. Qui plus est, elle n'avait pas à se sentir coupable vis-à-vis d'Izzie. Son amie lui avait clairement signifié qu'elle devait profiter des opportunités s'offrant à elle. Emily n'avait fait que suivre son conseil avisé !

Tandis que, seule à cette heure matinale dans la salle à manger de l'hôtel, elle attendait que le serveur lui apporte sa commande, elle réfléchissait. Impossible cette fois d'esquiver la conversation avec Daniel. Il leur fallait discuter ensemble des conséquences de leurs actes et décider de la conduite à tenir à la suite de ce nouveau « dérapage ». Ce qui supposait de déterminer ce qu'ils représentaient l'un pour l'autre, si tant est que la question se posât en ces termes.

La veille au soir, il lui avait expliqué qu'il ne recherchait pas une histoire durable. Elle avait apprécié sa franchise, et n'en avait eu que plus confiance en lui. Des hommes aspirant prétendument à une relation de longue durée, elle en avait rencontré plus d'un. Au bout de quelques rendez-vous, ils avaient disparu de la circulation ! Elle avait fini par comprendre qu'en réalité, ils lui tenaient le discours que, selon eux, toute femme avait envie d'entendre.

Daniel, en revanche, s'était montré on ne peut plus clair sur ses projets d'avenir. Il souhaitait se trouver une maison, mais pas partager son existence avec une compagne. Elle non plus n'envisageait pas de fonder un foyer. Elle avait déjà déniché un lieu où elle se sentait chez elle, à Denver. Elle avait des amis, venait d'ouvrir avec son associée leur propre cabinet, et cela lui suffisait. À présent, elle menait une vie régulière plutôt sécurisante. Elle avait atteint son objectif initial : ne pas reproduire le schéma qu'elle avait connu durant son enfance et son adolescence. Son unique ambition, dorénavant, était d'ordre professionnel. Qu'aurait-elle pu souhaiter de plus ?

Il y avait longtemps qu'elle avait fait une croix sur l'idée de construire quelque chose de stable avec un homme. Et pour cause ! Ses déboires l'avaient échaudée. Les rares fois où elle avait cru éprouver un sentiment amoureux, l'idylle avait tourné court. Il y avait eu celui qui prônait l'union libre, mais pour qui le concept de liberté s'appliquait surtout quand il avait des vues sur d'autres ; celui qui, à l'en croire, adorait partager ses soirées avec elle et organisait des sorties au restaurant ou dans des bars à cocktails branchés, sachant qu'elle devait toujours régler l'addition ; ou encore celui qui, au bout d'un mois d'une relation passionnelle, avait quitté l'appartement d'Emily au petit matin après avoir délesté son portefeuille des 400 dollars qu'il contenait…

Cette succession d'échecs l'avait persuadée qu'elle ne rencontrerait jamais « l'homme de sa vie », parce qu'il n'existait pas et que tel était son destin. Aussi s'était-elle résignée à un célibat qui, somme toute, lui convenait assez bien.

Et si, parfois, il lui arrivait encore de rêver de fonder une famille, elle s'empressait de revenir à la réalité, aussi pathétique soit-elle. L'exemple édifiant de ses parents l'avait dissuadée de se lancer dans une telle aventure. De toute façon, elle n'était pas douée pour ça.

Cela tombait bien : Daniel n'avait nullement l'intention d'approfondir leur relation. Une chance pour elle car, outre un physique d'apollon, il avait tout ce qu'il fallait pour qu'elle tombe raide dingue de lui. D'ordinaire, plus elle connaissait son partenaire, plus les mauvais points s'accumulaient. Avec Daniel au contraire, plus elle le découvrait et plus elle lui trouvait de qualités, la première étant qu'il jouait franc-jeu.

Elle ne dérogerait cependant pas à sa sacro-sainte règle : tenir la gent masculine à distance, du moins sur le plan sentimental. Pas question de s'exposer à souffrir, d'autant plus que – elle le sentait confusément – le Dr Labarr avait le potentiel pour faire voler en éclats sa belle philosophie.

En revanche, si le cœur restait en dehors de l'équation…

Une idée commença à germer dans son cerveau. Emily ignorait comment Daniel réagirait à sa proposition, mais plus elle y réfléchissait, plus elle se convainquait que cette solution pouvait marcher.

Jetant un coup d'œil à l'écran de son téléphone, elle constata qu'elle s'était attardée beaucoup plus que prévu. Si Daniel s'était réveillé entre-temps, il devait se demander où elle était passée. Sans doute en avait-il conclu qu'elle avait fui, comme la première fois. Elle se leva d'un bond et se dirigea vers l'ascenseur.

La sonnerie de l'alarme arracha Daniel à un sommeil pesant. Désorienté, il ouvrit péniblement les yeux. En apercevant derrière les rideaux les premiers rayons du soleil, il se souvint qu'il avait réglé le réveil de son téléphone portable sur 7 h 30. D'ordinaire, il se levait une heure plus tôt. Une douleur lancinante à la cheville lui remémora aussitôt les événements de la veille. Son entorse le faisait encore souffrir, mais beaucoup moins qu'hier soir. Tout ça, grâce à Emily.

Emily...

Daniel se redressa et, par acquit de conscience, tourna la tête vers la place à côté de lui. Vide. Il palpa le drap froissé. Froid. La jeune femme avait déserté le lit depuis un moment. Il éprouva un étrange pincement au cœur. La nuit dernière, il avait eu le sentiment qu'après maintes hésitations, ils avaient fini par se rapprocher. Quelle naïveté ! Une fois encore, elle s'était éclipsée.

Sa réaction ne l'étonnait qu'à moitié. Emily était pleine de contradictions. Parfois, elle paraissait si vulnérable et, l'instant d'après, elle affichait une détermination farouche, sans doute acquise à force de n'avoir jamais pu compter que sur elle-même. Le fait d'avoir grandi sous les feux de la rampe, dans un monde de requins et sans personne pour la protéger, l'avait forcément marquée.

Il songea à leur conversation, au bar. Elle semblait se plaire beaucoup à Denver où elle avait manifestement trouvé ce que lui cherchait encore : un chez-soi. En revanche, ils avaient un point commun : une méfiance instinctive à l'encontre de toute attache sentimentale. Pour une raison qu'il ne s'expliquait pas, la froide lucidité de la jeune femme à l'égard de l'amour le perturbait.

Avec un soupir, Daniel repoussa la couette. Après les moments d'intimité qu'ils avaient partagés cette nuit – si sa mémoire ne lui faisait pas défaut, « érotisme » était un terme plus juste pour qualifier ce qu'ils avaient vécu ensemble ! –, il avait espéré se réveiller à ses côtés et évoquer la suite de leur liaison. Car, il fallait se rendre à l'évidence, il s'agissait désormais d'une liaison et non plus d'une aventure d'un soir.

Dans quelles dispositions était-elle ce matin ? Cette question revenait en boucle dans son esprit. Elle était d'autant plus importante qu'il leur restait un peu plus d'un mois à se fréquenter, professionnellement du moins. Mais pourquoi le préoccupait-elle autant ? Peut-être parce qu'à un moment donné de la conversation d'hier, Emily lui avait rappelé Sofia, quand elle avait déclaré : « Je préfère apprécier ce que j'ai plutôt que fantasmer à propos de ce que j'aurais peut-être pu avoir. »

Sofia s'était exprimée de la même manière, ou presque, lorsqu'elle lui avait signifié qu'elle le quittait. À l'époque, il n'était encore qu'un adolescent, et la blessure avait cicatrisé depuis longtemps. Il avait pourtant retenu la leçon et continuait de l'appliquer dans ses rapports avec les femmes. S'il ne pouvait avoir plus que des liaisons sans lendemain, autant en profiter pleinement plutôt que s'évertuer à chercher le grand amour qui, manifestement, n'était pas fait pour lui. Tout bien réfléchi, cette philosophie valait aussi pour d'autres aspects de sa vie. Jusqu'à présent, il avait été incapable de trouver un endroit qui le séduise assez pour l'inciter à poser ses valises, raison pour laquelle il avait préféré exercer son métier sur des paquebots de croisière.

Un jour, il avait essayé d'expliquer sa vision des choses à David. Son frère lui avait rétorqué que c'était complètement absurde et fataliste, et que, s'il ne se donnait pas les moyens d'obtenir ce qu'il souhaitait vraiment, il n'avait à s'en prendre qu'à lui-même, parce que rien ne vous tombait tout cuit dans le bec.

Un cliquetis interrompit le cours de ses pensées. Peu après, Emily se matérialisa devant lui. Elle tenait un mug de café à la main.

— J'espérais être de retour avant que tu te réveilles.

J'avais une petite faim et je suis descendue prendre mon petit déjeuner. Je t'ai monté un café.

Daniel prit la tasse qu'elle lui tendait. Il éprouvait un étrange soulagement. Elle était revenue.

— Pourquoi me regardes-tu avec cet air ?

— Quel air ?

— Un air surpris. Tu croyais que j'avais de nouveau filé à l'anglaise ?

— Possible, admit-il. Je suis heureux que ce ne soit pas le cas, cette fois.

— Cette fois, c'est différent, non ? Nous avons appris à nous connaître. Nous sommes collègues, amis ou presque, et…

Cherchant visiblement le qualificatif approprié, elle eut un geste de la main qui englobait le lit aux draps froissés, les deux oreillers collés l'un à l'autre… et lui, torse nu.

— Amants ? suggéra-t-il prudemment. Il me semble que nous devrions avoir une petite conversation à ce sujet.

Elle lui offrit un sourire qui lui parut un peu triste.

— Nous aurions sans doute mieux fait de l'avoir avant de nous laisser déborder par la situation.

Était-ce ainsi qu'elle voyait les choses ? Pour sa part, il reconnaissait que la passion l'avait emporté sur tout le reste. Incapable de maîtriser sa libido, il avait lâché prise, ce qui ne lui était encore jamais arrivé.

— Tu regrettes ? s'enquit-il.

— Absolument pas. Et toi ?

— Moi non plus. En revanche, j'ai une inquiétude.

Il vit ses traits se crisper.

— Laquelle ?

— Je voudrais éviter de te faire du mal… si jamais tu attendais de moi ce que je ne suis pas en mesure de te donner.

— J'imaginais que notre discussion d'hier soir t'aurait rassuré sur ce point.

— Je souhaite simplement en avoir le cœur net, insista-t-il, se remémorant l'expression de vulnérabilité qu'il avait surprise par moments sur son visage.

— Justement, j'ai une idée à te soumettre.

— Une idée ?

La jeune femme inspira profondément. Elle paraissait nerveuse tout à coup. Il lui prit la main pour l'encourager à poursuivre.

— Supposons que nous… tirions au maximum parti du mois qu'il nous reste.

— C'est-à-dire ?

— Tout porte à croire que nous avons, l'un comme l'autre, beaucoup apprécié cette nuit. Du moins, c'est mon cas… et j'espère qu'il en va de même pour toi.

Cette confidence fit naître en lui une curieuse émotion.

— C'est aussi le mien. Quand tu proposes de « profiter au maximum du mois à venir », suggères-tu que nous acceptions la situation, quitte à ce que les événements d'hier se répètent ?

Une formulation alambiquée, mais qui offrait à Emily une échappatoire si elle préférait se rétracter. Toujours ce fichu besoin de la protéger !

Il sentait sa main menue trembler légèrement dans la sienne, signe de nervosité malgré son apparente détermination.

— Si tu en as envie, bien sûr. Sachant qu'au terme de notre mission, nos chemins se sépareront.

Il n'aurait pu rêver mieux. Pas de promesses, ni de grandes déclarations, mais une complicité naissante et une forte attirance physique qu'ils assouviraient sans arrière-pensées. Ils disposaient de plus de quatre semaines pour se découvrir. Ensuite, chacun repartirait de son côté, elle pour rentrer à Denver, lui pour rejoindre une destination qu'il n'avait toujours pas choisie. Ainsi, personne ne risquait d'être déçu ou blessé. La solution idéale pour elle comme pour lui. Il ne pouvait qu'y adhérer ! Il lui fallait néanmoins s'assurer une dernière fois qu'ils étaient bien sur la même longueur d'onde.

— Tu es sûre de toi ? Il s'agit d'un changement considérable par rapport à notre accord initial selon lequel nos rapports se limitaient à la sphère professionnelle.

Elle éclata d'un rire qui trahissait encore une pointe de nervosité.

— A priori, ni toi ni moi n'avons réussi à le respecter.

Il déposa un baiser au creux de sa paume à la peau si douce.

— Je trouve ta proposition géniale. Nous profiterons de la compagnie l'un de l'autre et, dans quelques semaines, nous nous quitterons en bons termes.

Elle acquiesça.

— C'est l'idée. Et ce qui se passe à LA reste à LA !

— Qu'entends-tu exactement par « ce qui se passe à LA » ?

Elle lui adressa un sourire mutin.

— Et si, au lieu de te l'expliquer en détail, je te montrais ?

— Là, maintenant ?

— Oui. Pourquoi attendre ?

Daniel ne se fit pas prier. Il l'attira à lui.

La démonstration fut magistrale…

Plus Emily passait de temps avec Daniel, plus elle se félicitait de leur récent arrangement.

Pour sa part, elle n'y trouvait que des avantages. Une semaine ou presque s'était écoulée depuis, et ses journées se partageaient entre un travail enrichissant et des sorties nocturnes distrayantes. Sans oublier les nuits…

Elle s'étonnait elle-même du plaisir qu'elle éprouvait à redécouvrir sa ville natale. À mesure qu'elle l'explorait en compagnie de Daniel, elle la voyait de plus en plus sous un nouveau jour. Elle avait toujours su, bien sûr, que cette mégapole tentaculaire ne se résumait pas à une succession d'immeubles aux façades anonymes et de chaînes de magasins, mais il y avait des années qu'elle s'en était détournée. Or, Los Angeles avait un charme indéniable, surtout quand elle la visitait avec Daniel…

Peut-être que le fait d'avoir sillonné le monde depuis sa plus tendre enfance avait ancré en lui le virus du tourisme. Au début, Emily l'avait emmené voir les endroits qu'elle fréquentait durant son adolescence puis, très vite, elle avait jugé plus intéressant de découvrir ensemble des lieux plus récents. Au cours des dix dernières années, une nouvelle génération de restaurants et de salles de concert avait ouvert ses portes, de sorte qu'ils avaient l'embarras du choix. Leurs soirées se terminaient invariablement dans la chambre d'hôtel de Daniel.

Pour éviter de cruelles déceptions, Emily avait toujours observé une distance prudente vis-à-vis de ses partenaires, ce qui expliquait vraisemblablement ses échecs répétés. Avec Daniel, il en allait différemment. Elle n'avait pas à se soucier de trop s'attacher à lui puisque, quoi qu'il advienne, chacun savait que leur relation prendrait fin en même temps que leur mission.

Tout aurait donc été pour le mieux dans le meilleur des mondes s'il n'y avait pas eu ce doute qui ne la quittait pas. Cela avait commencé par quelques désagréments sans importance, mais les symptômes du syndrome prémenstruel se manifestaient depuis un bon moment, sans que ses règles apparaissent. Elle n'y avait pas prêté attention outre mesure, ayant souvent un ou deux jours de retard. Par ailleurs, ses activités quotidiennes accaparaient son esprit… jour et nuit. Ses menstruations se faisaient néanmoins beaucoup plus attendre que d'habitude, et les signes annonciateurs persistaient.

Elle ne s'en était pas alarmée jusqu'à ce qu'un compliment d'Helen, l'une des infirmières de l'équipe, sème le doute. Emily était intervenue, à la demande d'Helen, auprès d'une patiente, une adolescente de quatorze ans qui s'obstinait à nier une douleur au genou par peur d'être éliminée de la compétition. Emily avait réussi à lui faire entendre raison, lui expliquant que plus tôt le problème serait traité, moins elle risquait l'exclusion.

— Vous savez très bien vous y prendre avec les plus jeunes, avait commenté Helen. J'imagine que ce talent, vous le devez à l'expérience.

— Je suppose. J'ai effectué plusieurs stages dans des unités pédiatriques durant mes études.

— Je ne pensais pas à ça. En réalité, je me demandais si vous aviez des enfants.

— Moi, des enfants ? Grand Dieu, non ! s'était-elle récriée.

C'est alors qu'une question insidieuse avait surgi dans son cerveau : à quand remontaient ses dernières règles ? Plus de quatre semaines, avait-elle calculé mentalement.

Se pourrait-il qu'elle soit enceinte ?

Elle avait aussitôt rejeté cette hypothèse complètement absurde. Daniel et elle avaient pris leurs précautions. Pourtant, depuis cet échange, une vague incertitude demeurait.

Bon nombre de femmes confondaient les signes préliminaires de la grossesse avec les symptômes prémenstruels.

Pour la énième fois, elle les passa en revue. Mis à part ces douleurs sporadiques au bas-ventre, elle ne ressentait rien d'anormal : pas d'hypersensibilité aux odeurs, ni de tension particulière au niveau de la poitrine.

Cesse un peu de psychoter ! songea-t-elle. *Cinq ou six jours de retard, et te voilà dans tous tes états.*

S'il y avait bien une chose que sa formation universitaire lui avait enseignée, c'est que le corps réagit de façon très différente d'un individu à l'autre. Quelques crampes et une absence d'écoulement sanguin pouvaient avoir plusieurs explications. Inutile donc de tirer des conclusions hâtives en envisageant le pire des scénarios ! Tout médecin digne de ce nom le savait.

Tout médecin digne de ce nom effectuerait un test de grossesse pour en avoir le cœur net, lui souffla une petite voix intérieure.

Emily ne pouvait que lui donner raison. Si une patiente présentant des symptômes semblables aux siens était venue la consulter, elle lui aurait d'emblée prescrit un test afin de vérifier l'hypothèse de la grossesse. Dans son cas, cependant, le risque était quasi nul. Elle en avait l'intime conviction.

— Dans ce cas, se dit-elle à voix haute sur le ton du défi, qu'as-tu à craindre ?

Elle empoigna son sac à main et se rendit d'un pas décidé à la pharmacie située au rez-de-chaussée du palais des sports. Par chance, les tests étaient en libre-service. Emily régla son achat à une caisse automatique pour ne pas avoir à affronter le regard entendu d'une vendeuse. Elle fut soulagée de ne croiser aucun collègue.

De retour à l'étage des salles de consultation, elle se dirigea tout droit vers les toilettes des femmes et s'enferma dans une cabine. Assise sur la cuvette, elle entreprit d'ouvrir l'emballage d'une main fébrile, avant d'interrompre son geste. La présence d'une tache de sang venait de lui confirmer qu'elle n'était pas enceinte. Inutile donc de procéder à une vérification. Ses règles avaient fini par se déclencher.

À moins qu'il s'agisse d'un saignement d'implantation ? Non, c'était fort peu probable. Elle avait toujours eu un flux inversement proportionnel à l'intensité de la dysménorrhée. Par ailleurs, à part un certain retard, elle ne présentait aucun symptôme de grossesse. Jugeant son comportement ridicule, elle fourra la boîte dans son sac à main. Cet après-midi, elle avait expérimenté les hauts et les bas typiques de l'ascenseur émotionnel, et c'était entièrement sa faute. Comment avait-elle pu laisser son imagination s'emballer à ce point ?

Mais ce qui la surprenait plus encore, c'était sa réaction ambiguë, car, à la terreur que lui inspirait l'idée d'attendre un bébé, s'était mêlé un sentiment plus inattendu : une lueur d'espoir. Comme si la fibre maternelle qu'elle s'était toujours employée à ignorer s'était réveillée en elle, et, durant un bref instant, Emily avait fantasmé à la perspective d'entourer ce petit être qui n'avait pas demandé à venir au monde de tout l'amour que sa propre mère ne lui avait jamais prodigué.

Une révélation qui venait ébranler sa conviction de ne pas vouloir d'enfant. A priori, celle-ci n'était pas aussi solide qu'elle le prétendait.

Et dire qu'il y avait une heure à peine, elle se targuait de partager avec Daniel l'absence d'envie de fonder une famille !

À présent, elle allait devoir gérer cette nouvelle donne. Elle se rassura en songeant qu'elle n'avait qu'à recourir à sa bonne vieille technique consistant à enfouir si profondément les désirs qu'elle ne pouvait assouvir qu'elle finissait par les oublier.

Du moins, c'était ce qu'elle croyait jusqu'à maintenant...

Emily se rhabilla et sortit de la cabine. Elle se lavait les mains quand une question s'imposa à son esprit. À quoi bon conserver ce fichu test qui ne lui servirait à rien ?

Elle décida de s'en débarrasser. Pourquoi pas dans la poubelle des toilettes ? Ainsi, personne ne saurait à qui il appartenait. Elle s'apprêtait à mettre son projet à exécution quand la porte des sanitaires s'ouvrit brusquement.

— Ah, docteur Archer, justement je vous cherchais ! s'exclama la secrétaire médicale. Désolée de vous déranger, une patiente vous attend. Je lui ai proposé de consulter un autre médecin, mais elle ne souhaite parler qu'à vous. Elle a particulièrement insisté.

— J'arrive.

Après le départ de l'assistante, Emily poussa un soupir de soulagement. Il s'en était fallu de peu que la jeune femme la surprenne en flagrant délit. Elle décida de garder le test pour le moment au fond de son sac jusqu'à ce qu'elle trouve un endroit sûr où le jeter... et ses rêves idiots par la même occasion.

7.

Daniel souleva le bébé du couffin. Il se sentit fondre devant le sourire de son neveu. Le sourire étant suivi d'une régurgitation, il se dépêcha toutefois de confier le nourrisson à son père.

— J'ai pris le coup de main, déclara David, un lange sur l'épaule.

Il tapota le dos de Blake tandis que Daniel s'étonnait de la vitesse à laquelle son neveu avait grandi en l'espace de quelques semaines.

David était un oncologue très respecté par le personnel du CHU où il travaillait. Daniel se demandait parfois si les métiers qu'ils avaient tous deux choisis avaient été une façon de se démarquer de leurs parents en œuvrant pour le bien d'autrui au lieu de suivre l'exemple paternel.

Daniel n'avait jamais bien compris la carrière de son père. Jusqu'à ce qu'il atteigne l'âge adulte, il croyait que le travail de ses parents consistait essentiellement à inviter à dîner des personnalités riches et célèbres. Plus les convives étaient connus et avaient de dollars sur leurs comptes en banque, mieux ils étaient traités. Ses parents n'avaient pas caché leur surprise en apprenant que leur fils aîné souhaitait étudier la médecine, et ils avaient réagi de la même manière vis-à-vis du cadet, six ans plus tard. Dans leur esprit, le choix professionnel de leur progéniture tenait du caprice, et non de la vocation.

La maison de David à Costa Mesa offrait un contraste saisissant avec le cadre dans lequel les deux frères avaient grandi. L'endroit était chaleureux et accueillant, mais montrait clairement qu'il hébergeait un jeune couple débordé et un bébé. Il y avait des jouets et des peluches dans le salon, et la vaisselle de la veille traînait dans l'évier. Il arrivait d'ailleurs souvent à Daniel de mettre un peu d'ordre pour soulager son frère et sa belle-sœur, Trina. Rien de commun avec les lieux où ils avaient vécu durant leur jeunesse. À l'époque, une armée de domestiques se chargeait des tâches ménagères, obéissant au doigt et à l'œil à une maîtresse de maison qui nourrissait une obsession quasi maniaque de la propreté. Aucun nouveau visiteur n'aurait pu deviner que les lieux hébergeaient aussi deux jeunes garçons.

Blake brandit son poing minuscule en direction de son oncle. Daniel ne se lassait pas de s'émerveiller devant l'énergie de ce petit être si vulnérable et pourtant si vigoureux.

— Nous sommes ravis que tu songes à arrêter tes pérégrinations et à poser tes valises, déclara David. Même si ce n'est pas dans la région de Los Angeles, tu pourras nous rendre visite régulièrement. Et puis, nous n'aurons plus besoin de nous inquiéter parce qu'il y a une alerte ouragan ou que ton paquebot a été dérouté vers le Mexique pour cause d'urgence médicale.

— Cela ne s'est produit qu'une seule fois.

— Peut-être, mais juste pendant les vacances de Noël ! Ce sera tellement plus pratique quand, pour venir nous voir, il te suffira de réserver un billet d'avion, ou de monter dans ta voiture – dans l'hypothèse où tu emménagerais en Californie. Trina et moi préférerions que tu n'habites pas trop loin de chez nous.

— Je sais, mais… je ne suis pas sûr de me plaire en Californie.

— Tu plaisantes ! La mer, la montagne… Que te faut-il de plus ?

Daniel se perdit dans ses pensées, lesquelles le ramenèrent à Emily. Cela se produisait de plus en plus souvent depuis quelques jours… Il n'avait encore jamais rencontré quelqu'un qui avance dans la vie avec une telle détermination. Cette méthode avait plutôt réussi à Emily. La jeune femme semblait avoir trouvé sa place à Denver. Il l'enviait.

— Je ne veux pas me fixer n'importe où, répondit-il enfin. Je souhaite m'installer quelque part où ma présence comptera, quelque part où des gens auront besoin de moi.

— Dans ce cas, ne cherche plus, tu as trouvé ton port d'attache ! s'exclama David en riant. Regarde autour de toi, frérot, c'est un véritable capharnaüm, ici. Si maman voyait ça, elle en ferait une attaque.

— Contrairement à elle, tu n'as pas une vingtaine d'employés de maison sous tes ordres. Je vous adore, Trina et toi, cependant je doute que mes compétences en matière de ménage soient à la hauteur de vos attentes.

— Je ne parlais pas de ça ! J'essayais juste de te dire que, pour nous, « ta présence compte » pour reprendre ton expression.

— C'est gentil, merci. Quoi qu'il en soit, je ne peux passer mon temps à calquer mon existence sur celle de mon grand frère. Tu as toujours été un modèle pour moi. C'est d'ailleurs en grande partie pour cette raison que j'ai, moi aussi, embrassé une carrière médicale. Ne te vexe pas, mais il est nécessaire à un moment donné de couper le cordon. Et puis, j'ai envie que ce petit bonhomme me considère comme l'oncle rigolo, qu'il soit tout excité à la perspective de ma visite. Si j'habite trop près de chez vous, je deviendrai impliqué dans les aspects sérieux de son éducation ; cela me paraît inévitable. Or, c'est une trop grosse responsabilité pour moi.

David leva les yeux au ciel.

— Décidément, tu n'as pas changé d'un iota ! J'en viens même à me demander si tu seras capable de te débarrasser du virus de la bougeotte. Entre les croisières, les championnats de danse et autres compétitions sportives, tu mènes une existence encore plus nomade que lorsque nous étions enfants.

Daniel lui adressa une grimace dépitée.

— Tu n'as pas tort. Moi aussi, je me pose des questions. Après tout, je n'ai connu que ça. Je ne suis pas certain de me faire à une vie sédentaire. Comment t'y es-tu pris, toi ?

— Tu t'habitues. Surtout dans un lieu où tu te sens chez toi, ce qui ne m'était encore pas arrivé. Il faut dire que les demeures où nous avons habité avec nos parents ressemblaient plus à des musées !

Une description parfaitement juste, songea Daniel.

Leur mère ne remarquait jamais s'ils avaient l'air triste, fatigué ou contrarié après une mauvaise journée à l'école. Leurs humeurs et leurs états d'âme passaient complètement inaperçus. En revanche, elle ne manquait pas de repérer que tel bibelot trônant sur la cheminée du salon avait été déplacé d'un quart de centimètre !

Daniel ne put réprimer un sourire amusé en imaginant la réaction de leurs parents s'ils voyaient tous ces jouets éparpillés un peu partout.

Cela ne risquait pas de se produire, puisqu'ils avaient coupé les ponts avec leur fils aîné quand il avait jeté son dévolu sur une jeune femme qui, selon leurs dires, appartenait à une classe sociale bien inférieure à la leur. La famille de Trina n'avait pas assez de patrimoine pour mériter leur sympathie, et ils ne s'étaient pas privés de clamer haut et fort qu'ils considéraient cette union comme une mésalliance. Ils avaient même menacé David de le déshériter s'il s'obstinait à convoler en justes noces, menace qu'ils avaient ensuite mise à exécution. S'ils s'étaient un tant soit peu intéressés à la personnalité de leur fils aîné, ils auraient su qu'un tel argument n'aurait aucun effet sur lui.

Sa décision de se marier avec Trina envers et contre tout avait beaucoup impressionné Daniel, et creusé le fossé entre ce dernier et ses parents. Il avait proposé à son frère de partager son futur héritage – à supposer qu'il ne se retrouve pas lui aussi déshérité.

— Ne t'inquiète pas pour nous, avait répondu David. Nous n'avons pas besoin de ce fric. Je gagne suffisamment ma vie pour que nous n'ayons pas à dépendre de quiconque. Par ailleurs, nul ne sait ce qu'ils feront de leur fortune plus tard.

Une fois de plus, il avait raison. Connaissant leurs parents, il n'était pas complètement farfelu d'imaginer que, du jour au lendemain, ils décident de léguer leurs biens à l'une des nombreuses galeries d'art ou organisations politiques qu'ils soutenaient déjà financièrement. Après tout, cet argent leur appartenait et ils avaient le droit d'en disposer à leur guise. Daniel s'en fichait éperdument. D'autant plus que leur richesse n'avait pas contribué à les rapprocher de leurs fils, mais au contraire à les en éloigner.

Ainsi, pas une seule fois ils n'avaient rendu visite à David, même après la naissance de Blake, se privant du plaisir de rencontrer leur petit-fils. Pour Daniel, leur entêtement et leur égocentrisme dépassaient l'entendement.

Malgré les conséquences familiales de sa décision, il semblait que David ne l'ait jamais regrettée. En le voyant avec son fils dans les bras, Daniel comprit que son frère avait tout ce à quoi il aspirait : non seulement une maison et une famille, mais l'amour.

— Je peux te poser une question ? Comment savais-tu que tu rêvais de cette vie-là ?

— En réalité, je savais surtout que je ne voulais pas commettre les mêmes erreurs que nos parents, lesquels ont assuré notre confort matériel sans nous témoigner beaucoup d'affection. Bien sûr, je n'avais pas conscience de ce que cela supposerait au quotidien : les nuits d'insomnie, le chaos au moment des repas, la difficulté à gérer un emploi du temps complètement chamboulé par l'arrivée d'un petit bonhomme ayant des exigences bien à lui. Mais ces contraintes sont minimes, comparées au bonheur de devenir père.

Daniel hésita quelques secondes, ignorant comment formuler sa question suivante, plus intime.

— Et *quid* de l'amour ? finit-il par s'enquérir.

— C'est-à-dire ?

— Penses-tu qu'il existe ?

Son frère éclata d'un rire moqueur.

— N'en suis-je pas l'exemple vivant ? Tu as devant toi un mari heureux et un père comblé. Évidemment, si tu questionnais nos parents à ce sujet, tu obtiendrais une réponse très différente ! Papa déclarerait qu'il s'avère impossible de vérifier la véracité d'un concept aussi abstrait, et maman, que fonder une relation sur l'amour est illusoire et qu'il vaut mieux miser sur les points communs au sein du couple, à commencer par le statut social.

Il le fixa alors d'un regard inquisiteur.

— Il me semble néanmoins que l'objet de ta question était tout autre. Ce qui t'intéresse, en fait, c'est d'évaluer si, oui ou non, tu peux, *toi aussi*, rencontrer l'amour, un jour. Désolé, frangin, mais tu es le seul capable de répondre à cette interrogation.

David resta silencieux un moment avant d'ajouter :

— Pourquoi me le demandes-tu maintenant ?

— Parce que la naissance de Blake m'incite à réfléchir.

— Ne me prends pas pour un imbécile !

— Pardon ?

— Y a-t-il quelqu'un dans ta vie dont tu aurais omis de me parler ?

Daniel s'apprêtait à protester, mais il se ravisa. Il venait de se rendre compte que l'arrivée de son neveu n'avait rien à voir avec le sujet qui le préoccupait. En réalité, la personne en cause, c'était Emily. Pour une raison qu'il ne s'expliquait pas, sa relation avec la jeune femme commençait à ébranler bon nombre de ses convictions.

— Il y a effectivement quelqu'un, avoua-t-il à contrecœur.

— Je le savais !

— Ne t'emballe pas ! Ce n'est pas ce que tu crois. Ni elle ni moi n'envisageons un avenir commun.

— Vraiment ? Dans ce cas, je m'étonne de ton intérêt soudain pour l'amour.

— Intérêt purement théorique.

— Le rationnel n'entre pas en ligne de compte, et la théorie encore moins. L'amour, tu le ressens dans ton cœur, dans tes tripes, dans ton âme. C'est un sentiment qui te transcende, sur lequel tu n'as aucune prise. Il ne s'agit pas d'une équation à résoudre. Il ne te prive d'aucune liberté. Au contraire, il t'éveille au vrai sens de la vie.

Daniel ne s'attendait pas à une telle envolée lyrique de la part de son frère, d'ordinaire plus mesuré dans ses propos. Pour sa part, il ne concevait pas que l'amour puisse exister sans engendrer des attentes ou des obligations, donc des responsabilités et le risque non négligeable de ne pas se montrer à la hauteur.

Songeur, il contempla le marmot qui gigotait dans les bras de son père en lui adressant des sourires enjôleurs. Il se réjouissait sincèrement du bonheur de David et craquait complètement devant cet enfant, mais de là à en avoir un à lui, il y avait un pas qu'il ne serait jamais prêt à franchir. En revanche, il serait toujours là pour son neveu. Il l'aiderait de son mieux à grandir, le protégerait et le guiderait si nécessaire. Il assumerait son rôle d'oncle, mais non, décidément, il ne se sentait pas taillé pour celui de père.

Mis à part sa frayeur passagère concernant une hypothétique grossesse – ce dont elle ne parlerait jamais à l'intéressé, bien entendu –, Emily appréciait de plus en plus la compagnie de Daniel. Ils avaient consacré plusieurs soirées à se promener dans Los Angeles et elle se réjouissait à la perspective de leur prochaine virée ensemble.

La journée de travail tirait à sa fin, et elle se préparait à partir quand un coach fit irruption. Il était accompagné de trois jeunes danseuses, deux d'entre elles soutenant la troisième qui avait manifestement des difficultés à marcher.

— Que se passe-t-il ?

— Je l'ignore, répondit l'entraîneur. Hannah était en train de répéter sur la scène principale lorsqu'elle a eu un étourdissement. Tout à coup, ses jambes ont cédé sous elle, comme si elles ne pouvaient plus supporter son poids.

Emily les pria d'asseoir l'adolescente sur une chaise.

— Moi non plus, je ne me sens pas très bien, avoua une seconde danseuse.

Un signal d'alarme retentit aussitôt dans la tête d'Emily. Elle demanda au coach d'aller chercher une chaise supplémentaire dans le box de consultation voisin.

Hannah était écarlate et des gouttes de sueur perlaient à son front.

— J'ai envie de vomir, murmura-t-elle d'une voix plaintive.

— Tiens, utilise ça en cas de besoin, dit Emily en lui tendant une cuvette qu'elle gardait à cet effet.

Notant la respiration saccadée de la jeune fille, elle tâta son pouls, plus rapide que la normale.

— As-tu des vertiges ?

— Oui, et très mal à la tête.

Sa camarade semblait elle aussi sur le point de s'évanouir. Emily s'apprêtait à prendre la température des deux adolescentes quand deux autres, visiblement affaiblies, se présentèrent à la porte. Elle leur ordonna de s'asseoir par terre dans le couloir, sa minuscule salle de consultation affichant déjà complet. Du coin de l'œil, elle aperçut Daniel qui approchait à grandes enjambées.

— C'est l'hécatombe dans l'auditorium principal, annonça-t-il. Les danseurs tombent comme des mouches. Je ne comprends pas ce qui se passe. J'ai pensé à une fuite de gaz, mais les coachs et les parents ne souffrent d'aucun symptôme.

Elle remarqua que, malgré l'air conditionné, il transpirait abondamment.

— Il fait chaud là-bas ?

— Un vrai four.

— S'il s'agit d'une répétition générale, je suppose que les danseurs ont revêtu leurs costumes et que tous les éclairages sont allumés.

— Mais bien sûr ! s'exclama Daniel. Comment n'y ai-je pas pensé plus tôt ? C'est certainement un coup de chaleur. D'autant plus qu'il doit faire pas loin de 35 °C dehors.

— Exact. Combien dénombre-t-on de malades ?

— Au moins une vingtaine. Il vaudrait sans doute mieux les rapatrier ici afin que nous puissions les soigner.

— À mon avis, non. Ils vont encombrer le couloir et les box, et nous ne saurons plus où donner de la tête. Il est préférable qu'ils restent rassemblés sur scène. Va vite demander au technicien d'éteindre toutes les rampes de spots. De mon côté, je rassemble le matériel nécessaire et je te rejoins.

Tandis que Daniel repartait au pas de course vers l'auditorium, Emily sollicita l'aide du coach et des infirmières qui s'occupaient des malades dans le couloir. Ensemble, ils rassemblèrent toutes les poches de glace qu'ils purent trouver ainsi que des ventilateurs brumisateurs et des serviettes humides. Un quart d'heure plus tard, le plateau plongé dans la pénombre s'était transformé en une salle d'urgences, les danseurs étendus à même la scène, entourés de serviettes fraîches et mouillées.

Les heures qui suivirent s'écoulèrent dans une sorte de tourbillon. Faute de symptômes marqués, les coups de chaleur survenaient souvent brutalement. Pas étonnant que ces sportifs de haut niveau, rompus à des exercices physiques exigeants, n'aient pas repéré les signes annonciateurs. Emily et Daniel s'activaient en tous sens, allant d'un malade à l'autre, distribuant de l'eau, contrôlant les pouls et renouvelant les poches de glace pour les plus atteints.

La soirée était bien avancée quand ils autorisèrent les jeunes à regagner leurs hébergements respectifs. Épuisée, mais satisfaite, Emily s'assit à son tour par terre, le dos calé contre une paroi du décor. Elle ne pouvait s'empêcher d'éprouver une certaine fierté car ils avaient réussi à prévenir toute complication. Daniel la rejoignit et s'accroupit à côté d'elle.

— Ça va ? Ils te doivent une sacrée chandelle.

— Ils *nous* doivent, rectifia-t-elle.

— C'est toi qui as identifié la nature du problème. Moi, je songeais plutôt à une fuite de gaz ou à une intoxication alimentaire.

Elle le remercia d'un sourire las.

— Et c'est toi qui as coordonné les opérations en veillant à rassembler tout le monde au même endroit et à ce que les parents et les coachs se rendent utiles. Sinon, imagine un peu le bazar !

Quelques-uns de leurs collègues vinrent la féliciter pour son sang-froid et son efficacité, ce qui lui fit chaud au cœur. Elle avait gagné le respect de ses pairs. Une excellente chose pour la réputation du cabinet ; Izzie serait aux anges.

Tout à coup, elle eut l'impression de recevoir un uppercut dans l'estomac et saisit Daniel par le bras.

— Qu'y a-t-il ?

Incapable de prononcer un mot, elle pointa l'index vers la porte d'entrée.

— Emily ! Qu'y a-t-il ? insista Daniel dont le ton trahissait une vive inquiétude. On jurerait que tu as vu un revenant.

Il ne croyait pas si bien dire. Même de dos et même si la vision n'avait duré que quelques secondes avant que le « fantôme » disparaisse derrière le double battant, elle aurait reconnu cette silhouette entre mille.

— Il me semble avoir aperçu… ma mère.

— Ta mère ? Quelle raison aurait-elle de venir ici ?

— Je l'ignore. Elle ne peut pas être au courant que je me trouve à Los Angeles. Je ne lui ai pas parlé depuis des années.

C'est alors qu'une infirmière s'approcha.

— Une femme m'a chargée de vous remettre ce message, docteur Archer.

Elle lui remit le pli. Les doigts tremblants, Emily retourna la mince enveloppe blanche.

— Tu l'ouvres ? Cela ne vient peut-être pas d'elle.

— Si. Je n'ai aucun doute là-dessus.

— Comment peux-tu en être si sûre ?

— Je le sais, c'est tout.

Elle le savait en raison de la couleur de l'encre utilisée pour inscrire son nom sur l'enveloppe : violette. Sa mère avait toujours écrit à l'encre violette. C'était plus drôle, disait-elle. Drôle, sa mère l'avait été… jusqu'à ce qu'elle ne le devienne plus du tout.

— Tu préfères que je te laisse ?

Emily s'accorda le temps de la réflexion. Bien qu'elle ne veuille pas entraîner Daniel dans le mélodrame de son passé, elle lui avait déjà livré pas mal de confidences, plus qu'à n'importe qui d'autre, hormis Izzie. Cet homme avait quelque chose de spécial qui la faisait se sentir en sécurité avec lui, et donc baisser la garde.

Elle songea un instant à déchirer la lettre sans la lire. Cependant, la curiosité était trop forte. Et puis, malgré ses nombreux défauts, sa mère avait aussi quelques qualités.

Emily avait tenté d'analyser sa propre réaction lorsqu'elle avait cru être enceinte. Paradoxalement, cette fausse alerte l'avait conduite à considérer sa génitrice comme une personne soumise au stress d'une vie chaotique et non uniquement comme une femme qui n'était pas douée pour la maternité.

Mais ce qui l'avait le plus étonnée, c'était l'intensité des émotions contradictoires qu'elle avait ressenties : panique en constatant son retard de règles, frustration en découvrant la tache de sang au fond de son sous-vêtement, et maintenant, avec le recul, soulagement. Elle ne risquerait pas de répéter les erreurs de ses parents. Elle n'aurait pas à se torturer l'esprit en se demandant si elle se montrait à la hauteur ou non.

Elle lissait l'enveloppe d'un geste machinal. Un message de sa mère… Il y avait tant de questions qu'elle aurait eu envie de lui poser, tout en doutant que les réponses la satisfassent.

La voix de Daniel la tira de ses pensées.

— Tu n'as qu'à la jeter.

— Non, je dois la lire. Tu veux bien rester à côté de moi pour me donner du courage ?

— Bien sûr.

Alors, seulement, Emily se décida à décacheter le pli.

Ma chérie,

Je sais que, si je t'appelle au téléphone, tu ne me répondras pas, et je le comprends. Les erreurs impardonnables que j'ai commises envers toi font partie de mes plus grands regrets. Je suis arrivée à une étape de ma vie où je m'efforce de réparer mes torts à l'égard de ceux que j'ai blessés. Je souhaite juste te dire combien je suis fière de l'adulte que tu es devenue. J'aimerais tant en apprendre davantage sur ta vie, sur ce noble métier qui semble te passionner. Ce serait beaucoup te demander, j'en ai parfaitement conscience, mais tu me ferais une immense joie si tu acceptais de me rendre visite durant ton séjour à Los Angeles. J'habite toujours à la même adresse. Viens quand tu veux ou quand tu peux… s'il te plaît.

Je t'aime.

Maman

« Réparer ses torts » ? Qu'est-ce que cela signifiait ? Sa mère aurait-elle cessé de boire ?

— Waouh ! s'exclama Daniel qui avait manifestement lu par-dessus son épaule. A-t-elle déjà fait amende honorable comme ça ?

— Jamais.

Chaque fois que sa mère avait envisagé la sobriété par le passé, ses bonnes résolutions avaient rarement duré plus de quarante-huit heures. Jamais elle n'avait exprimé le moindre remords au sujet de son comportement si peu maternel, ni évoqué le fait qu'elle avait gâché l'enfance de sa fille.

Emily avait toujours eu l'impression d'avoir deux mères : une, fantasque mais amusante, et une autre, totalement imprévisible et plutôt destructrice. Or, voilà qu'avec cette missive, elle en découvrait une troisième, capable de reconnaître ses erreurs et de s'intéresser sincèrement à sa fille !

— Je me demande bien comment elle a eu vent de ma présence à Los Angeles, murmura Emily, se parlant à elle-même.

— Je connais la réponse : Reyes.

— Comment ça ?

Daniel sortit son téléphone portable de sa poche, pianota quelques secondes avant de pousser un juron.

— Je l'aurais parié ! Tu te souviens du selfie qu'il a pris avec toi ? Eh bien, ta mère est tombée dessus.

Il orienta l'écran vers elle. Sous la photo figuraient des commentaires dont un attira particulièrement l'attention d'Emily.

C'est ma fille ! Je suis si fière d'elle !

Il était signé d'une certaine EmilyMam983.

Quelles que soient les transformations intervenues dans la vie de sa mère, un trait de caractère n'avait pas changé : sa manie de revendiquer leur lien de parenté comme on brandit un étendard !

— Quel con, ce Reyes ! Je vais lui en toucher deux mots !

— À sa décharge, il ne pouvait pas se douter des conséquences.

— Tout de même. La moindre des corrections, c'eût été qu'il obtienne ton accord au préalable.

— Si tu savais le nombre de gens qui ont agi comme lui à une certaine époque ! Le tout maintenant, c'est de réfléchir à ce que je vais faire.

— Tu envisages de donner suite à sa requête ?

— J'ignore si j'en aurai le courage.

— Même avec un soutien moral ?

— Que veux-tu dire ?

— Et si je t'accompagnais ? Je t'attendrais dehors et, après la visite, tu ne te retrouverais pas seule à ruminer tes mauvais souvenirs. Nous pourrions même aller quelque part ensuite, histoire de te changer les idées.

— Tu te sens assez en forme pour te promener ?

Il remua la cheville et fit la grimace.

— Je suggère plutôt d'aller au cinéma.

La proposition de Daniel la tentait, car la perspective de cette entrevue la rendait nerveuse. En revanche, Emily n'avait pas l'habitude de dépendre de quiconque, et elle redoutait qu'en constatant à quel point sa vie personnelle avait été pathétique, il prenne ses jambes à son cou. D'un autre côté, leur relation n'était pas appelée à durer, de toute façon.

— Accepte, insista-t-il. Qu'as-tu à perdre ?

Elle avait beau lutter pour ne pas trop s'attacher à Daniel – à supposer qu'il ne soit pas déjà trop tard –, elle ne pouvait s'empêcher de trouver sa présence rassurante. Elle éprouva un élan de gratitude pour cet homme qui multipliait les attentions à son égard.

Qu'avait-elle à perdre, en effet ?

Étant donné le peu de temps qu'il leur restait à se fréquenter, elle ne risquait pas de tomber amoureuse.

Elle lui prit la main et entrelaça les doigts à ceux de Daniel.

— D'accord, mais ça me gêne de t'imposer une telle corvée. En tout cas, je te remercie.

— Ne t'inquiète pas pour moi. À deux, on est plus forts.

8.

Emily se tenait plantée sur le perron de la maison maternelle, située au cœur de West Hollywood. De l'extérieur, la construction de plain-pied évoquait une demeure accueillante et paisible, où il faisait bon vivre, avec sa porte peinte en rouge – une couleur qui véhicule une énergie positive, lui avait expliqué sa mère – qui égayait le stuc blanc.

Malheureusement, cette façade pimpante avait caché une réalité bien moins reluisante. Lorsque Emily rentrait de l'école ou des studios, elle avait toujours la boule au ventre, ne sachant jamais à quoi s'attendre. Sa mère pouvait être d'humeur joyeuse et s'activer dans la cuisine, ou affalée dans son lit en train de cuver, après avoir passé la majeure partie de sa journée à boire.

Combien de fois Emily était-elle restée ainsi, plantée sur le seuil, à se demander s'il valait mieux entrer ou rebrousser chemin ? La différence aujourd'hui, c'est qu'elle n'était pas seule. La présence de Daniel lui donnait du courage, sans pour autant dissiper sa nervosité.

— Tu n'es pas obligée de le faire si tu ne te sens pas prête, dit-il en posant la main sur l'épaule d'Emily. Nous pouvons parfaitement assister à la première séance de l'après-midi.

Ils avaient prévu d'aller voir un film après leur visite.

L'espace d'un instant, Emily fut tentée de céder. Puis elle songea que battre en retraite reviendrait d'une certaine manière à capituler. Or, elle avait besoin d'avoir la réponse à la question qui la taraudait, surtout depuis qu'elle avait cru être enceinte : comment une mère pouvait-elle oublier ses devoirs envers l'enfant qu'elle avait mis au monde ?

De nombreux éléments entraient en ligne de compte dans le phénomène complexe de l'addiction. Durant ses études de médecine, Emily n'avait pas raté une seule conférence sur les prédispositions génétiques ou les facteurs sociaux et émotionnels liés à l'alcoolisme. Mais comprendre intellectuellement les mécanismes n'aidait pas à mieux accepter la situation quand on en subissait directement les conséquences depuis l'enfance ! Malgré le recul, elle n'avait pas réussi à tourner la page, à pardonner, et les mêmes interrogations tournaient en boucle. Comment sa mère avait-elle pu ne pas se rendre compte à quel point sa fille avait besoin d'elle ? Était-ce parce que les sentiments qu'elle éprouvait pour elle n'étaient pas de taille à rivaliser avec son amour immodéré pour l'alcool ?

Pendant les quelques minutes, terribles, où, enfermée dans les toilettes, Emily avait envisagé l'hypothèse d'une grossesse, elle avait eu une sorte de révélation et s'était dit que, quoi qu'il advienne, elle serait toujours là pour son enfant, qu'elle ferait tout son possible pour qu'il se sente désiré, protégé et aimé. Il semblait que, chez sa propre mère, ce déclic ne se soit pas produit.

— Merci, mais je dois aller jusqu'au bout de cette démarche, aussi pénible soit-elle, répondit-elle enfin, avec plus de détermination qu'elle n'en ressentait.

Daniel se contenta de hocher la tête en signe d'assentiment, et elle lui sut gré de ne pas chercher à approfondir le sujet. Pas question de lui révéler ce qui, *in fine*, l'avait convaincue de rendre visite à celle qu'elle n'avait pas revue depuis des années !

Pour autant, elle ne parvenait pas à se décider à appuyer sur le bouton de la sonnette.

— Tu veux que je sonne ?

— Non, c'est à moi de le faire. Accorde-moi juste une minute.

— OK, je comprends. Prends tout le temps qu'il te faut.

— Cela te paraît certainement ridicule, mais je suis partagée entre le besoin de le faire et l'envie de prendre mes jambes à mon cou.

— Inutile de te justifier.

— Au fond de moi, j'espère qu'elle a changé. Cependant, j'ai du mal à y croire et je doute de supporter cette nouvelle déception. Si, au contraire…

Elle s'interrompit.

Le rêve qu'elle avait nourri pendant tant d'années serait finalement devenu réalité. Sa mère avait-elle trouvé en elle la force nécessaire pour arrêter de boire ? Rien n'était moins sûr. Ses tentatives jusqu'alors s'étaient soldées par des échecs. Le ton de son message laissait néanmoins supposer que, cette fois, elle prenait la chose plus au sérieux. Le cas échéant, la question était de savoir combien de temps elle tiendrait bon. L'abstinence exigeait un effort de volonté de tous les instants pour résister à la tentation.

Emily poussa un soupir de frustration.

— J'ai cessé de lui faire confiance depuis longtemps. Je ne sais même pas à quelle facette de sa personnalité j'aurai affaire.

— Au lieu de t'attendre dehors comme prévu, je t'accompagnerai à l'intérieur, déclara Daniel sur un ton qui n'admettait pas de réplique. En admettant que, pour une raison ou une autre, tu souhaites abréger l'entretien, je te propose de convenir d'un signal et j'inventerai un prétexte pour partir.

Emily n'avait jamais convié personne chez sa mère par peur des excès maternels. Aujourd'hui, elle se réjouissait de pouvoir compter sur Daniel pour la soutenir en cas de besoin.

— Bonne idée. Que suggères-tu comme signal ?

— Que dirais-tu de te tapoter le menton ? Voilà le plan : je règle l'alarme de mon portable pour qu'elle se déclenche dans une demi-heure. Quand elle sonnera, je ferai mine de répondre à un appel téléphonique. À ce moment-là, de deux choses l'une : soit tu hoches discrètement la tête, et nous restons ; soit tu te tapotes le menton, et j'expliquerai que nous sommes attendus de toute urgence au palais des sports.

Elle fronça involontairement les sourcils.

— Qu'est-ce qui cloche ?

— Le fait que nous en soyons réduits à élaborer un tel stratagème prouve que je ne devrais peut-être pas être ici. Cela m'ennuie de t'entraîner dans cette galère.

— Depuis combien de temps tu n'as pas vu ta mère ?

— Dix ans.

Leur dernière entrevue datait d'un dîner de Noël au cours duquel sa mère avait consommé une quantité impressionnante d'alcool. Leur discussion avait tourné au règlement de comptes. Emily s'était juré de ne plus remettre les pieds dans cette maison. Par la suite, il y avait eu quelques conversations téléphoniques, aussi brèves que tendues, jusqu'à ce qu'Emily décide de ne plus décrocher. Pourtant, lorsqu'elle y repensait – ce qui lui arrivait régulièrement –, elle éprouvait une douloureuse sensation de manque et un amer sentiment de gâchis.

Comment Tabitha allait-elle réagir en la découvrant sur le seuil ? Montrerait-elle de la joie ou nierait-elle l'avoir invitée à lui rendre visite ? Si elle était ivre au moment où elle avait rédigé la lettre, elle ne s'en souviendrait sans doute plus. La régularité de l'écriture semblait toutefois indiquer que sa mère était alors à jeun.

Emily inspira profondément en fermant les yeux, puis appuya sur le bouton de la sonnette.

Dix minutes plus tard, elle était assise dans le vieux sofa du salon, une tasse de thé à la main et, devant elle sur la table basse, se trouvait une assiette de biscuits aux amandes dont elle raffolait depuis son enfance. L'accueil avait été des plus chaleureux.

Cela lui paraissait complètement irréel de se retrouver ici. Les médailles, trophées et certificats attestant de ses nombreuses victoires aux concours de danse ornaient toujours la pièce, et la collection de photographies la représentant à différentes étapes de sa carrière de star trônait toujours sur le manteau de la cheminée. En revanche, il y en avait d'autres, plus récentes, où figuraient des gens et des lieux inconnus.

Adolescente, Emily considérait cette maison comme une sorte de sanctuaire glorifiant les deux passions maternelles : la boisson et la réussite professionnelle de sa fille. À présent, elle remarquait cependant quelques changements notables, comme ces clichés encadrés de sa mère en tenue de randonnée, posés sur la commode, cette raquette de tennis abandonnée dans un coin ou cette grande table au fond, encombrée de pinceaux, de tubes de peinture et de toiles.

Daniel s'intéressait à trois tableaux.

— Ce sont vos œuvres, madame Archer ?

— Je vous en prie, appelez-moi Tabitha. Oui, c'est moi qui les ai peintes. Il y en a d'autres dans la véranda.

— Si vous me permettez, j'aimerais y jeter un coup d'œil. Comme ça, vous pourrez discuter entre vous.

Il jeta un regard discret en direction d'Emily qui lui répondit par un imperceptible hochement de tête.

Après tout, que risquait-elle ? Il se trouverait juste à côté, et, si la conversation s'envenimait, il pourrait toujours intervenir. Par ailleurs, un tête-à-tête s'avérerait salutaire. Il fallait crever l'abcès.

— Depuis quand te passionnes-tu pour la peinture ? s'enquit-elle, lorsque Daniel se fut esquivé.

— Quelques années. Cela fait partie de ma thérapie.

Tabitha poussa un profond soupir avant de poursuivre.

— Quand tu as cessé de répondre à mes appels téléphoniques, j'ai commencé à prendre conscience que j'avais commis de lourdes erreurs. Le mal était fait, mais il était grand temps de me confronter à la réalité au lieu d'en vouloir au monde entier. J'ai donc entrepris une cure de désintoxication. Voilà près de trois ans que je n'ai pas touché à une goutte d'alcool.

Trois ans ? Emily tombait des nues. À la lecture de la lettre, elle avait tablé sur un mois d'abstinence, deux au maximum.

— Eh oui ! déclara tristement Tabitha, ayant manifestement remarqué la lueur d'incrédulité dans les yeux d'Emily. Qui aurait parié que j'arriverais à décrocher et, qui plus est, à tenir mon engagement ? Au début, ça a été l'enfer puis, avec le temps, la sensation de manque s'est peu à peu atténuée. Je dois une fière chandelle à mon entourage. Il m'a été d'un grand secours.

— Quel entourage ? s'enquit Emily avec circonspection, l'alcoolisme maternel ayant fini par éloigner les rares proches qui les avaient fréquentées à l'époque.

— Des personnes rencontrées lors des réunions des Alcooliques anonymes ou des ateliers d'art auxquels j'assiste une fois par semaine, ainsi que des membres du club de randonnée auquel je me suis inscrite.

Un groupe de parole, des cours de création artistique, une activité sportive... Emily allait de surprise en surprise. Elle avait l'impression d'avoir affaire à une inconnue. Une véritable métamorphose ! Elle aurait dû s'en réjouir, mais ces nouvelles lui laissaient un goût amer. Elle se remémorait toutes les fois où elle avait attendu dans la cour de l'école primaire que cette même personne daigne venir la chercher. Il en avait été ainsi jusqu'à ce qu'elle soit assez âgée pour rentrer seule à la maison. Pourquoi sa mère n'avait-elle pas réagi plus tôt, pour préserver sa fille ? Pourquoi lui avait-elle infligé ces déceptions, cette frustration, ces humiliations ?

À supposer que les révélations d'aujourd'hui soient le reflet de la vérité...

— Je comprends que tu aies du mal à me croire, dit Tabitha, faisant écho aux pensées d'Emily. Sache néanmoins que, si j'ai arrêté de boire, c'est grâce à toi.

— À moi ? Pourtant, nous n'en avons jamais parlé sérieusement toutes les deux. Tu étais dans le déni le plus complet.

Elle avait tenté d'aborder le sujet à plusieurs reprises, mais, systématiquement, sa mère s'était dérobée ou avait répondu par de l'agressivité.

— Quand tu as rompu le contact, j'ai eu peur de t'avoir perdue pour toujours. Alors, j'ai eu une sorte de déclic. J'ai compris que, si je persistais, tout le monde me tournerait le dos et que je finirais ma vie désespérément seule. J'éprouvais une réelle difficulté à m'ouvrir aux autres, à me fier à eux, mais j'avais besoin d'eux pour survivre. J'ai donc décidé de suivre une cure de sevrage et de multiplier les chances de me faire de nouvelles relations.

C'était un aspect de la personnalité maternelle qu'Emily ignorait. Enfant, elle avait souvent pensé qu'il lui incombait de donner un sens à la vie de sa mère. En dehors de la carrière de sa fille, Tabitha ne s'intéressait à rien.

Songeuse, Emily contempla les photos disposées sur la cheminée. Sur l'une d'elles, Tabitha figurait en compagnie d'un homme qui avait posé le bras sur ses épaules. Tous deux étaient en tenue de randonnée.

— Qui est-ce, maman ?

— Brandon. Un très bon ami… ou, plus exactement, mon ami tout court. Nous sommes ensemble depuis près d'un an et demi.

Encore un scoop ! De mémoire, sa mère n'avait jamais gardé ses partenaires plus de trois mois. L'un de leurs rares points communs.

— Nous avons suivi le même traitement, précisa-t-elle.

— Je suis contente pour toi. À ce propos, tu as des nouvelles de papa ?

— Aucune depuis des années.

— Moi non plus.

— J'ai cessé de rejeter sur lui la responsabilité de ce fiasco familial. Un progrès dû lui aussi à la thérapie.

— J'ai l'impression d'avoir affaire à quelqu'un d'autre, murmura Emily, comme se parlant à elle-même.

— Tu as devant toi une femme neuve, c'est vrai. Il m'a fallu un bon bout de temps et une sacrée dose de persévérance pour en arriver là ! En exhumant les vieux souvenirs, j'ai découvert que bon nombre de mes inhibitions remontaient à l'enfance, notamment ma réticence à interagir. Tes grands-parents – que tu n'as pas connus – géraient mal les émotions. Quand j'étais d'humeur joyeuse, je faisais trop de bruit. Quand j'étais déprimée, je devais arrêter de pleurnicher et de m'apitoyer sur mon sort. Je ne leur en veux pas ; les pauvres ignoraient comment s'y prendre autrement.

— En somme, personne n'est fautif, dans cette histoire, déclara Emily d'un ton acide.

Malgré la métamorphose maternelle, sa rancune ne s'effacerait pas du jour au lendemain.

— Si, moi. J'en assume l'entière responsabilité. J'aurais dû te protéger, de pas me défausser sur toi des problèmes que, dans cette famille, nous nous transmettons de génération en génération.

Pour la première fois depuis son arrivée, Emily eut envie de la réconforter. Elle lui sourit.

— C'est pareil dans bon nombre de familles.

— Oui, mais cela n'excuse pas tout. J'espère qu'il n'est pas trop tard pour que nous fassions table rase du passé et essayions de reconstruire, toi et moi, sur des bases saines.

Emily resta silencieuse, s'efforçant de maîtriser la tempête d'émotions qui l'avait saisie. Une partie d'elle-même avait tant rêvé de ce moment, de cet échange franc et honnête. Cependant, elle ne pouvait se départir d'une certaine méfiance, due à des années de désillusions. Rien ne lui garantissait que sa mère ne retomberait pas dans ses excès.

— Je ne demanderais pas mieux que de t'accorder une seconde chance, maman, mais tu comprendras certainement que je doute. Je me réjouis que tu aies décidé de vaincre ton addiction. Cependant, je ne suis pas sûre d'être déjà prête à t'accueillir de nouveau dans ma vie.

— Cela me semble tout à fait normal après le traitement que nous t'avons infligé, ton père et moi.

Voilà, elle l'obtenait enfin, le *mea culpa* qu'elle avait attendu en vain pendant tant d'années ! Tabitha vint s'asseoir à côté d'elle sur le sofa et entoura les épaules d'Emily d'un bras protecteur. Ce geste maternel acheva de la bouleverser. Dans le regard de sa mère, Emily lut comme une invitation à poser la question qui lui brûlait les lèvres : *pourquoi ?* Pourquoi sa mère n'avait-elle jamais été là pour elle ?

Mais la question resta coincée dans sa gorge.

— Ce n'est pas facile de discuter de sujets aussi sensibles, murmura Tabitha. Je ne suis pas en droit d'exiger quoi que ce soit de toi. Cependant, j'aimerais juste que tu me donnes l'opportunité de me racheter.

Emily battit furieusement des paupières pour empêcher les larmes de déborder.

— Cela prendra du temps, répondit-elle d'une voix étranglée.

— Je patienterai. Le lent processus du sevrage m'a appris une chose essentielle : la persévérance.

Emily avait tellement envie d'y croire ! Si elle n'accordait pas une seconde chance à sa mère, elle ne saurait jamais si celle-ci avait réellement changé ou non.

C'est alors qu'une sonnerie de téléphone portable retentit dans la véranda et que Daniel revint dans le salon. Il lança à Emily un regard interrogatif, auquel elle répondit par un discret hochement de tête.

Ils restèrent plusieurs heures en compagnie de Tabitha, qui raconta à Daniel une foule d'anecdotes amusantes sur Emily, ce que, en d'autres circonstances, l'intéressée aurait trouvé fort embarrassant. Mais la situation était exceptionnelle et l'auditoire se résumait à Daniel, un homme qui avait su gagner sa confiance. Quand ils prirent congé, la nuit était déjà tombée, et il était trop tard pour aller au cinéma. Ils regagnèrent donc directement l'hôtel en taxi.

Quand sa mère l'avait invitée à occuper son ancienne chambre, Emily avait décliné la proposition. Inutile de brûler les étapes. La visite s'était certes bien déroulée, et la jeune femme était ravie de constater que sa mère semblait en voie de guérison. Pour autant, elle ne se sentait pas prête à rester dormir sous le même toit. Elle lui avait, en revanche, promis de venir passer les fêtes de fin d'année chez elle.

— Cela me fera bizarre de célébrer Noël avec elle, avoua-t-elle à Daniel après que le taxi les eut déposés devant leur hôtel. Il y a tellement d'années que cela n'est pas arrivé, et les festivités se terminaient en général plutôt mal. Ce sera néanmoins une excellente occasion de vérifier qu'elle n'a pas replongé.

— Tu as dû être soulagée d'entendre qu'elle n'a pas bu une goutte depuis trois ans. A-t-elle déjà tenu le coup aussi longtemps ?

— Jamais.

Emily sentit sa gorge se serrer affreusement. Elle s'étonnait de la joie qu'elle avait eue à retrouver sa mère, et sobre de surcroît. Jusqu'à présent, elle n'avait pas réalisé à quel point Tabitha lui avait manqué. Toutefois, elle avait aussi l'impression dans une certaine mesure d'avoir retrouvé une étrangère.

D'ailleurs, qui était ce Brandon qui l'accompagnait dans ses randonnées ? Sa mère l'avait qualifié de « mon ami tout court ». De toute évidence, cet homme occupait une place importante dans son existence. Elle lui devait probablement de persister dans son travail de sevrage alcoolique. Avant, Tabitha n'avait personne dans sa vie, hormis quelques liaisons passagères. Personne sauf sa fille que, comble du paradoxe, elle admirait autant qu'elle la négligeait.

Emily éprouva soudain une immense peine.

— Qu'y a-t-il ? s'enquit Daniel à qui, décidément, rien n'échappait.

Elle ne répondit pas, se contentant de détourner la tête pour cacher sa tristesse.

— Nous en discuterons là-haut.

Ils gardèrent le silence dans l'ascenseur, chacun perdu dans ses pensées. Quand Daniel referma la porte de sa chambre derrière eux, elle ne put réprimer ses sanglots plus longtemps. Il l'enlaça et la serra contre lui, attendant qu'elle se calme.

— Pardonne-moi, bredouilla-t-elle quand elle fut en état de parler.

— Pour quelle raison ? Tu as une réaction on ne peut plus normale après l'expérience que tu viens de vivre. Très honnêtement, je m'étonne même que tu n'aies pas craqué plus tôt.

— Je me croyais plus forte. Je ne pensais pas que cela produirait un tel effet sur moi.

— De revoir ta mère après toutes ces années ?

— Surtout d'apprendre qu'elle a décidé d'en finir avec l'alcool.

— C'est une excellente nouvelle, non ?

Emily sentit de nouveau les larmes lui brûler les paupières.

— Pourquoi ne l'a-t-elle pas fait plus tôt ? hoqueta-t-elle. *Pour moi.*

Elle enfouit le visage dans ses mains et ses pleurs redoublèrent.

— Chut, murmura Daniel en la berçant contre lui comme on calmerait un enfant en proie à un cauchemar.

— Je devrais juste me réjouir pour elle, je le sais. Le problème, c'est que je ne peux pas m'empêcher de me demander pourquoi elle n'a pas trouvé le courage de s'arrêter de boire avant, quand j'étais enfant et que j'avais besoin d'elle. Parce que je n'en valais pas la peine ?

— Je comprends ce que tu ressens. Ma propre mère n'est pas très douée sur le plan des sentiments. Elle a des difficultés à gérer ses émotions, et plus encore à les exprimer. Je lui en ai beaucoup voulu mais, avec le recul, je me dis qu'elle ne savait tout simplement pas s'y prendre et que cela n'avait rien à voir avec ce qu'elle éprouvait pour moi. Je ne l'ai jamais vue avoir une conversation un tant soit peu intime avec qui que ce soit.

— Es-tu en train de m'expliquer que ma mère ne savait pas s'y prendre pour venir à bout de son addiction ?

— Oui, et cette impuissance n'avait aucun rapport avec le fait qu'elle t'aime ou pas.

— J'admets qu'elle a beaucoup changé, en mieux. La femme que tu as rencontrée n'a plus guère de points communs avec celle qui m'a élevée… ou du moins qui était censée le faire. À l'époque, sa dépendance l'isolait de plus en plus. La Tabitha d'aujourd'hui s'est sincèrement intéressée à nous. Je croise les doigts pour que cette métamorphose devienne définitive.

— Et dans le cas inverse ?

— Je préfère ne pas y penser.

— Tu as raison. Passons à autre chose.

Elle leva la tête vers lui, et il s'empara de ses lèvres. De baiser en baiser, de caresse en caresse, elle finit par se détendre et oublier tout ce qui n'était pas l'instant présent, tandis que les mains et la bouche de Daniel exploraient son corps avec une délicieuse audace.

Daniel ouvrit péniblement les yeux. Il était encore très tôt, mais une douleur aiguë lui martelait les tempes. Il s'écarta avec précaution afin de ne pas déranger Emily qui dormait lovée contre lui. Ils avaient fait l'amour jusqu'à une heure tardive, puis le sommeil l'avait terrassée.

Il adorait la regarder dormir. Durant la journée, elle prenait soin de conserver une attitude professionnelle, mais la nuit, elle baissait la garde. Ses traits se détendaient et elle avait l'air si vulnérable qu'elle ravivait en lui son instinct protecteur.

Daniel se massa le front. La climatisation des hôtels lui

donnait souvent des sinusites. Il se leva discrètement et, se rappelant avoir laissé sa sacoche médicale sur le bureau, il se dirigea à tâtons vers l'autre extrémité de la chambre. Il étouffa un juron quand son genou heurta une chaise, renversant par la même occasion le sac à main d'Emily dont le contenu se répandit sur le sol. Par chance, la jeune femme ne se réveilla pas. Il entreprit alors de réparer sa maladresse. Il ramassa les objets éparpillés par terre afin de les remettre dans le sac. Avec cette obscurité, il ne voyait pas grand-chose, et c'était aussi bien ainsi, car il avait l'impression de commettre une indiscrétion. Il n'aurait plus manqué qu'Emily ouvre les yeux et le surprenne en flagrant délit !

C'est alors que son regard tomba sur un objet qui ressemblait à une boîte de médicament. Malgré la pénombre, il parvint à déchiffrer le nom inscrit dessus, et se figea. Un test de grossesse. Apparemment, l'emballage avait été ouvert, ce qui ne signifiait pas pour autant que le dispositif médical ait été utilisé. La tentation de vérifier fut grande, mais il réussit à se raisonner et s'empressa de ranger la boîte avec le reste des affaires. Sa surprise était telle qu'il en oublia presque son mal de tête.

Que faisait Emily avec un test de grossesse dans son sac à main ? Quand l'avait-elle acheté et, surtout, pourquoi ne lui en avait-elle pas parlé ?

Il eut soudain la désagréable impression de partager son lit avec une étrangère. Bien sûr, ils ne se fréquentaient que depuis peu, mais jusqu'à présent, il croyait la connaître. Se serait-il trompé sur toute la ligne ? Il avait pourtant eu le sentiment d'avoir gagné la confiance de la jeune femme.

Il se remémora alors leur conversation au sujet de l'engagement. Il n'avait pas caché qu'il n'envisageait pas de fonder une famille. Trop de responsabilités, trop de complications...

Il dut produire un réel effort sur lui-même pour ne pas réveiller la jeune femme et lui demander des explications. De quel droit ? Si elle n'avait pas jugé bon de l'informer, c'est qu'elle estimait que cela ne le regardait pas. Et puis, que lui aurait-il dit ? Qu'il avait, « par inadvertance », fouillé dans ses affaires ? La discussion risquait de s'envenimer.

L'esprit en ébullition, Daniel passa en revue les différents scénarios possibles. D'après ce qu'il avait pu constater, le test devait être négatif. Dans ce cas, pourquoi l'avoir conservé ?

Ou peut-être ne s'en était-elle pas servie et l'avait-elle oublié au fond de son sac ? Cela n'expliquait toujours pas pourquoi elle se l'était procuré. À moins qu'elle l'ait acheté pour quelqu'un d'autre ? Le cas échéant, pourquoi avoir ouvert l'emballage ?

La dernière hypothèse qui lui traversa l'esprit le pétrifia. Emily avait utilisé le test, celui-ci s'était révélé positif, et il allait être papa.

Impossible ! Ils avaient pris leurs précautions. Par ailleurs, la jeune femme ne lui aurait pas caché un secret d'une telle importance.

Il inspira profondément pour calmer les battements désordonnés de son cœur.

À quoi bon imaginer le pire ? tenta-t-il de se raisonner. *Après tout, je ne connais pas les tenants et les aboutissants de cette histoire. Inutile de dramatiser et de fabriquer un scénario catastrophe qui, à coup sûr, n'a aucun rapport avec la réalité.*

Car devenir père, *a fortiori* par accident, serait pour lui une véritable calamité. Il n'avait pas encore décidé d'un endroit où se fixer, un endroit où sa présence ferait la différence. Un enfant avait besoin d'un lieu où il se sente chez lui. Il en savait quelque chose, lui qui, durant toute sa jeunesse, n'avait cessé d'être trimballé à droite et à gauche ! Comment assumer des responsabilités paternelles alors qu'il n'avait toujours pas mis d'ordre dans sa vie ?

Pas de panique, songea-t-il. *Il ne s'agit certainement que d'un malheureux quiproquo.*

Il avait hâte qu'Emily se réveille pour tirer cette affaire au clair d'une manière ou d'une autre mais, après les émotions de la veille, la jeune femme avait besoin de se reposer. Sachant qu'il ne parviendrait pas à se rendormir, il se rendit sur la pointe des pieds à la salle de bains.

Malgré une longue douche chaude, les interrogations continuaient de tourner en boucle dans sa tête. Emily avait-elle l'intention de lui parler de ce test ou estimait-elle que cela ne le concernait pas et qu'elle se débrouillerait seule ? Leur relation n'étant pas appelée à durer, ils s'étaient sentis plus libres, l'un vis-à-vis de l'autre. Pas de promesses, pas de grandes déclarations, pas d'attaches. Une grossesse – à supposer que cette éventualité se vérifie, ce qui était fort peu probable – remettrait tout en question. Or, ni elle ni lui n'était prêt.

De guerre lasse, Daniel acheva de se préparer en silence. Il rédigea un mot à l'attention de la jeune femme l'informant qu'il voulait profiter du calme matinal pour rattraper son retard sur certains dossiers et qu'elle le retrouverait au palais des sports, puis il quitta la chambre sans se retourner.

9.

Emily se réveilla en sursaut. Son premier réflexe fut de tâter la place à côté d'elle. Elle constata qu'elle était vide… et froide. Daniel devait être levé depuis un bon moment. Elle aperçut une feuille de papier pliée en deux sur sa table de nuit. Il s'agissait d'un message de Daniel l'informant qu'il était déjà parti travailler pour rattraper son retard dans le traitement de certains dossiers.

Un coup d'œil à l'écran de son téléphone portable lui apprit qu'une fois préparée, elle aurait même le temps de s'offrir un petit déjeuner. Elle prit une douche rapide, puis sortit de la penderie la tenue qu'elle avait apportée la veille pour éviter d'avoir à retourner dans sa chambre.

Elle commença à s'habiller, et c'est alors qu'elle s'en aperçut. Le chemisier qu'elle avait choisi de porter la moulait de façon anormale, au point qu'elle avait dû batailler avec les boutons au niveau de la poitrine. D'ordinaire, pourtant, il mettait plutôt sa silhouette en valeur, n'étant ni trop ample, ni trop ajusté.

Elle palpa ses seins et constata qu'ils étaient plus tendus et sensibles que d'habitude. À bien y réfléchir, c'était le cas tous les matins depuis plusieurs jours déjà. Cela dit, il ne fallait pas sauter à des conclusions hâtives. Ce symptôme ne signifiait rien d'important en soi… à moins, bien sûr, qu'il s'accompagne d'autres signes concordants, tels qu'une absence quasi totale de règles ou encore des nausées passagères mais persistantes, faisceau d'indices conduisant à un diagnostic terrifiant.

Si tu avais effectué le test, tu en aurais eu le cœur net, songea-t-elle, de plus en plus mal à l'aise.

Elle s'était abstenue parce qu'elle était persuadée qu'il n'y avait pas lieu de le faire, et les quelques taches de sang avaient achevé de la convaincre. Elle avait pensé qu'elle surréagissait et s'était traitée d'idiote.

À présent, elle se trouvait tout aussi idiote, mais pour la raison inverse. Quel genre de médecin n'aurait pas jugé bon en pareilles circonstances de conseiller à sa patiente un test de grossesse ? Un genre de médecin qui se réfugiait dans le déni, par peur de voir ses soupçons se confirmer, et que la perspective, même éventuelle, de devenir mère épouvantait.

Emily ne se sentait pas faite pour la maternité. Et pour cause ! Elle n'avait aucun modèle parental auquel se référer.

Pas de panique ! Tant qu'elle n'aurait pas procédé au test, elle n'aurait pas la certitude absolue d'être enceinte.

Désormais, impossible de reculer. Elle devait s'y résoudre. D'autant plus qu'elle avait toujours celui acheté quelques semaines auparavant et abandonné au fond de son sac à main. Hésitant à le jeter dans n'importe quelle poubelle, elle avait prévu de s'en débarrasser quand elle rentrerait à Denver.

Elle s'enferma dans la salle de bains. Tandis qu'elle attendait le verdict, elle décida d'appeler Izzie. Sa main tremblait tellement qu'elle eut du mal à composer le numéro.

Son amie décrocha à la première sonnerie. Izzie, d'ordinaire si bavarde, ne prononça pas un mot pendant qu'Emily déversait un flot décousu de paroles.

— Calme-toi, Em, finit-elle par dire. Tu es dans un tel état de nerfs que tu es incapable de réfléchir posément.

— Je ne comprends pas comment cela a pu se produire. Nous avons pris toutes les précautions nécessaires, je t'assure.

— Procédons par ordre. Tu as bien suivi à la lettre les instructions stipulées sur la notice d'utilisation ?

— Oui, enfin j'espère. Je suis tellement stressée.

— Partons du principe que c'est le cas. Pour une diplômée

de médecine, ça ne doit pas être bien compliqué. Depuis combien de temps présentes-tu des symptômes ?

— Quelques jours. Au début, je n'y ai pas prêté une attention particulière… Oh ! Izzie, c'est affreux ! Qu'est-ce que je vais devenir ?

— Avant de t'affoler, contrôle le résultat du test.

— Je ne peux pas.

— Si, tu peux ! Tu n'es pas seule. Je suis là, avec toi.

Emily s'obligea à regarder. Un mince trait rouge était apparu, indiquant que le test fonctionnait… puis, juste à côté, un second trait, de couleur moins vive, mais bel et bien présent. Aucun doute possible : elle était enceinte.

— C'est positif, dit-elle d'une voix atone. Je vais avoir un bébé.

— Oh ! mon Dieu ! hurla Izzie dans le téléphone. Em, ça va ?

Excellente question, à laquelle elle ne savait que répondre. Elle avait l'impression que son cerveau s'était soudain vidé. Seule subsistait une certitude ahurissante : elle attendait un enfant.

— Emily ? Tu es toujours là ?

— Oui. J'essaie juste de me faire à l'idée.

Elle allait devenir mère. Dans neuf mois, un petit être viendrait au monde, de son fait, un petit être qu'elle chérirait et protégerait comme elle-même ne l'avait jamais été.

— Tu te sens prête à assumer ce bouleversement total ?

Elle éprouva soudain un calme et une détermination étranges.

— Aussi incroyable que cela puisse paraître, je suis heureuse, Izzie, très heureuse.

Toutes ses craintes avaient disparu comme par magie. La vulnérabilité avait laissé place à une force intérieure dont elle ignorait jusque-là l'existence. Cette nouvelle vie était peut-être le fruit d'un accident, mais elle avait tout autant de valeur à ses yeux, et déjà dans son cœur. Emily ne répéterait pas les erreurs de ses parents. Quoi qu'il advienne, elle serait toujours là pour son enfant. Désormais, elle en avait l'absolue conviction.

— Et toi, es-tu prête à assumer le rôle de tante ?

— Avec joie ! Et ce, dès aujourd'hui avec l'achat de son premier nounours. Quand nous connaîtrons le sexe, je lui achèterai plein de petites tenues mignonnes et…

— Izzie ?

— Oui ?

— Merci de m'avoir soutenue dans ce moment difficile. Je ne sais pas comment j'aurais fait sans toi. Maintenant, si tu veux bien, je vais raccrocher. J'ai besoin de solitude pour intégrer la nouvelle.

— Bien sûr. Je comprends parfaitement. Tu peux me rappeler à n'importe quelle heure du jour et de la nuit, si tu ressens l'envie de parler. En attendant, prends bien soin de toi, de vous, devrais-je dire. Oh ! je suis tellement contente ! ajouta Izzie, tout excitée, avant d'interrompre la communication.

Comment cela avait-il pu se produire, alors qu'ils avaient toujours utilisé des préservatifs ?

Emily effectua un rapide calcul et en arriva à la conclusion que la fécondation datait probablement de leur première nuit, alors qu'ils n'étaient encore que des étrangers l'un pour l'autre. Le cas échéant, elle était enceinte depuis le début de leur relation.

Elle s'examina dans le miroir. Physiquement, pas de transformation notable. Pourtant, elle se sentait différente. Elle caressa son ventre. Bien que les manifestations physiques et médicales de la grossesse n'aient pas de secrets pour elle, la vie qui commençait à germer en elle lui paraissait un mystère complet. À quoi ressemblerait son bébé ? Quel serait son caractère ?

Emily avait été tellement obnubilée par les inconvénients de la maternité qu'elle en avait oublié les aspects merveilleux, comme voir un petit être se développer et évoluer, contribuer à la découverte du monde qui l'entourait, donner et recevoir de l'amour, un amour inconditionnel.

Les choses pouvaient déraper parfois, elle en avait fait l'amère expérience. Mais tous les parents ne commettaient-ils pas des erreurs ? Restait à espérer que les siennes porteraient nettement moins à conséquence que celles de ses propres parents. À présent, elle se félicitait plus encore d'avoir rendu visite à sa mère, de ne pas avoir ignoré la main tendue. Elle voulait que son enfant grandisse dans un environnement où les choses n'étaient pas gravées dans le marbre, où les personnes avaient droit à une seconde chance.

Certes, élever seule un enfant représenterait un défi. Cependant, l'époque où les mères célibataires étaient montrées du doigt était révolue. Et puis, elle pourrait compter sur Izzie pour la seconder. À elles deux, elles parviendraient à compenser l'absence de père. Elles formeraient une cellule familiale peu conventionnelle, mais chaleureuse et aimante.

Emily doutait que Daniel fasse partie de l'équation et n'avait pas l'intention de lui imposer quoi que ce soit. Elle devait néanmoins l'informer de la situation. Comment réagirait-il en apprenant la nouvelle ? Il ne voulait pas d'enfant, ne croyait pas en l'amour et refusait de s'attacher durablement à une femme.

Il y a peu de temps encore, elle partageait ce point de vue. Désormais, elle avait envie de croire en l'amour, envie que son fils ou sa fille vive dans un monde de douceur. Une utopie, probablement…

D'autant plus que son histoire avec Daniel n'était pas censée dépasser le stade de la liaison. Elle s'achèverait bientôt, dans quelques jours à peine, même si la donne avait considérablement changé.

Emily songea que ce n'était pas une raison pour laisser Daniel dans l'ignorance. Il avait le droit de savoir. Maintenant qu'elle le connaissait mieux, elle ne doutait pas que, confronté à une paternité qu'il n'avait pas souhaitée, il n'en agirait pas moins avec droiture et humanité. N'avait-il pas décidé de prendre de nouvelles orientations professionnelles afin de pouvoir s'occuper de son neveu ? À coup sûr, il tiendrait à s'impliquer. De quelle façon et dans quelle mesure ? Elle n'en avait pas la moindre idée.

Une succession d'images lui traversa l'esprit : Daniel lisant une histoire au moment du coucher, montrant à son enfant comment se brosser correctement les dents, lui apprenant à faire du vélo… La vie de famille, en somme.

Une chimère, tout ça ! Dans peu de temps, leurs chemins se sépareraient. Ni l'un ni l'autre n'avaient évoqué la possibilité de poursuivre leur relation à distance. Il ne semblait pas intéressé par cette éventualité, et elle-même ne l'avait pas envisagée. Ainsi, elle ne risquait pas une énième déception.

Sauf que Daniel ne ressemblait pas aux hommes qu'elle avait fréquentés avant lui. Il avait observé les règles qu'elle avait en grande partie fixées et respecté la confidentialité de leur liaison, il s'était interposé quand ce malotru de Reyes la harcelait et il l'avait accompagnée chez sa mère. Elle ne le connaissait que depuis quelques semaines, mais il lui avait déjà prouvé à plusieurs reprises qu'elle pouvait compter sur lui, lui accorder sa confiance.

Toutefois, confiance et amour étaient deux sentiments très différents. Avoir la quasi-certitude qu'il assumerait ses responsabilités vis-à-vis de leur enfant ne signifiait pas qu'il souhaiterait s'engager davantage avec elle. Il aurait fallu pour cela qu'il se soit réellement attaché à elle, et il y avait fort à parier que ce n'était pas le cas. Quant à elle, elle n'aurait qu'à ignorer les émotions qu'elle sentait poindre et à reléguer sa frustration aux oubliettes.

Pas question, en effet, de lui révéler ce qu'elle éprouvait réellement pour lui. Elle imaginait sa réaction si elle déclarait de but en blanc : « Je suis enceinte et, indépendamment de cet événement inattendu, j'aimerais que nous donnions à notre relation une chance de se poursuivre parce qu'après mûre réflexion, j'ai la conviction d'être amoureuse de toi. Que dirais-tu de m'accompagner à Denver ? »

Le choc serait trop rude. Daniel s'arrangerait peut-être pour l'éconduire en douceur ou, pire encore, il risquerait de se sentir obligé de répondre par l'affirmative bien qu'il ne partage pas ses sentiments.

Mais à quoi bon se perdre en conjectures ? La solution la plus raisonnable pour tout le monde consistait à s'en tenir à leur accord de départ. Ainsi, ils pourraient discuter de façon plus posée de l'organisation à mettre en place afin que chacun profite du bébé et assume ses responsabilités envers lui sans pour autant s'imposer de vivre ensemble.

Elle lui parlerait une fois le championnat terminé. Il n'y avait rien de répréhensible à garder le secret encore un peu, et rien ne les empêchait de régler les détails pratiques par téléphone dans un second temps. D'ici là, il suffirait qu'elle évite de se retrouver en tête à tête avec lui.

Tu vas y arriver, murmura-t-elle à son reflet dans le miroir. *De toute façon, il le faut, tu n'as pas le choix.*

Son cœur se serra affreusement dans sa poitrine, et elle refoula les larmes qui menaçaient de déborder.

Daniel avait nettement l'impression qu'Emily le fuyait. Une journée complète s'était écoulée depuis qu'il avait trouvé le test de grossesse par inadvertance. Fallait-il y voir une coïncidence ? Emily avait prétexté une migraine pour ne pas le rejoindre dans sa chambre le soir de cette découverte. Il n'avait pas insisté, se promettant d'aborder le sujet plus tard.

Le problème, c'est qu'il n'avait pas encore réussi à saisir l'occasion de lui parler en tête à tête. Chaque fois qu'il s'était présenté à la salle de consultation lui ayant été attribuée, elle recevait un patient ou était en grande conversation avec un collègue. Il ne la savait pas aussi bavarde. Il semblait que la seule personne avec laquelle elle n'ait pas envie de discuter, ce soit lui ! En désespoir de cause, il lui avait envoyé un SMS lui proposant de se retrouver après le travail, mais elle lui avait répondu qu'elle était débordée et que, faute de temps dans la journée, elle avait prévu de s'acquitter du travail administratif dans la soirée. Leur mission s'achevait dans quarante-huit heures, et cette échéance mettait la pression sur les membres de l'équipe médicale, mais il ne pouvait s'empêcher de penser que, si Emily avait souhaité le voir, elle aurait pu s'arranger différemment.

Le compte à rebours ayant commencé, il se décida enfin à employer une méthode moins subtile : forcer sa porte. Lorsqu'il entra après avoir frappé deux coups légers, il trouva la jeune femme en train de bavarder avec Helen.

— Excusez-moi de vous interrompre. J'ai besoin de m'entretenir avec Emily. Je n'en ai pas pour longtemps.

Emily haussa les sourcils, mais lui fit signe de s'approcher.

— Désolée, Helen, dit-elle à l'infirmière en la raccompagnant vers la sortie. Nous reprendrons cette conversation plus tard.

Lorsque leur collègue se fut éclipsée, elle se tourna vers lui, l'air surpris.

— La manière était un peu directe.

— Pourrais-tu fermer la porte, s'il te plaît ? Je dois te parler en privé.

Elle haussa de nouveau les sourcils, mais elle obtempéra.

— Que se passe-t-il ?

— N'aurais-tu pas quelque chose à me dire ?

L'expression de son visage lui fit l'effet d'une douche froide. Elle lui cachait une information importante. À présent, il en avait la conviction. Toutefois, il ne s'agissait certainement pas d'une grossesse. Elle n'aurait pas gardé pour elle un tel secret. Pas après ce qu'ils avaient vécu tous les deux au cours des dernières semaines. Mais s'étaient-ils autant rapprochés qu'il le pensait ? Après tout, leur relation n'était pas appelée à durer, et l'amour ne faisait pas partie de l'équation. Ils en avaient décidé ainsi dès le début.

Pourtant, aucune de ses précédentes liaisons, lorsqu'il travaillait sur les paquebots de croisière, allant de port en port, n'avait ressemblé de près ou de loin à celle-ci. Avec Emily, il avait le sentiment de vivre une véritable histoire. Ils avaient appris à se connaître, avaient échangé des confidences et partagé des moments d'une grande intimité. C'est la spontanéité de la jeune femme, mais aussi la vulnérabilité qu'il avait perçue en elle, qui l'avaient tout d'abord attiré. Exception faite de David et de Sofia, il n'avait eu ce genre de conversations avec personne jusqu'à ce qu'Emily fasse irruption dans son existence. Elle avait été une excellente actrice mais, lorsqu'il s'agissait d'émotions, on pouvait lire en elle comme dans un livre ouvert.

— Alors ? insista-t-il. Tu es sûre que tu n'as vraiment rien à me dire ?

— Je… je ne vois pas de quoi tu parles.

— Je sais que tu es enceinte, lâcha-t-il de but en blanc.

La stupéfaction se peignit sur son visage.

— Comment l'as-tu découvert ?

Ce fut à son tour d'être abasourdi. Jusqu'à présent, il n'y avait pas réellement cru, jugeant cette hypothèse fort peu probable et refusant d'envisager sérieusement le fait que la jeune femme ait dissimulé un tel secret. Désormais, le doute n'était plus permis.

— J'ai trouvé le test de grossesse dans ton sac à main hier matin.

— Tu as fouillé dans mon sac ? s'exclama-t-elle, incrédule.

— Non, je l'ai heurté par inadvertance et le contenu s'est renversé par terre. Quand j'ai entrepris de tout ramasser, je suis tombé sur la boîte. Tu l'as depuis combien de temps ?

— Un peu plus de trois semaines.

— *Trois semaines !* Tu m'as caché une information aussi capitale pendant plus de trois semaines !

— Non. Écoute, Daniel. J'ai acheté le test pour en avoir le cœur net parce que mes règles avaient plus de retard que d'habitude. Au moment où je m'apprêtais à l'utiliser, j'ai constaté qu'elles avaient fini par se déclencher. Du moins c'est ce que j'ai pensé à ce moment-là. J'ai donc rangé le test dans mon sac à main avec l'idée de m'en débarrasser plus tard. En réalité, il ne s'agissait pas de menstruations, mais d'un saignement d'implantation. Alors oui, Daniel, je suis enceinte, d'environ cinq semaines si mes calculs sont bons. En revanche, je n'en ai eu la confirmation qu'hier matin, je t'en donne ma parole.

— Pourquoi ne m'en as-tu pas informé dès que tu as commencé à avoir des doutes ?

— J'ai cru à une fausse alerte. Je me suis jugée complètement stupide.

D'un geste rageur, elle essuya les larmes qui roulaient maintenant sur ses joues, et il retrouva l'Emily qu'il avait appris à connaître au cours des dernières semaines, une jeune femme à la fois d'une sensibilité à fleur de peau et d'une incroyable détermination.

— Il n'y avait pas de raison pour que tu assumes seule cette épreuve.

Malgré le calme qu'il affichait, Daniel avait toutes les peines du monde à digérer cette nouvelle ahurissante : *il allait être papa*.

— Tu m'as fait clairement comprendre que tu ne voulais pas d'enfant.

— Toi non plus, tu n'envisageais pas d'en avoir. Comment te sens-tu ?

Soulagé, il vit un sourire d'une grande douceur éclairer son visage.

— Il s'agit d'un changement majeur, j'en ai conscience. Ni toi ni moi ne nous attendions à ça, et cette situation bouleverse nos plans respectifs. Néanmoins, au fond de moi, je suis heureuse. Je veillerai à ce que cet enfant ne manque jamais d'amour.

Il lui prit la main.

— Dans ce cas, il aura beaucoup de chance d'avoir une mère comme toi.

Elle l'examina d'un regard inquisiteur, comme si elle cherchait une réponse à une question qu'elle n'osait poser. Avait-elle besoin d'être rassurée sur ses intentions ? Il ne lui avait pas dit ce qu'il ressentait, mais, après un tel choc, il avait du mal à faire le tri de ses émotions.

— Tu n'as pas à t'inquiéter, je ne vous laisserai pas tomber. Le bien-être du bébé s'inscrira désormais dans mes priorités. Je viens d'une famille fortunée et, de mon côté, j'ai économisé assez d'argent pour subvenir à ses besoins.

Emily retira sa main.

— L'aspect matériel ne me soucie pas.

— Peut-être, mais il me paraît normal d'assumer mes responsabilités. Pas seulement sur le plan financier. Je désire aussi faire partie de la vie de cet enfant.

Il ne parvenait pas encore à l'appeler « notre enfant ».

— Je n'en espérais pas moins de toi, répondit Emily.

Il perçut une certaine froideur dans son ton et son attitude. Plus il s'efforçait de la rassurer, plus elle semblait vouloir mettre de la distance entre eux.

— Tu pourras compter sur moi pour t'aider, déclara-t-il, conscient de se répéter.

Il avait la curieuse impression qu'Emily attendait qu'il dise autre chose. Quoi ? Il n'en avait pas la moindre idée. À moins qu'elle souhaite discuter des conséquences de cette grossesse sur leur relation ?

Daniel l'avait vue à l'œuvre lorsqu'elle soignait les plus jeunes danseurs. Elle savait s'y prendre avec ces adolescents à peine sortis de l'enfance, et il ne doutait pas qu'elle ferait une excellente mère. Cela ne signifiait pas pour autant qu'elle souhaite poursuivre leur relation. Aurait-elle toujours envie de le voir une fois le championnat terminé ? Il n'en était pas si sûr…

— Rien ne presse, nous avons tout le temps de nous organiser, décréta-t-elle d'un ton un peu sec.

— Oui, tu as raison. Mais reste la question de...

Nous deux. Il s'interrompit, incapable d'achever sa phrase.

— Continue.

Impossible ! Ces deux mots, pourtant si simples, restaient coincés dans sa gorge. Emily avait uniquement parlé du bébé, et il ne voulait pas s'imposer dans son existence. Représentait-il plus pour elle qu'un amant de passage ? Pourquoi remettrait-elle tout en cause pour lui ? Sa vie à elle était à Denver, et il n'avait jamais été question de long terme entre eux. Cela étant, la donne avait considérablement changé depuis qu'ils avaient passé cet accord de principe.

Daniel fut saisi d'une envie soudaine de la suivre dans le Colorado. N'était-ce pas ce qu'il cherchait depuis si longtemps, un endroit où sa présence aurait une légitimité ? Puisque son enfant s'y trouverait, et Emily aussi, il avait une raison plus que valable de poser ses valises dans cet État. Néanmoins, s'il lui en faisait part, la jeune femme penserait probablement qu'il était fou de prendre une décision d'une telle importance sur un coup de tête. Il y avait fort à parier d'ailleurs qu'elle préférerait le savoir le plus loin possible de Denver. Quoi qu'il en soit, rien, ni personne, ne l'empêcherait de voir son enfant. Autant clarifier les choses d'emblée.

— Il faudra que nous discutions du droit de visite, car je tiens à participer activement à l'éducation de mon fils ou de ma fille. Et, bien que tu affirmes ne pas avoir besoin d'argent pour l'élever, nous devrons néanmoins étudier les aspects financiers.

— Nous resterons donc en contact uniquement pour le bien du bébé.

Daniel éprouva un pincement au cœur. Désormais, il savait à quoi s'en tenir : Emily avait l'intention d'en rester à leur accord initial.

Si telle était sa volonté, il s'y plierait, même si la perspective de cette séparation lui nouait les tripes. Au cours des six semaines qu'ils avaient passées ensemble, il s'était de plus en plus attaché à elle, au point qu'il aurait volontiers envisagé une vie commune. Ce sentiment, dont il prenait conscience seulement maintenant, à la veille de leur rupture, il le garderait pour lui car, de toute évidence, elle ne le partageait pas.

— Oui, uniquement pour le bien du bébé, confirma-t-il à contrecœur.

— Parfait. À mon sens, c'est la meilleure solution. Inutile de rendre la situation plus compliquée qu'elle ne l'est déjà. Nous examinerons les détails pratiques de notre arrangement dans un second temps. Dorénavant, nous nous considérerons comme des coparents, et rien de plus.

— Entendu. Nous nous connaissons assez, maintenant, pour savoir que, l'un comme l'autre, nous ferons tout ce qui est en notre pouvoir afin de construire une belle vie à cet enfant.

— Cela va sans dire.

— Et concernant nous deux ?

Cette fois, il avait trouvé le courage de formuler l'interrogation à voix haute. Il se surprit à retenir son souffle, comme un condamné attendant que le couperet tombe. Apprendre qu'il allait devenir père lui avait causé un choc émotionnel terrible, mais l'idée de perdre Emily le terrassait.

Jusqu'alors, il avait veillé à ne pas trop penser à l'issue inéluctable. Pour ne pas gâcher l'instant présent. Parce qu'il refusait de songer au moment où il ne pourrait plus partager l'intimité de la jeune femme ou simplement enlacer sa taille, ni échanger des plaisanteries ou se lancer dans de grands débats à propos de tout et de rien. En bref, il ne voulait pas envisager l'existence sans elle.

Or, l'échéance était imminente, et il ne se sentait pas prêt. Il aurait pu lui ouvrir son cœur, mais il était trop tard. Emily lui avait clairement signifié qu'il n'aurait pas de place dans sa vie en dehors du rôle de père de son enfant.

— Le mieux pour le bébé serait que nous restions en bons termes et entretenions des rapports amicaux.

Avait-il réellement perçu un tremblement dans sa voix ?

— Je suis d'accord.

Cette rupture allait dans le sens de la théorie qu'il prônait : trop d'attentes conduisaient irrémédiablement à de cruelles déceptions. Mieux valait donc en finir maintenant avec Emily.

Pourquoi, dans ce cas, avait-il l'impression que sa chance d'une vie meilleure venait de lui échapper ?

10.

— Et c'est la dernière fois que je l'ai vue, ajouta Daniel en guise de conclusion.

Une semaine s'était écoulée depuis la fin du championnat international de danse junior, et il séjournait de façon temporaire chez son frère et sa belle-sœur. Il lui avait fallu plusieurs jours pour se décider à informer David de la situation, son frère ayant manifesté, au départ, quelque réticence sur sa relation avec Emily.

L'absence de la jeune femme lui pesait terriblement, et il s'était creusé au fond de lui une sorte de… vide. Il n'arrivait pas à définir précisément ce qu'il ressentait, mais une chose était sûre : jamais il ne s'était senti autant en accord avec lui-même qu'en la présence d'Emily. Cela non plus, il ne le lui avait pas avoué, de peur qu'elle le rejette parce qu'il enfreignait les règles qu'ils avaient fixées d'un commun accord.

Le temps qu'ils avaient passé ensemble les avait rapprochés. Du moins le croyait-il à l'époque. Emily ne se fiait pas volontiers aux autres, mais il s'était imaginé avoir vaincu cet obstacle et mérité sa confiance. Sans doute avait-il pris ses désirs pour des réalités. Qu'il ait dû la mettre au pied du mur pour qu'elle se résolve à lui révéler sa grossesse tendait à le prouver. La jeune femme restait trop marquée par son passé pour accepter de se livrer. Il ne pouvait s'empêcher de se demander si elle avait pensé à lui au cours de la semaine. Probablement pas. Ses occupations l'avaient certainement accaparée. Lui, en revanche, n'avait cessé de songer à elle, de jour comme de nuit.

— Tu l'as recontactée, depuis que vous vous êtes quittés ? s'enquit David.

— Pas encore.

— Qu'est-ce que tu attends, bon sang ? C'est la mère de ton bébé. Tu as bien l'intention d'assumer cet enfant et de contribuer à son éducation, n'est-ce pas ?

Daniel le fusilla du regard.

— Bien sûr que oui ! Pour qui me prends-tu ?

— Pour un individu coincé lorsqu'il s'agit d'exprimer verbalement ses émotions. Je te connais comme ma poche, frangin ! Cependant, d'autres – dont Emily – risqueraient d'interpréter ta réserve comme une espèce d'indifférence. D'autant plus que tu ne te prives pas de proclamer haut et fort que tu veux le moins possible d'attaches.

— Je ne me déroberai jamais devant mes responsabilités.

— Je le sais. Toutefois, si tu tiens à t'impliquer, commence par l'appeler et abordez ensemble les détails pratiques.

— Je ne pense pas qu'elle ait très envie de me parler.

— Et toi ?

— Moi si. Malheureusement, je crains de ne pas savoir quoi lui dire.

— Arrête d'inventer de fausses excuses pour justifier ta passivité, agis au lieu de te complaire dans le défaitisme ! Explique-lui ce que tu ressens.

Daniel fut surpris par la dureté du ton de son frère aîné.

— Comment ça ? Je ne fais que respecter notre accord initial, lequel prévoyait que notre histoire durerait le temps de notre mission, pas plus. C'était *son* idée, pas la mienne.

— Allons, petit frère ! La venue au monde d'un bébé change la donne et nécessite de réviser son point de vue.

Comme s'il l'ignorait ! Depuis qu'il avait appris la nouvelle, il avait l'impression de ne plus être le même. Il y avait maintenant une semaine que le concept d'ascenseur émotionnel n'avait plus de secrets pour lui. Alors, bien sûr qu'il savait que le cours de son existence allait être complètement chamboulé !

Il était tellement persuadé que les relations amoureuses n'étaient pas faites pour lui qu'il n'avait jamais envisagé l'hypothèse qu'un jour, il deviendrait père. La réalité l'avait rattrapé, et il se retrouvait totalement démuni face à cette situation dont il ne maîtrisait pas les tenants et les aboutissants. Phénomène plus étrange encore, il avait très vite senti croître en lui un désir presque animal de protéger ce petit être qui, tôt ou tard, l'appellerait papa.

Cependant, il n'avait pas encore eu le courage de téléphoner à Emily. Leur dernier échange l'avait échaudé.

— Je n'ai pas envie d'entendre de nouveau que nos rapports devront désormais se limiter à une coparentalité organisée dans l'intérêt de notre enfant commun, qu'elle ne s'intéresse plus à moi en tant qu'amant, mais seulement en tant que géniteur.

— Il ne t'est pas venu à l'esprit que, peut-être, elle te sondait pour évaluer tes sentiments à son égard ? Or, d'après ce que tu m'as raconté, il me semble que tu as abondé dans son sens sans trop de réticence.

— À quoi bon m'opposer ? Elle estime que, pour le bien du bébé, mieux vaut ne pas s'engager dans une histoire qui risque de nous compliquer la vie au cas où elle tournerait mal. Le raisonnement se tient.

— À mon avis, tout ça, ce sont des faux-fuyants.

— Pardon ?

— Écoute, Daniel, personne ne te respecte plus que moi. Cependant, en tant que frère aîné, il est de mon devoir de te mettre en garde. Tu commets une énorme erreur.

— En voulant ce qu'il y a de mieux pour mon enfant ?

— Non. En te voilant la face et en choisissant d'ignorer tes émotions.

— Et si elle me déclare qu'elle n'envisage pas son avenir avec moi ?

— Dans ce cas, au moins, tu en auras le cœur net, et tu prendras les décisions qui s'imposent. Ce que je ne supporte pas, vois-tu, frérot, c'est que tu ne saisisses pas la chance de bonheur qui s'offre à toi parce qu'il existe une probabilité que tu te heurtes à une fin de non-recevoir. S'il s'agit juste d'un flirt, si tu ne tiens pas plus que ça à elle, pourquoi n'as-tu que son prénom à la bouche ? Emily par-ci, Emily par-là… Je ne l'ai jamais rencontrée, mais, en l'espace de six semaines, j'ai appris une foule de détails sur elle : que sa crème pour les mains sent la vanille, que le violet est sa couleur préférée, etc. Elle a pris une place sacrément importante dans ta vie bien avant cette histoire de grossesse.

Il n'avait pas tort. Dès le début, Daniel avait pressenti que son attirance pour cette femme n'était pas uniquement physique. Il appréciait sa conversation, son sens de l'humour, sa sensibilité, sa générosité, sa spontanéité… Peut-être ne partageait-elle pas ses sentiments, mais il devait lui parler, ne serait-ce que par souci d'honnêteté. La perspective de la paternité avait complètement changé son point de vue sur l'amour. Désormais, il croyait à son existence.

— Penses-tu que je ferai un bon père ? demanda-t-il de but en blanc à son frère.

— Je n'ai aucun doute là-dessus. Je vois comment tu te comportes avec Blake. Trina et moi te donnerons un coup de main si nécessaire. Ton enfant recevra tout l'amour dont il a besoin, j'en suis sûr. Et tu sais quoi ? Mon petit doigt me dit que toi aussi.

Emily avait repris le cours de sa vie à Denver, mais, pour elle, rien n'était plus comme avant. Une évolution prévisible, après tout. La grossesse influait forcément sur sa manière de voir les choses et d'envisager le futur… sauf que ce n'était pas l'unique raison.

Elle ne parvenait pas à chasser Daniel de son esprit. Il occupait constamment ses pensées. Elle se remémorait l'intensité de son regard ténébreux quand ses yeux se posaient sur elle, le charme de son sourire, la chaleur de son corps.

Dans ses moments de blues, elle essayait de se raisonner, se répétant que c'était de l'histoire ancienne. Daniel maintiendrait le contact pour le bébé, et seulement pour lui. Lors de leur dernière discussion, elle avait espéré qu'il évoque une possibilité d'avenir. En vain.

Bien sûr, elle ne s'attendait pas à ce que, d'emblée, il lui propose de la rejoindre à Denver, ou lui demande de rester à Los Angeles avec lui. Toutefois, ils auraient pu trouver une solution pour qu'ils continuent à se voir. Manifestement, il n'en avait pas envie. Elle l'avait testé, et il s'était engouffré dans la porte de sortie qu'elle lui ouvrait.

Cela aussi, c'était prévisible.

Heureusement, elle avait Izzie, Izzie et son optimisme à toute épreuve. Son amie l'avait accueillie à bras ouverts, très excitée par l'idée de son futur rôle de « tante ».

Toutes deux étaient bien occupées, car leurs deux carnets de rendez-vous étaient complets. La mission effectuée au championnat international de danse junior commençait déjà à porter ses fruits, et le téléphone sonnait de plus en plus souvent, certains athlètes appelant d'assez loin pour venir les consulter. Un maigre réconfort pour Emily, mais un réconfort tout de même.

— Parlons peu, mais parlons bien, déclara Izzie qui n'avait pas pour habitude de tourner autour du pot. Tu es sûre à cent pour cent qu'il ne souhaite même pas faire une tentative pour vérifier si, oui ou non, les choses pourraient fonctionner à long terme entre vous ?

Elles profitaient d'une pause pour boire un café… et discuter pour la énième fois des déboires sentimentaux d'Emily.

— Absolument certaine. Il s'est montré très clair : nos rapports devront se limiter à l'éducation de notre enfant.

— Au moins, il semble prêt à assumer ses responsabilités.

— Aucun doute sur ce point. Il n'est pas le genre d'homme

à se défiler et je ne l'empêcherai jamais de s'occuper du bébé. Je n'ai pas le droit de priver mon fils ou ma fille de son père, même si ce dernier n'a pas la moindre envie de fonder une vraie famille.

— D'accord, mais si j'ai bien compris, tu ne lui as pas touché un mot de ce que tu ressentais pour lui et, telle que je te connais, tu t'es évertuée à ne rien lui montrer. Alors, comment veux-tu qu'il devine ?

— Le problème, c'est que je n'ai pris conscience de la véritable nature de mes sentiments qu'une fois rentrée à Denver. Avant, je croyais qu'il s'agissait d'un simple béguin qui me passerait vite. D'autant que j'avais aussi peur de m'engager que lui, peut-être même plus que lui. En réalité, Daniel me manque terriblement. Il faudra pourtant que j'apprenne à vivre sans lui, car je ne me vois pas l'appeler pour lui expliquer la situation. Il risquerait de se sentir des obligations envers moi et ça, c'est totalement hors de question.

— Ce que tu peux être compliquée, parfois ! Tu n'en as pas marre de couper les cheveux en quatre ? Et si tu ouvrais *enfin* les yeux ?

— Comment ça ? s'enquit Emily, désarçonnée par le brusque changement de ton de son amie.

— Si tu te donnais la peine d'observer le monde qui t'entoure, tu apercevrais dans le hall d'entrée le spécimen parfait du beau ténébreux au regard de braise. Si je peux me permettre, il aurait grand besoin d'une coupe de cheveux.

Stupéfaite, Emily se leva d'un bond.

— Tu racontes n'importe quoi !

— Va vérifier par toi-même, si tu ne me crois pas.

— Daniel est ici ? À Denver ? Comment est-ce possible ?

— Le dieu Internet accomplit des miracles. J'avoue que j'ai donné un petit coup de pouce au destin.

— Izzie !

— Il a trouvé le numéro de téléphone et l'adresse du cabinet dans l'annuaire. C'est moi qui ai pris l'appel. Nous avons longuement discuté. Ce Dr Labarr est charmant. Il me plaît… enfin, pas de la même manière qu'à toi. Et pour cause ! Tu es raide dingue de lui, ma grande, et il serait temps que tu l'admettes. Allez, ouste, file l'accueillir !

Pas question de se précipiter au risque de perdre toute dignité ! Emily se rendit dans le hall d'une démarche qu'elle espérait nonchalante. Pourtant, son cœur battait à tout rompre et elle avait du mal à maîtriser le tremblement de ses mains.

C'était bien Daniel, en chair et en os ! Il avait l'air assez tendu.

— Je devine la raison de ta présence.

— Vraiment ?

— Oui. J'apprécie que tu aies effectué ce long voyage, néanmoins il ne fallait pas. Nous aurions pu régler ça par téléphone.

— J'en doute.

— Tu es venu pour parler du bébé. Tu n'as pas d'inquiétude à avoir, Daniel. Je sais que tu seras un bon père. Nous trouverons un moyen de nous organiser pour que tu aies la place qui te revient dans sa vie.

Elle s'efforçait de paraître positive, mais son ton sonnait faux, même à ses propres oreilles.

Il emprisonna les mains d'Emily entre les siennes.

— Tu te trompes, Emily, répondit-il d'une voix douce. Je ne suis pas là pour te parler du bébé, mais pour te dire quelque chose d'également très important.

Elle lui lança un regard perplexe.

— Lors de notre dernière discussion à Los Angeles, nous avons décidé d'un commun accord de mettre un terme à notre liaison, estimant qu'il s'agissait de la meilleure solution. Je reste sur cette position et je pense que notre « flirt » n'avait aucun sens depuis un bon moment déjà.

Emily sentit un vide abyssal se creuser en elle. Daniel avait-il effectué tout ce trajet pour anéantir le peu d'espoir qui lui restait ? Elle ne le savait pas aussi cruel. Elle garda le silence, attendant la suite.

— Parce que ce que j'éprouve pour toi, depuis maintenant plusieurs semaines, va nettement au-delà d'un simple flirt. Je refusais de l'admettre, d'abord par peur de l'engagement et ensuite par peur que ce ne soit pas réciproque.

Elle n'osait y croire. Elle avait tant rêvé d'entendre ces mots. Des larmes de joie commencèrent à se former au coin de ses paupières.

— Et là, j'apprends que tu es enceinte. Quel choc de songer que, dans moins de neuf mois, viendrait au monde un petit être que nous avions conçu ensemble, sans le vouloir ! Il m'a fallu ces quelques jours de séparation pour comprendre que je ne peux plus me passer de toi. Et cela n'a rien à voir avec ta grossesse. Cela concerne le fait que je t'aime, ma chérie.

Emily s'efforçait de maîtriser les battements désordonnés de son cœur. Il l'aimait, et il avait parcouru tout ce chemin pour le lui dire ! Pourtant, malgré l'émotion que trahissait la voix de Daniel, un doute pernicieux, né de toutes ces désillusions accumulées au fil des années, s'immisçait dans l'esprit d'Emily. Et si, en baissant sa garde, elle s'exposait à souffrir, comme cela s'était produit de trop nombreuses fois ?

Les larmes se mirent à rouler sur ses joues.

— Ne pleure pas, *s'il te plaît*. Je sais combien il est difficile pour toi d'accorder ta confiance. Comme pour moi d'ouvrir mon cœur et de faire part de mes sentiments. Voilà pourquoi je voulais pouvoir te regarder droit dans les yeux quand je te déclarerais mon amour, pour mieux te convaincre de ma sincérité.

Elle se remémora alors les preuves de fiabilité qu'il lui avait fournies en plusieurs occasions lors de leur mission à Los Angeles : il s'était interposé pour que Reyes cesse de la harceler ; il l'avait accompagnée chez sa mère et avait contribué à ce qu'elles renouent le contact… Chaque fois qu'elle avait eu besoin de son soutien, il avait répondu présent.

Elle songea enfin à son attitude, prévenante et à l'écoute, vis-à-vis des patients, et elle en conclut qu'elle pouvait être à quatre-vingt-dix pour cent sûre de l'amour de Daniel. Cet homme ne trichait pas. Manquaient néanmoins dix pour cent pour permettre à Emily d'acquérir une certitude absolue.

— Ton regard ne me suffit pas, murmura-t-elle. Il me faut la preuve ultime.

Elle dégagea ses mains, se hissa sur la pointe des pieds et noua les bras autour de la nuque de Daniel. Puis elle posa doucement ses lèvres sur les siennes.

— Te voilà rassurée, j'espère, dit-il d'une voix rauque quand leurs bouches se séparèrent après un baiser langoureux, plein de promesses non dites.

Il avait à son tour les yeux embués de larmes.

— Oui, pleinement. Et c'est tant mieux, parce que moi aussi je t'aime, de tout mon cœur et de toute mon âme.

— Ouf ! s'exclama-t-il en riant avant de l'embrasser de nouveau avec, cette fois, moins de douceur et plus de passion.

Un raclement de gorge interrompit leur étreinte.

Assise derrière son bureau à l'accueil, Grace fit signe que des patients arrivaient. Les joues en feu, Emily s'écarta précipitamment.

— Les gens vont penser que je ne me comporte pas de manière très professionnelle.

— Tu as raison. Nous avons une réputation à préserver, non seulement la tienne et celle du cabinet, mais aussi la mienne. Car je compte me chercher un job dans le coin, et je ne voudrais pas passer pour le don Juan de service qui se donne en spectacle en embrassant ses collègues.

Il lui adressa un clin d'œil malicieux.

— Dois-je comprendre que tu projettes de t'installer à Denver ?

— C'est la meilleure solution, il me semble. Tu as consacré du temps et de l'énergie à créer ce cabinet. Tu ne vas tout de même pas l'abandonner au moment où votre affaire commence à marcher. Tu envisages d'élever notre enfant ici, n'est-ce pas ?

Elle hocha la tête.

— Dans ce cas, ma place est aussi ici, auprès de vous.

— Et ta famille, à Los Angeles ?

— Je pourrai facilement lui rendre visite. Le vol Denver-Los Angeles prend moins de deux heures. De toute façon, j'avais l'intention de poser mes valises quelque part, mais je n'avais pas d'idée précise quant à l'endroit. Je crois que je vais beaucoup me plaire à Denver.

Emily sentit ses yeux s'embuer de nouveau.

— Oh non ! Et moi qui pensais que cette nouvelle te réjouirait ! Si tu préfères, je peux habiter ailleurs, un peu plus loin.

— Non, au contraire ! C'est juste que j'ai du mal à réaliser ce qui m'arrive. J'ai presque envie de me pincer pour m'assurer que je ne rêve pas.

Il l'attira de nouveau dans ses bras.

— Serait-ce un manque de professionnalisme si je t'embrassais de nouveau ?

— J'en ai bien peur ! Ou alors, un tout petit baiser…

— Tes désirs sont des ordres, ma chérie.

Il obtempéra, sous le regard attendri de Grace qui n'osait plus intervenir.

— Pour en revenir à la question professionnelle, déclara Emily lorsqu'ils eurent repris leur souffle, je connais un cabinet spécialisé dans la médecine sportive qui ne va pas tarder à devoir recruter. Je peux te le faire visiter, si tu veux.

— Merci. Cependant, mieux vaut y réfléchir à deux fois car cette offre pourrait représenter un conflit d'intérêts.

— Comment ça ?

— Je compte demander la main de l'une des associées dudit cabinet. Pas tout de suite, mais sous peu. Je dois avant cela explorer Denver pour dénicher un endroit romantique afin de mettre toutes les chances de mon côté. J'envisage une balade en montgolfière, suivie d'un dîner aux chandelles. Qu'en penses-tu ? Crois-tu que je saurais séduire l'élue de mon cœur ?

— À mon avis, pas besoin d'une telle mise en scène. Si tu l'aimes, elle dira oui.

Épilogue

Un an plus tard

— Bon sang, où est-il passé ?

Emily fouillait désespérément la valise à la recherche du tube de dentifrice qu'elle était pourtant certaine d'avoir emporté. David et Trina les avaient invités à célébrer Thanksgiving chez eux, à Costa Mesa.

— Chéri, tu n'aurais pas aperçu le dentifrice ?

— Si, je le crains, répondit Daniel depuis le couloir attenant à la chambre d'amis.

— Où est-il ?

— Partout.

— Comment ça ?

— Viens constater par toi-même.

Elle obtempéra. Delphine, leur fille âgée de trois mois, dormait paisiblement dans les bras de son père. Comme chaque fois, Emily ne put s'empêcher de s'émouvoir devant ce tableau touchant, de s'extasier devant les joues roses de sa fille, ses cheveux bouclés aux reflets auburn, ses mains parfaites aux doigts minuscules. Elle avait encore du mal à comprendre que Daniel et elle avaient conçu ce petit être innocent, si jeune et pourtant déjà si plein d'énergie. Elle déposa un baiser léger sur le front de son bébé. C'est alors que ses yeux s'écarquillèrent sous l'effet de la stupéfaction, en découvrant le chaos dans le couloir. Tout un pan de mur était badigeonné de pâte dentifrice.

— Blake a dû se livrer à une perquisition en règle de nos bagages, déclara Daniel avec un sourire amusé.

Deux secondes plus tard, leurs hôtes les rejoignaient, l'air catastrophé. David portait un bambin affichant une mine réjouie, tandis que Trina brandissait l'objet du délit.

— Je crains qu'il ait confondu avec un tube de son kit de peinture au doigt, dit-elle. Quel enfer ! Il marche depuis à peine trois mois, mais une minute d'inattention, et c'est la bêtise assurée ! Je suis désolée.

— Ce n'est pas grave, répondit Emily. Ce qui me rassure, en tout cas, c'est que nous avons encore un peu de temps devant nous avant que Delphine atteigne ce stade.

— Personnellement, j'ai hâte que Blake et Delphine soient assez grands pour faire les quatre cents coups ensemble, déclara Daniel.

Devant l'expression réprobatrice de son épouse, il jugea bon de rectifier.

— Du moins, *jouer* ensemble.

— J'espère parvenir à nettoyer ce mur avant l'arrivée de Tabitha ! s'exclama Trina.

Au même moment, un coup de sonnette retentit.

Delphine dans les bras, Emily alla ouvrir à sa mère et à Brandon, désormais officiellement son fiancé. Tabitha tenait bon. Elle n'avait pas retouché à une goutte d'alcool et continuait de pratiquer de nombreuses activités sportives et artistiques.

David et Trina avaient souhaité faire de ce Thanksgiving – le premier dans la vie de leur nièce – une fête de famille. Aussi avaient-ils non seulement convié Daniel et Emily, mais aussi Tabitha et Brandon. Pour la première fois, Emily s'était réjouie à la perspective de retourner en Californie.

Elle s'était rapprochée de sa mère depuis la venue au monde de sa propre fille. Toutes deux se téléphonaient chaque semaine et Tabitha prenait son rôle de mamie très au sérieux. Emily n'y trouvait rien à redire, surtout depuis que celle-ci lui avait confié combien elle s'était sentie désemparée après sa naissance. La maternité avait quelque chose de fragilisant et, faute de repères, la responsabilité d'élever un enfant pouvait se révéler écrasante lorsqu'on n'était guère aidé par son entourage. Ce n'était pas le cas d'Emily, car elle pouvait compter sur le soutien inconditionnel de Daniel et de Tabitha, sans oublier Izzie qui s'investissait à fond.

Elle confia Delphine à sa grand-mère et partit retrouver Daniel. Celui-ci avait entrepris de débarrasser le mur du couloir de sa couche de dentifrice.

— Besoin d'un coup de main ?

— Non merci, je m'en charge. David et Trina surveillent de près leur fils afin de l'empêcher de se livrer à un nouvel acte de vandalisme. Un travail à plein temps ! Quant à toi, profite de ta mère. Cela fait un moment que tu ne l'as pas vue.

Elle se blottit contre lui.

— Et toi, qui va te tenir compagnie ?

Il lui offrit l'un de ses sourires qui avaient le don de la faire craquer.

— Ne t'inquiète pas pour moi. Je suis ravi de me rendre utile.

— Tu n'en veux pas trop à tes parents de ne pas être là ?

Ces derniers avaient poliment décliné l'invitation de David, prétextant une croisière dans les Maldives, prétendument réservée de longue date.

Pour toute réponse, Daniel éclata d'un rire joyeux.

— Qu'est-ce qui t'arrive ?

Il l'enlaça et la serra contre lui.

— L'idée que l'absence de mes parents puisse me gâcher ce moment privilégié. De toute façon, je m'y attendais. Pour eux, la notion de réunion familiale s'apparente à un concept abstrait ! En fait, je ne me suis jamais senti aussi épanoui de toute mon existence.

— Tu es sûr ?

— Absolument certain, ma chérie. Je ne suis même pas déçu. Ils avaient la possibilité de voir leurs enfants et petits-enfants ; ils ont préféré se défiler, comme d'habitude. Tant pis pour eux ! Quant à moi, je suis le plus heureux des hommes. J'ai épousé l'élue de mon cœur, je suis le papa d'une ravissante petite fille, j'ai un frère et une belle-sœur qui ne manquent jamais de me témoigner leur affection, un neveu aussi adorable qu'espiègle, sans oublier une maison qui me plaît et un métier qui me passionne toujours autant.

— Tu as raison, nous avons beaucoup de chance.

Leurs lèvres se trouvèrent d'instinct. Leur baiser aurait pu durer indéfiniment si la voix de Trina provenant d'une pièce voisine ne l'avait interrompu.

— Emily ? Daniel ? Vous n'êtes pas en train de réparer les dégâts causés par mon fils, n'est-ce pas ?

Emily voulut s'écarter, mais Daniel la retint.

— Aurais-tu peur que quelqu'un se rende compte que nous ne pouvons pas nous passer l'un de l'autre ? murmura-t-il d'un ton moqueur.

— À mon avis, plus personne n'a de doute à ce sujet depuis belle lurette.

Elle s'apprêtait à l'embrasser de nouveau quand un bruit insolite leur parvint de la chambre d'amis. Ils s'y précipitèrent et découvrirent Blake au beau milieu d'un capharnaüm. Le chenapan avait éparpillé par terre une bonne partie du contenu de leur valise, qu'Emily avait eu le tort de laisser ouverte. Entouré de vêtements, produits de toilette et autres effets personnels, il employait son talent créatif à dessiner des motifs étranges sur une chemise blanche, à l'aide d'un bâton de rouge à lèvres chapardé dans la trousse de maquillage.

— La situation impose que nous nous partagions la tâche, décréta Daniel, réprimant à grand-peine un fou rire. Je m'occupe de ranger ce bazar, et toi de neutraliser notre neveu, ça te va ?

— Ça me va !

Ignorant les protestations de Blake, Emily souleva l'enfant dans ses bras et partit à la recherche de Trina qui, en apprenant le nouveau forfait de son fils, le gronda sévèrement. Lorsque Emily revint dans la chambre, Daniel avait presque fini de remettre de l'ordre dans leurs affaires.

— As-tu toujours hâte que Blake et Delphine soient assez grands pour faire les quatre cents coups ensemble ? En tout cas, elle aura un sacré professeur !

— Oublie ce que j'ai dit ! Tout bien réfléchi, je préfère que les choses restent exactement comme elles le sont maintenant.

— Vraiment ?

— Bien sûr. C'est une journée bénie des dieux, et je ne vois pas ce que je pourrais demander de plus.

— Une chemise neuve, peut-être ?

— Pourquoi ? Celle-ci est parfaite, et très originale grâce au sens artistique fort développé de mon neveu. D'ailleurs, je la porterai aujourd'hui, comme prévu initialement, ajouta Daniel en commençant à se déshabiller.

— Oh non ! se récria Emily en éclatant de rire.

Elle éprouva une bouffée d'euphorie. Elle était une femme comblée. Elle, qui ne croyait pas en l'amour, un peu plus d'un an auparavant, savait désormais qu'il existait. Daniel lui en fournissait des preuves quotidiennes. L'amour avait eu raison de leur scepticisme, et il s'épanouissait chaque jour davantage, s'exprimant par des actes, des gestes, des regards.

— C'est drôle, murmura Daniel d'une voix songeuse en contemplant la valise.

— Qu'y a-t-il de drôle ?

— Je pensais au nombre incalculable de fois où j'ai fait et défait mes bagages.

— Cette vie sédentaire ne te pèse-t-elle pas, parfois ? Avant, tu avais la bougeotte. Tu voyageais sans cesse et chaque nouvelle destination représentait une nouvelle aventure.

— Où voudrais-tu que j'aille ? chuchota-t-il en posant les lèvres sur celles d'Emily. Avec toi, j'ai enfin trouvé mon véritable port d'attache.

BLANCHE

Une maman pour son fils, d'Emily Forbes - N°1608

Daisy n'entend pas. Mais les mots qu'elle lit sur les lèvres du Dr Ajay Patel lui vont droit au cœur. Le nouveau médecin urgentiste de l'hôpital de Bondi où elle exerce comme infirmière est doué, généreux, attentif... L'homme idéal ? Elle le croit volontiers, mais y a-t-il seulement une place pour elle dans la famille qu'Ajay forme avec son adorable petit garçon ?

L'étreinte d'un confrère, de Susan Carlisle

Pionnière de la chirurgie rénale, le Dr Lily Evans révèle un sang-froid à toute épreuve. En salle d'opération, elle maîtrise chacun de ses gestes pour sauver des vies. Aussi est-elle déconcertée par l'arrivée du Dr Maxwell James dans son hôpital. Ce confrère, nommé tout comme elle pour l'Innovation médicale de l'année, travaillera à son côté durant dix jours. Or il a le don de lui faire perdre ses moyens, et pour preuve : un an plus tôt, tous deux ont eu une liaison...

Un prince pour époux, d'Amy Ruttan - N°1609

SÉRIE : LE SECRET DES PRINCES - 1/2

Dante veut... l'épouser ? Bouleversée, Shay ne sait que lui répondre. Certes, elle est amoureuse de son collègue, et la seule nuit qu'ils ont partagée a été fabuleuse. Mais si Dante la demande en mariage c'est uniquement parce qu'elle vient de lui révéler qu'elle attendait un enfant de lui. Autrement, jamais il n'aurait voulu d'une simple infirmière comme elle pour épouse ! D'autant que, en plus d'être médecin, il est également prince...

Ce doute à surmonter, de Robin Gianna

SÉRIE : LE SECRET DES PRINCES - 2/2

Apprendre que la sublime Aubrey Henderson travaillera comme infirmière au sein de son service, après la nuit torride qu'ils ont partagée deux mois plus tôt, était bien la dernière chose à laquelle Enzo s'attendait. L'aurait-elle suivi par intérêt après avoir découvert sa véritable identité ? Le prince s'interroge. Et ses doutes grandissent encore lorsque Aubrey lui avoue qu'elle porte son bébé...

HARLEQUIN

Leur mission : sauver des vies.
Leur destin : trouver l'amour.

HARLEQUIN
www.harlequin.fr

BLANCHE

HARLEQUIN

Le dilemme de Tamara, de Sue MacKay - N°1610

Tamara a du mal à y croire : elle attend un bébé ! Elle qui, aveuglée par le désir, s'est abandonnée entre les bras du Dr Conor Maguire, la voilà qui panique à l'idée de se retrouver mère célibataire. Car malgré les sentiments qu'elle éprouve pour Conor, un homme parfait sur tous les plans, elle sait qu'elle a commis une faute professionnelle en entamant une relation sentimentale avec son patron…

Passion à haut risque, de Charlotte Hawkes

Lorsqu'elle se réveille entre les bras du colonel Ash Stirling, Felicity est bouleversée. Car jamais auparavant elle n'a éprouvé une passion aussi intense pour un homme. Et la présence d'Ash à ses côtés – si séduisant et protecteur – est tellement enivrante qu'il lui serait facile de s'y habituer. Pourtant, Felicity se refuse à l'aimer, car elle ne peut prendre le risque d'être abandonnée…

Leur mission : sauver des vies.
Leur destin : trouver l'amour.